重新发现《诗经》

藏在风雅颂中的历史

刘蟾 著

陕西师范大学出版总社

图书代号：SK22N0670

图书在版编目(CIP)数据

重新发现《诗经》：藏在风雅颂中的历史 / 刘蟾著. — 西安：陕西师范大学出版总社有限公司，2022.9
ISBN 978-7-5695-2833-6

Ⅰ.①重… Ⅱ.①刘… Ⅲ.①《诗经》—诗歌研究 Ⅳ.①I207.222

中国版本图书馆CIP数据核字（2022）第035613号

CHONGXIN FAXIAN SHIJING: CANG ZAI FENG YA SONG ZHONG DE LISHI

重新发现《诗经》：藏在风雅颂中的历史

刘 蟾 著

出 版 人	刘东风
责任编辑	姚蓓蕾
责任校对	彭 燕
装帧设计	瑶瑞驰 安柒然设计 QQ 2469318609
出版发行	陕西师范大学出版总社
	（西安市长安南路199号 邮编710062）
网 址	http://www.snupg.com
印 刷	西安市建明工贸有限责任公司
开 本	720 mm×1020 mm 1/16
印 张	21
插 页	1
字 数	311千
版 次	2022年9月第1版
印 次	2022年9月第1次印刷
书 号	ISBN 978-7-5695-2833-6
定 价	79.00元

读者购书、书店添货或发现印刷装订问题，请与本公司营销部联系、调换。
电话：(029) 85307864　85303629　传真：(029) 85303879

《诗经》应该怎么读？

一、《诗经》的作者肯定不是孔子！

读《诗经》之前，我们首先要了解一个关于《诗经》的"冷知识"——《诗经》的作者不是孔子，《诗经》也不是孔子删定的，它是集体创作而成的——这是我们理解《诗经》的前提。

"诗经"这个名称在西汉时才出现，此前这部诗歌集一般被称为《诗》或《诗三百》。根据《史记》的说法，《诗》是孔子将西周初期到春秋中期的三千多篇诗进行删定，"去其重，取可施于礼义"者而成的。这种说法流传很广，因而"孔子删定《诗》"几乎成为定论。不过，从孔安国开始，历代学者如孔颖达、朱熹、朱彝尊、赵翼等，都对此说持怀疑态度。

实际上，《左传·襄公二十九年》中记载，吴国公子季札曾在鲁国观看乐师演奏"十五国风"、雅和颂等，这些篇章划分和今天《诗经》中的篇章划分差不多一样，只是编排顺序略有不同。而此时孔子只是一个八岁的孩子，如何删定《诗》呢？而且孔子本人也只说过自己"诵诗三百"，没有说过"删定《诗》"的话。所以《诗》很可能是在很长一段时间里，经过很多人，特别是各国乐师，搜集、整理、加工而成的，非一人一时之作。

知道了这个前提，我们再读《诗经》，就会明白为什么《诗经》中作品的作者，多不可考。

司马迁说："《诗》三百篇，大抵贤圣发愤之所为作也。"（《史记·报任安书》）目前，《诗经》中能确认的作者大约只有尹吉甫、庄姜、许穆夫人、寺人孟子、家父、奚斯等人。像《毛诗序》那样，准确地说出每一首诗的作者为某王某公,应该是不太可能的。

但是主张《诗经》中的诗,尤其《国风》的大多数作品,起源于劳动号子,最初都是民歌,这种说法,恐怕也不尽符合事实,因为《诗经》中除了有反映劳动的诗作外,还提及了大量贵族才使用的物品,如"钟鼓""琴瑟""狐裘蒙戎""四牡孔阜"等等,明显不属于底层百姓生活。关于这一点,学者屈万里、朱润东早已撰文详细分析过。

比较可能的是,《诗经》中的诗歌,来源比较丰富。《风》《小雅》里有一部分诗是民间的歌谣,《颂》《大雅》及《风》的一部分是贵族所作,或是"师官"一类的盲人乐官所作。先秦文字不发达,很多历史就通过韵文的方式,记录流传下来。

二、《诗经》:诗歌源头、儒家经典、重要史料

《诗经》对后世的影响很大。后代学者,只要涉及文史研究,几乎没有不读《诗经》的。大家比较熟悉的《诗经》,主要有"两张面孔":

一个是文学经典《诗经》——被尊为中国诗歌的源头,和《离骚》一样,在中国文学史上有着不可撼动的地位。其赋、比、兴的艺术手法,一直深深影响着后世。

另一个是儒家政治教化工具《诗经》。

《论语·子罕》:"子曰:吾自卫返鲁,然后乐正,雅颂各得其所。"请注意,孔子说自己做的是纠正《诗》里曲调的错误,但《史记·孔子世家》进一步引申为:"三百五篇,孔子皆弦歌之,以求合于韶武雅颂之音。礼乐自此可得而述。"后世儒生据此一直相信,《诗经》是孔子编纂的,是为了政治风化,让百姓学习以后,提高道德修养,最终达到治平天下的目的。

《论语》中还记载了孔子和弟子们用《诗经》里的句子,来引申、比喻、讨论问题的事,如:

子曰:"《诗三百》,一言以蔽之,曰思无邪。"(《论语·为政》)

子夏问曰:"巧笑倩兮,美目盼兮,素以为绚兮。何谓也?"子曰:

"绘事后素。"曰："礼后乎?"子曰："起予者,商也,始可与言《诗》已矣。"(《论语·八佾》)

不仅如此,帝王也通过《诗经》中的内容,来了解百姓生活,从而制定合适的政策,此即"采诗"。比如《礼记·王制》篇云："命太师陈诗以观民风。"《汉书·食货志》云："孟春之月,群居者将散,行人振木铎徇于路以采诗,献之大(太)师,比其音律,以闻于天子。故曰王者不窥牖户而知天下。"这种"采诗",目的也是风化。此即《诗经》的政教功能。

但是同时,我们也不能忽略《诗经》的史料功能。

中国古代诗歌,往往是诗人基于某人某物某事,对事而咏,或因物生情而成,是情感的表达。所以,深入了解一首诗的创作背景就会发现,它多多少少都和当时的历史有关。甚至诗歌本身,就直接或者间提及当时的典章制度、名物礼俗、宴饮祭祀、田猎征战等等。

孔子说："《诗》,可以兴、可以观、可以群、可以怨。迩之事父,远之事君,多识于鸟兽草木之名。"孟子也说："王迹熄而《诗》亡……故《春秋》自是而作。"这正是把《诗》和《春秋》放在同等的地位来说这个话的。后世学者更明确地意识到了诗、史之间的关系。从唐代的孟棨提出"诗史"说,到明代黄宗羲的"以诗补史之阙",再到明末清初钱谦益的"《春秋》未作以前之《诗》,皆国史也",再到章学诚的"六经皆史",陈寅恪的"诗史互证",可见诗歌已成为佐析历史的重要材料之一。

《诗经》自然也是有这个功能的。只是相对而言,大家更熟悉的,还是作为文学经典、拥有教化功能的《诗经》。极少有人意识到,《诗经》中的许多诗作就是当时历史事件的韵文记录,它们在文字不成熟、书写载体不发达的时期,肩负着"史书"的功能(详见《代后记》)。

本书从这个视角切入,为读者讲述《诗经》诸篇所记述的历史故事。

当然,从这个方面来理解《诗经》,与从文学角度理解《诗经》,二者并不相互抵牾。只要我们认识到,教科书上所学到的"《诗经》是文学作品",《诗经》是"古人的情诗和民歌"等观点,并不是唯一答案,那么拙作的目的就达到了。

三、阅读《诗经》的历史线：《颂》《雅》《风》

最后，再介绍一下本书写作的体例及相关问题。

我们读春秋战国这段历史，可能会有种强烈的感觉：人物关系太过复杂、国别太多、人名太多、小故事太多、大事件太多，只见打来打去不知道谁打谁……一切都太混乱，以至于出现了一种情况：我们可能知道某个历史事件的大致情节，但是搞不清主人公之间的关系，也没法将大量事件串联起来。

为了解决这个问题，笔者在写这本书的时候，使用了两个方法。

第一，用著名历史人物帮助读者建立记忆参照系，弄清大量历史人物间的关系。比如你可能不一定知道惠施，但知道庄子，如果你知道惠施和庄子是好朋友、经常在一起辩论，那么对惠施的生活年代和生平经历，你就会有大致的印象了。

第二，注意讲述顺序。《诗经》分为《风》《雅》《颂》三部分。一般书籍就按照"风、雅、颂"的顺序来解读，但是这三部分诗歌所涉及的历史，却是《颂》最早，《雅》次之，《风》最后，所以，本书就以"颂、雅、风"的顺序进行讲述。

《国风》的排列顺序是《周南》《召南》《邶风》《鄘风》《卫风》，这样的排序是缘于地理位置，而与诗歌所反映的历史事件无关的。假如以这样的顺序写那段混乱的历史，会造成更大的混乱。因此，笔者在写作中，本着清晰明了、便于读者理解的原则，对《风》的顺序也做了一些调整，即以时间为主要线索进行叙述。《王风》本来排在《风》的第六位，但是《王风》中有几首诗记载的历史事件，发生在东周初期，先讲述《王风》，有利于大家了解整个春秋时期的历史背景。所以，本书把《王风》提前，放在了《风》的开篇，其他篇目的顺序，同样根据需要，本着便于理解的原则做了一些调整。

《诗经》文辞古奥，上古史料也严重缺乏。拙作以"史"的角度切入，未免错漏，敬请谅解。抛砖之作，以引美玉，还望大家不吝赐教。

写在再版前的话

这本书距上次出版，已经八年，距离初稿完成，已将近十年。现在读来，又发现不少问题，主要是文辞过于口语化、论述不够严密，一些观点也比较陈旧。因此这次再版，增删较多。除去掉了过于口语化和戏谑的表达之外，也参考了简帛等新材料，学界最新研究成果，补充了一些内容和图片，增改了部分观点。

不过初衷未变，还是努力做到了深入浅出、简洁明了。

此外，本书于2013年出版时，叫《诗经密码》，封面黑色，用了汉画像砖的纹饰。这次和编辑商议，也都做了调整。实情以具，还请读者朋友们多多指正。

最后，感谢陕西师范大学出版总社策划编辑姚蓓蕾女史的支持，使这本书得以再版。感谢这几年陪我一路走过来的家人、师长、朋友和读者们。感谢为这次再版付出努力的编辑朋友和工作人员。

刘蟾

2021年7月于北京明精舍

目　录

颂 / 001

第一章　天命玄鸟，降而生商 / 003

商人起源的古老神话 / 005
商朝的衰落 / 021

雅 / 029

第二章　我有嘉宾，鼓瑟吹笙 / 031

岐山下的来客 / 033
《封神演义》背后的历史 / 045
西周王朝的兴衰 / 061
西周的"回光返照" / 075
西周的灭亡 / 082

风 / 091

第三章　知我者，谓我心忧；不知我者，谓我何求 / 093
郑国的发家史 / 095
郑庄公的辛酸与心机 / 104
天子和诸侯的战争 / 117

第四章　山有扶苏，隰有荷华 / 125
耿直的代价 / 127
夹缝中的郑文公 / 141

第五章　投我以木瓜，报之以琼琚 / 147
齐襄公的恋妹情结 / 149
一匡天下齐桓公 / 162

第六章　耿耿不寐，如有隐忧 / 173
中国第一位女诗人——庄姜 / 175
州吁之乱 / 185
荒唐的卫宣公 / 199
那个荒唐的时代 / 212
卫国重生记 / 218

第七章　予美亡此，谁与？独处 / 231
六十七年"成大事" / 233
齿牙为祸 / 243

第八章　所谓伊人，在水一方 / 255
艰难的崛起之路 / 257
西戎霸主秦穆公 / 270
无奈的秦康公 / 284

第九章　冽彼下泉，浸彼苞稂 / 291
悲催小国覆灭记 / 293

第十章　胡为乎株林 / 301
"杀三夫一君一子，亡一国两卿"的传奇女性 / 303

从"诗言志"说开去（代后记）/ 312

《周颂·清庙之什》(南宋 马和之绘 辽宁省博物馆藏)

颂

《风》《雅》《颂》中最古老的当属《颂》。

《颂》中的诗歌,每句大体由四字构成,偶尔也有五字、六字的,用韵不够规范,应该是诗歌语言尚未完善所致。《颂》产生的年代比较久远,和钟鼎文的行文结构十分相似,有明显的承续关系。

学者普遍认为,《颂》是在宗庙中用来祭祀先王、先公的乐歌辞章。

清代学者阮元提出,"颂"即"容"的假借字:"三颂各章,皆是舞容,故称为颂。若元以后戏曲,歌者、舞者与乐器全动作也。"(《揅经室集·释颂》)就是说,颂是上古祭祀的乐章,表现形式类似后代的戏曲,有音乐、舞蹈和唱词。王国维进一步指出,"颂"为"容"的假借字,表示舞姿、歌舞之意,"颂"是用于宗庙的旋律较为缓慢的乐歌(《观堂集林·说周颂》)。另外,民国经学家张西堂提出,"颂"在古时与"庸"字通用,而"庸"就是"镛"——一种奏乐用的大钟。故而,"颂"也是乐器。《诗经》中"颂"的得名,可能就是在唱诵那些诗篇的时候,主要的配乐就是"颂"(镛)演奏。

《颂》共分三部分,分别是《商颂》《周颂》和《鲁颂》。其中,《商颂》是商人的后代祭祀自己祖先的;《周颂》是周人祭祀自己祖先的;《鲁颂》是鲁国人祭祀自周公以降鲁国历代国君的。

祭祀先祖,必然会记叙先祖生平事迹,歌颂先祖的丰功伟业,所以《颂》里的诗篇记录了大量商人、周人祖先的事迹,可以说是古代商族和周族的部落发展史诗。

第一章

天命玄鸟,降而生商

《商颂》

  商朝的资料很少，专门记载商人历史的先秦文献主要保存在《尚书·商书》和《诗经·商颂》中。《商书》所载主要是商建国及其之后的历史，而《商颂》则有关于商人先祖活动情况的史实。司马迁在《史记》中说，自己写《殷本纪》主要依据的材料就是《商颂》。

  本章就以《商颂》中涉及商王数量最多的《玄鸟》为核心，讲述商人那古老的、神话般的历史传说。

  考虑到内容结构，我们将《周颂》《鲁颂》放在后文与《雅》一起介绍。

商人起源的古老神话

1.《颂》和祭祀

商朝的统治区域,大致在今天黄河流域中下游。商朝曾多次迁都,最终的一个,也是中国历史上可以肯定其确切位置的最早的都城,在"殷地"(今河南安阳西北小屯村),所以商朝被周人及后世称为"殷商",商人被称为"殷人"。

周人推翻商朝,建立周朝之后,就把商朝的后人封在河南东部和山东、江苏、安徽的部分地区,使之成为诸侯国,国号为"宋"①,以便延续商人的祭祀香火——这就是宋国的由来。近代学者王国维在《乐府考略》中,根据诗中提及的地名,以殷商甲骨记载的名物制度做考证,认为《诗经》中的《商颂》,是宋国君王们祭祀其殷商先祖的作品。

祭祀,是上古先民最重要的事情之一。《左传·成公十三年》载:"国之大事,在祀与戎。"意思就是说,在上古时期,一个国家最重要的两件事就是祭祀和战争。

世界各国的早期历史,莫不如此,中国自然也不例外。可以说,中国

---

① "宋"与"商",在上古为同音字。王国维认为:"疑宋与商声相近,初本名商,后人以别于有天下之商,故谓之宋耳。"(《说商》)。杨宽认为:"周公把微子启的封国叫'宋',还是沿用商代的旧名称,'宋'和'商'是一声之转。……直到春秋战国时代,人们还常把'宋'称作'商'。"(《论西周初期的分封制》)

的上古史就是从大大小小的祭坛和巫王先民的祷祝中，延续而来的。各类文献和出土实物也能证明，古人最重视的事情中，确实少不了祭祀之事。比较古老一点的典籍史料，如《尚书》《楚辞》，以及出土文献"甲骨卜辞"中，都有关于祭祀神灵、先王祖先的内容。

而祭文，必然会提及祖先的生平和丰功伟绩。比如《商颂》就赞颂了商人的伟大祖先、历代先王，同时也就反映了商族的历史变迁，故而《商颂》具有很高的史料价值。

《诗经·商颂》共有五篇，分别是《那》《烈祖》《玄鸟》《长发》《殷武》。

其中的《玄鸟》涉及的商王最多，堪称商人的"史诗"：

天命玄鸟，降而生商。宅殷土芒芒。
古帝命武汤，正域彼四方。方命厥后，奄有九有。
商之先后，受命不殆，在武丁孙子。
武丁孙子，武王靡不胜。龙旂十乘，大糦是承。邦畿千里，维民所止，肇域彼四海。四海来假，来假祁祁。景员维河，殷受命咸宜，百禄是何。

这首诗里有不少生僻字和通假字，所以理解起来稍微有点麻烦。但是它的段落和内在逻辑关系很清晰，记载了商人的起源和发展，重点歌颂了商族最伟大的三位祖先——契、商汤以及武丁。

第一段，叙述了契神奇的出生经历；第二段，记述了商汤灭夏桀，禀受天命建立商朝的故事；第三段，赞美武丁继承了先祖的德行，中兴商朝；第四段，歌颂武丁的伟大功业和德行。

后世祭文的基本格式、内容与此类似，都是记述亡者的生平，歌颂亡者的功德的。

2. 玄鸟蛋里的英雄

日月东升西落,草木枯荣生发,天有四季更替,人有生老病死……上古的先民面临这一切,都要给予应对和解释,于是就有了神话。袁珂说,神话"都有意义深远的解释作用",比如"共工触山"是解释天倾西北、地陷东南的自然现象;高辛氏二子阏伯、实沉"日寻干戈",是解释参星、商星不共出的缘由,等等。

其中有一类神话被称为"创世神话",比如大家熟悉的盘古开天辟地、女娲造人等,都是典型的创世神话。这类神话,是人们在试图回答人类、民族的起源问题。

而商人又是如何解释自己民族起源的呢?这就是《玄鸟》第一段的内容:

《伏羲女娲图》(新疆博物馆藏)

天命玄鸟,降而生商。宅殷土芒芒。

【注释】芒芒:形容土地广阔无边的样子。

据《史记》的说法,商族起源非常早,可以追溯到五帝①之一的帝喾。

那时候,浴盆浴桶还没有出现,河流湖泊也都未被污染,人们洗澡就去河里或湖里。有一次,帝喾的妃子简狄和小伙伴去河边洗澡,突然看见天上飞来一只大鸟。那鸟浑身乌黑,长得像燕子,生下一个鸟蛋就飞

---

① 五帝,相传为远古时代的五位贤明君主,一般说为帝喾、颛顼、尧、舜、禹。

走了。不知道简狄怎么想的，居然把那颗蛋给吃了。没过多久，她就怀孕了，之后生下一个男孩，取名叫"契"。

契长大后，非常能干。当时，统治天下的是舜帝，一场"大洪水"席卷九州，舜帝命大禹治理水患，契做大禹的助手。

契在治水中立下大功。《史记·殷本纪》记载，水患平息后，契被舜封为"司徒"，负责教化百姓，封地在商（今河南商丘），赐姓子氏。契宽厚爱民，商地百姓安居乐业，商族就这样诞生了。商人认为契来历不凡，是上天借助玄鸟蛋使他降生人间的，因此非常尊崇玄鸟，就以玄鸟为图腾，并且在祭祖的颂歌《长发》中称契为"玄王"。商人赞美契说："玄王桓拨，受小国是达，受大国是达，率履不越，遂视既发。"意思是契勇敢英武地拨开

契（出自：《三才图会》）

黑暗混冥，给小国、大国带来光明。大家循着他的脚步前行，就能睁开眼睛，看见东西。而《玄鸟》中的"宅殷土芒芒"，则是指契受封土地的事。

知识拓展 为什么中西方神话中的祖先和英雄往往是神的孩子？

大家读过一些神话，会发现一个常见的情节：天神或天帝采用一些手段，通过人间女子生下一个半人半神的孩子。这个孩子要么会成为某个民族或部落的祖先，要么会做出惊天动地的事，成为英雄。这种情节无论是在中西方神话，还是在汉族、少数民族神话中都普遍存在。人类学家摩尔根在研究希腊人、拉丁人由母系社会转向父系社会的时候说：

"他们保留了氏族始祖的母亲的名字，并认为始祖是由他的母亲同某位神祇交合而生的。"

这种文化现象背后的心理是：祖先身体里流淌着天帝的血液，所以自己的氏族必然不同凡响。比如，前文提到的商人祖先契。再比如，周人的祖先后稷，是母亲姜嫄踩了巨人脚印"感而受孕"生下的；华胥踏巨人迹而生伏羲；安登感神龙而生神农；女枢感虹光而生颛顼；附宝见大电绕北斗而生黄帝；女节接大星而生少昊；庆都遇赤龙而生尧；握登见大虹而生舜；修己吞神珠薏苡而生大禹；扶都见白气贯月而生汤；秦人的祖先大业，是其母亲女织吞食了鸟蛋而生的……甚至汉高祖刘邦的出生，也充满了神幻色彩：据说是一条龙盘在他母亲身上，他母亲感而受孕，生下了他。

汉代一些儒生因此得出一个结论："圣人无父，感天而生。"这种说法，在我们今天看来，当然是不可能的，可它却产生了深远的影响：由于伟大人物的父亲实际是"天帝"，没法亲自下凡抚养孩子，那么具体抚养和教育孩子的责任，就落在了母亲身上。这种观念进一步融入孝文化中，使人们不断歌颂母爱的特殊和伟大，就形成了我们特别推崇的孝母文化。

3. "解网施仁"的成汤

契去世后，儿子昭明即位。《史记·殷本纪》非常详细地记载了商朝建立前历代商王的姓名，却没有提到他们更具体的事迹。那么《史记》中的相关记录究竟是真是假呢？这些商王，是历史上真有其人，或者仅仅是商人的传说？由于年代太过久远，没人敢下结论。

甲骨文的出现，改变了这一切。

1899年，时任清朝最高学府国子监祭酒的王懿荣，在宣武门外的达仁堂买回的药中，发现了刻画着奇怪符号的"龙骨"。王懿荣精通金石文字学，是当时著名的学者。他很快意识到，这些符号可能并非普通划痕，于是立即买来药店所有的"龙骨",又四处搜罗,收集到总计一千五百余片"龙骨"。

经过对这些"龙骨"的深入研究,王懿荣觉得它们应该是几千年前的龟甲、兽骨。他还从符号中辨认出"雨""日""山""水"等字。他因此断定,这些符号是上古文字。

此事一经公布,可谓"一片甲骨惊世界"。可惜,王懿荣没来得及进一步研究,八国联军就攻陷了北京,他也服毒投井自尽。而他收藏的甲骨,基本都交给了好友刘鹗。刘鹗又陆续搜罗,使甲骨增至五千余片。他选拓其中的一千零五十八片,编成《铁云藏龟》一书。学者孙诒让以此书为基础,著成《契文举例》,这是第一部甲骨文研究专著。

甲骨文现世后,立刻成为研究中国上古史最重要的资料之一。近代著名学者如罗振玉、王国维,都痴迷于甲骨文研究。尤其是王国维,他根据殷商甲骨卜辞,撰写了《殷卜辞中所见先公先王考》《殷卜辞中所见先公先王续考》《殷周制度论》等。通过考证,王国维证实了《史记》中记载的商王

罗振玉《殷商贞卜文字考》内文书影

更迭世系，基本符合历史真实。后来，经过董作宾、陈梦家、郭沫若、张光直、李学勤等学者逐层深入研究、考证，商人先公谱系的秘密，也渐渐浮出水面：契之后依次为昭明、相土、昌若、曹圉、冥（季）、王亥、王恒、上甲微、报乙、报丙、报丁、示壬、示癸。

示癸之后商族的第十四代领袖叫大乙，后世人多称他为成汤。正是在成汤执政期间，商人建立了商朝。

成汤担任商族首领的时候，天下被夏桀所统治。夏桀非常残忍，倒行逆施，暴政不断，老百姓苦不堪言。夏桀还自比太阳，说太阳永远存在，他又怎么会灭亡呢？老百姓听说了之后说："是日何时丧？予与汝皆亡！"（《史记·殷本纪》）意思是：你这太阳啥时候灭亡啊？我情愿和你同归于尽！由此可见，当时的百姓过得有多艰难。

当时的人打猎，一般要在猎场四面挂上捕猎网，并祷告说："让四方的鸟兽都落入我的网中吧！"但成汤下令，三面张网，给鸟兽们留下一条活路，他祷祝说："鸟兽们，你们想从左边走的，向左；想从右边走的，向右。不听劝告的，就落入我的网中吧！"这就是成语"网开一面"的出处。

成汤（出自：《三才图会》）

其他诸侯一看，哎呀，成汤的仁慈都泽被鸟兽了，可想而知，他对老百姓得有多好啊！于是纷纷背离夏桀，投靠成汤。

虽然《史记》里这样说，但实际上，那时候文明肇始，部落、方国之间战争的胜败，靠的就是赤裸裸的武力。

"欲左，左；欲右，右。不用命，乃入吾网"，表面看来确实宽仁，但稍微深入分析，就会发现其中的潜台词：你向左向右都可以，关键你要听劝。最好的选择，就是顺从我的意愿，让你往左你就往左，让你往右你就往右，要是你不听话，对不起，你就是"不用命"，那你就"乃入吾网"吧！

解网施仁（出自：《帝鉴图说》）

4. 成汤灭夏

缺少有计谋智慧的人帮助，很难成就大业。成汤能推翻夏桀，建立商朝，还得益于伊尹的帮助。

伊尹名挚，尹是官名。伊尹母亲居伊水（今河南伊河）之上，伊尹于夏朝末年生于伊水，故以伊为氏。

传说伊尹出身贫贱,他的养父是莘国国君的厨师,他因此学得一手烹饪的本领。伊尹还善于学习,懂得治国的尧舜之道,远近闻名。

成汤专程前去聘请伊尹,可莘国国君并不答应。为此,成汤娶了莘国国君的女儿,伊尹以陪嫁奴隶的身份,来到成汤身边。伊尹用烹饪做比喻,"以尧舜之道要汤""而说之以伐夏救民"(《孟子·万章》)。伊尹不仅教了成汤治国之道,还鼓励他讨伐夏桀。因此,《孟子》说:"汤之于伊尹,学焉而后臣之,故不劳而王。"就是说成汤先向伊尹学习,然后封伊尹为臣,帮自己处理政务,所以才能成就大业。可见,伊尹是一个切切实实的"帝王师"[①]。

成汤灭夏桀建立商朝,伊尹功不可没,所以历代商王祭祀成汤时,往往以伊尹从祀。已出土的甲骨上就有用一头牛祭祀伊尹的卜辞。而《商颂·长发》中也提到,"允也天子,降予卿士。实维阿衡,实左右商王",意思是说,我们天子实在是圣明诚敬,把治国重任交给伊尹爱卿;伊尹确实配得上阿衡职位,起了辅佐商王的作用。这里的阿衡是官名,相当于后世的宰相。

夏桀越来越暴虐,人们实在无法忍受了。成汤看时机成熟,于是举兵伐桀。出发前,成汤还作了一篇鼓舞士气的檄文,这篇檄文就是著名的《汤誓》,收录在《尚书》中。成汤自号"武王",因而后人也称他为"武汤"。

双方在鸣条附近打了一仗,史称"鸣条之战"。夏桀大失民心,他的军队一触即溃。成汤的军队却势如破竹,很快就杀死了夏桀,建立了新王朝——商朝。

成汤灭夏建立商朝的时间非常重要,从古至今,一直都有学者在推算此时间。比如北宋的邵康节、民国的董作宾先生都认为,公元前1766年是商朝

---

① 帝王师,就是皇帝的老师,这是古代儒家学者成就人生价值的最高职业理想。他们希望通过影响皇帝的思想,借皇帝的手实现自己的政治理想。伊尹是有明确记载、有据可查的第一位帝王师,他和姜子牙、张良、诸葛亮都是后代儒生的偶像。

的开始。

20世纪90年代"夏商周断代工程"的目标就是根据史料、出土文物、研究成果,综合各学科技术,推算夏商周三代的重大历史事件发生的时间。根据这次研究的计算结果,成汤灭夏建立商朝的时间大约在公元前1600年。[1]

公元前1600年,成汤灭夏,夏朝灭亡,商朝正式开始。

《商颂·玄鸟》的第二段,说的就是成汤灭夏建立商朝的历史故事:

古帝命武汤,正域彼四方。方命厥后,奄有九有。
【注释】古帝:天帝。武汤:成汤。正:治理。域:商人直接管辖的土地。四方:天下。方:普遍。命:告知。厥:代词,等于其。后:诸侯。奄:尽、全部。九有:九州。

"古帝命武汤,正域彼四方",就是说上天命成汤管理商人的土地以及天下的土地。言下之意,就是说成汤建立商朝,是顺应了老天的安排,这是天意。"方命厥后,奄有九有",意思就是说,成汤建立商朝后,就告知诸侯国国君:这天下都是我的啦!

5. 妇好墓主人的丈夫

商汤建国,都城设在亳州[2]。

商朝王位的继承制度有两种——父子相传、兄终弟及。这就产生了一个问题:一任商王去世后,到底是该儿子即位,还是由弟弟即位?

到了第十一代商王仲丁的时候,这种存在隐患的制度终于造成了严重

---

[1] 本书后文所讲述的历史大事件,涉及"断代工程"计算范围的,都以其年表时间为依据。
[2] "亳"是商汤时的都城,共有三处,即南亳(今河南商丘东南)、北亳(今河南商丘北)、西亳(也称景亳,在今河南偃师西)。相传诸侯于北亳拥戴汤为盟主,汤攻夏时居西亳,灭夏后还都北亳。

后果。加上周边部落的崛起、自然灾害的频发，商朝开始了一百多年的大混乱。商朝的经济、军事力量衰退，对属国的控制力严重减弱。一百多年间，商朝王位更迭，产生了仲丁、外壬……阳甲等九位商王，史称"九世之乱"。

阳甲逝世，他的弟弟盘庚即位。公元前1300年，盘庚决心改变此前商朝的衰落气象，重新迁都，到商汤建国的"龙兴之地"去，于是就把首都从奄（今山东曲阜）搬到了殷地（今河南安阳西北小屯村）。这就是著名的"盘庚迁殷"，此后，商朝就被称为"殷商"。

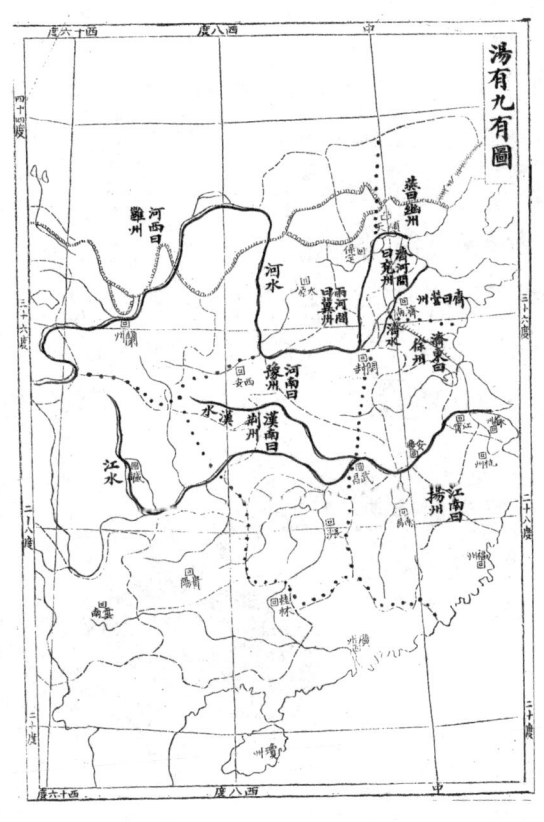

汤有九有图（出自：《钦定书经图说》）

迁都后，商朝的社会经济得到较大发展，殷都成为当时的政治、文化中心。我们现在说的"殷墟甲骨"，主要就是在安阳小屯村发现的。

盘庚迁都五十年后（前1250），另一位著名的商王登上历史舞台。他就是被称为殷商"中兴之主"的武丁。武丁是盘庚的侄子,《商颂·玄鸟》中最主要的叙述对象,就是这位商王。《玄鸟》一诗的第三段说:

商之先后,受命不殆,在武丁孙子。

【注释】武丁孙子:倒装句,即"殷商祖先的子孙武丁"。

这段话的意思是说殷商列位祖先之后,秉承天命、勤劳不怠的,就是他们的子孙武丁啊!

武丁即位时,因为此前盘庚的辛勤治理,商朝已经比较繁荣了。他即位后,更是大力改革,发展农耕,并且四处讨伐,征服了周围许多小国,扩大了领土。商朝在武丁执政的五十九年里,国力达到鼎盛。

武丁在历史上十分有名,原因有三个。

第一个原因,武丁有位能征善战的王后,即中国历史上第一位女将军妇好。如果你去过河南安阳,或者对历史有一定的兴趣,一定听说过妇好。

据记载,她不仅是武丁的王后,还是当时的大祭司,更是一员能征善战的大将!

那时作战,出动的人数都不多,一般也就几千人。但是妇好在攻打羌时居然带了一万三千多人。有一年夏天,商朝西北方边境遭到强悍部族"土方"的侵扰,妇好自告奋勇,率兵前往,结果大胜。

妇好不仅可以独自领兵打仗,还能和丈夫武丁打配合。商朝攻伐西边的巴方,战前,夫妇二人商量好计策,武丁带

后母辛虎匜(中国社会科学院考古研究所藏)
出土于河南安阳市小屯5号墓,墓主人即妇好

领精锐从东面驱敌，妇好则提前设伏兵；待巴方进入包围圈，妇好便与武丁合力痛击之。巴方前后受敌，阵脚大乱，被一举击败。这大约是有文字记载的第一次"伏击战"了吧。

妇好帮助武丁平乱西方、南方、北方，功莫大焉，可惜她英年早逝，武丁为此大为悲恸，把她葬在了自己的王宫旁边。

1976年，郑振香、陈志达两位学者，主持挖掘了安阳的一个商代大墓。墓中发现了青铜器、玉石器等数量、规格惊人的陪葬品。根据出土青铜铭文，考古学家确定这个大墓的主人，就是甲骨文上经常出现的妇好。这是当年十大考古发现之一，轰动一时。妇好因此成为我们所熟知的人物，武丁也因为妇好的原因，经常被人们提及。

第二个原因，和武丁重用的贤臣傅说有关。《孟子》中有几句我们所熟知的话："故天将降大任于斯人也，必先苦其心志，劳其筋骨，饿其体肤，空乏其身，行拂乱其所为，所以动心忍性，曾益其所不能。"孟子在得出这段结论之前，列举了许多历史名人先苦后甜的例子，你还有印象吗？

> 舜发于畎亩之中，傅说举于版筑之间，胶鬲举于鱼盐之中，管夷吾举于士，孙叔敖举于海，百里奚举于市。

这几句的意思是舜发迹前是个农夫，傅说发迹前是个泥瓦匠，胶鬲发迹前是一个鱼盐贩，管仲是一般的士人，孙叔敖在海边被举荐，百里奚是从奴隶市场买回来的。这几位后来在历史上都非常有名。其中的傅说在历史中留名就和武丁有关。

据《史记·殷本纪》记载，武丁晚上做梦，梦见一位叫"说"的旷世奇才。第二天，他遍观群臣，发现都不是自己要找的人，于是就派人在全国寻找，结果在傅险这个地方发现一名叫"说"的筑墙奴隶。武丁把人招来一看，正是梦中见到的那位贤人，跟"说"交谈之后，武丁发现他果然很贤能，于是破格提拔了他，并委以重任。由于说是在傅险这个地方找到的，

"说"就被称作"傅说"。

说筑傅险、审象旁求（出自：《钦定书经图说》）

傅说非常有才能，也确实不负武丁所望，把商朝治理得井井有条。

傅说、伊尹以及后面我们会介绍到的姜子牙，经历都十分传奇——他们都是得到天子重用，成就一段历史佳话的。他们得到的待遇和知遇之恩，是后世儒生十分渴望的，所以傅说等被孟子作为励志榜样介绍给了大家，"天将降大任于斯人也"一段，也成为后世儒生自励的金句。

傅说被当成儒生的榜样，武丁自然成了明君圣王的代表。

第三个原因，武丁创立了显赫的功业。

前面提到，在内政方面，武丁任用傅说，使国家政局稳固。对外，武丁不仅有妇好这位能征善战的大将，他自己也领兵出征，攻伐了商朝周边许多方国，如西边的羌，北边的舌方、鬼方、土方，东边的夷，南面的髳方、虎方等。武丁确立的统治区域，实际上是秦朝统一之前中国的核心版图。武丁又把亲近的大臣和亲属，派到各地去管理当地。后来建立周朝的周人就是这时候被封为诸侯的。

武丁时期,商朝整体国力比较强盛,发生了许多大事。这从殷墟甲骨就能看出来,因为它们大多数都是武丁时期的。还有,我国目前出土的最大的青铜器——后母戊(一作"司母戊")大方鼎,也是武丁时期的。铸造大型青铜器,需要人力和物力的综合条件,由此也可窥见武丁时期商朝的国力。

后母戊大方鼎(中国国家博物馆藏)
一作"司母戊大方鼎",是商后期约公元前14世纪至前11世纪铸品,于1939年出土于河南安阳武官村

后母戊大方鼎铭文

武丁有如此功绩,因而殷商后人对这位祖先十分崇拜。《商颂·玄鸟》第四段内容最多,基本上都是赞美武丁的。

> 武丁孙子,武王靡不胜。龙旂十乘,大糦是承。邦畿千里,维民所止,肇域彼四海。四海来假,来假祁祁。景员维河,殷受命咸宜,百禄是何。
>
> 【注释】龙旂:画着蛟龙的旗。糦(chì),黍稷。大糦是承即承大糦,指用酒食祭祀。假(gé):通"格",前来朝觐的意思。祁祁:形容人多。景员维河:山周围被大河围绕,比喻四海诸侯朝拜殷商,众星捧月。景:小山。员:周围。何(hè):即"荷",承受。

这段话的意思是说，伟大的武丁啊，战无不胜。他还会乘着龙旗大车，装载祭祀品，去祭祀列位祖先。只要有人居住的地方，都是商朝的统治区域，武丁开拓的疆域边界抵达了大地尽头，接连四海。四海前来朝觐的人非常多。殷商得到天命庇佑，祝愿商人永远受福、永受天命。

武丁执政期间是商朝发展最为辉煌的时期，也是中国历史上一个关键时期，是中华文明许多特征的源头。

除了《玄鸟》，《商颂》中的《烈祖》《成汤》《那》主要歌颂的也是成汤和武丁的事迹。

知识拓展 为什么从后母戊大方鼎可以推测出武丁时期商朝国力强盛？

夏鼐先生认为中国文明特征的三项标志是都市、文字制度和青铜器铸造技术。他在《中国文明的起源》中指出：最能代表商文明的高度水平的是它"相当发达的冶铸青铜的技术"。那些形状奇特、花纹绚丽的礼器（举行仪礼时用的酒器、食器等容器）是上古文明世界中技术最突出的成就之一。商代青铜器铸造技术"意味着要有一批掌握冶金技术的熟练工匠，又要有一定的贸易活动和保证交通路线的畅通，才能解决原料和产品的运输问题。这又需要社会组织和政治组织上一定的改革，以适应新的经济情况，包括生产力的发展"。因而后母戊大方鼎的出现说明商朝在当时已在各方面达到较高的水平，国力强盛。

商朝的衰落

《商颂》中提及的商王，当然都是对商族、商朝发展做出了重要贡献的。武丁之后，商朝开始走下坡路，一个重要的原因就是后面的八位商王，不是庸碌无为，就是昏聩荒淫。这里介绍两位"有名"的商王：一位是武乙，另一位是大家比较熟悉的、小说《封神演义》里的大反派商纣王。

1. 被雷劈死的武乙

由于科技不发达，上古先民面对自然大多无能为力，所以他们敬畏鬼神、崇拜天地。商人还很迷信，上至"国家大事"的祭祀、战争，下到风雨有无、年岁收成如何、出入吉凶、田渔猎获、疾病轻重、妇女生育……事事都要问卜、祷祝。

可是武乙却做了一个木偶，称这个木偶就是"天神"，要和这个木偶"天神"一较高低。木偶"天神"当然输了，于是武乙就像对待奴隶那样侮辱、惩罚"天神"。他让人用皮革做了一个袋子，里面盛满鲜血，再将袋子挂起来。他用箭去射袋子，声称这样是"射天"。袋子被射，鲜血四溅，武乙很得意：看！天被我射烂流血了……后来，"射天"便成为一个典故，用来指暴虐和叛乱行为。

武乙最后死得也挺离奇，据《史记》的观点，武乙"射天"轻慢鬼神，所以当他"猎于河渭之间，暴雷，武乙震死"。也就是说，武乙因不敬鬼神，被雷劈死了。不过，据多位学者研究，商人信鬼（帝），周人祀天（神），信仰的对象不同，所以"射天"反映的是商、周文化的冲突、对立，武乙那么做，实际上是在对周人信仰的"天神"实施厌胜之术。① 而且"射天"这件事，不仅武乙干过，我们即将介绍的帝辛也干过。

革囊射天（出自：《帝鉴图说》）

---

① 陈立柱、刁华夏：《"敬天"与"射天"：上古夏、夷族群融合之殇》，《史学月刊》2020年第4期，第5—21页。

2. 商纣王发明了酒池、炮烙？

帝辛是商朝最后一位王，又名受，古音"受""纣"相同，因而后世多称他为纣王，史书上则称他为帝辛。据记载，帝辛天资聪慧，反应敏捷，力大无穷，可以徒手和猛兽格斗，而且知识渊博，没有人比他知道得多，他还能言善辩，没人说得过他。他早年还攻伐了一些小国家，平定了战乱。可就是这样一位"全面发展"的商王，尝到了权力的滋味后，就开始胡作非为了。

后世把纣王和夏朝最后一位王桀一起称为"桀纣"，并用这个词泛指暴君。暴君往往都有乱杀大臣、荒淫无度、横征暴敛、搜罗天下奇珍异宝等行为，但说起纣王的暴行，后世说得最多的就是炮烙、虿盆、酒池肉林。咱们分别来看一下：

炮烙，一般认为是用烧红的铜柱去"烙"人。

虿盆，就是挖一个大坑，里面养满蛇蝎毒物。哪个大臣敢劝谏、破坏了纣王雅兴，就把他推到虿盆里，让蛇蝎咬死他。

酒池，就是在一个大池子里装满美酒，让大家在酒池中边洗澡边喝酒。肉林，就是把肉串起来悬挂在空中，让人们抬头就能吃到。纣王带着许多男男女女光着身子，没日没夜地在酒池肉林欢乐嬉戏。

纣王暴虐是毋庸置疑的，但是我们读历史书，不能只是猎奇，而应该透过文字看到更深层的东西。对一个人善恶的评判，会因时代、价值观的不同而不同。历史书中记载某个历史事件并做评价的时候，反映的往往是书写者当时的价值观，未必就是历史真实的样子。咱们就以酒池和炮烙为例，分别来看看。

"酒池"的说法，最早见于《韩非子·喻老》："纣为肉圃，设炮烙，登糟丘，临酒池。"

汉代，纣有酒池肉林的说法，开始流行。

但是大家有没有怀疑过：这混合着尿液、口水、鼻涕、眼泪、污垢的

"洗澡酒",卫生吗?能好喝吗?酒池到底是怎么回事呢?

实际上,"酒池"是上古时期人们聚众而饮的"群饮"风俗的遗留。①

人和动物的生存都离不开水源,所以,上古先民聚在水源处一起吃饭喝水,其凿地聚水之处就是后来的"水井"。夏商时期也是如此,《礼记·礼运》说:"夫礼之初,始诸饮食,其燔黍捭豚,污尊而抔饮。"这里的"污尊而抔饮",说的就是上古时期,人们凿地为坑、聚集于水源处,用手掬水喝的风俗。在酒产生后,这种"群饮"的风俗也没有消失,只是以地为尊、手捧而饮水变成了饮酒。

知识拓展　为什么离开家园叫背井离乡?

同一个部落或者血缘近亲,往往是围着同一口水井同吃共饮的,水井实际成为部落或者村庄的公共交流场所,逐渐和"家"的意象紧密相连,故而中国人称离开故乡叫背井离乡,把公共交易的场所称作市井。

历史早期的酒很珍贵,因此古人常把酒兑在水中。比如《礼记》中多次提到"玄酒",就是给水中兑一点点酒。《周礼》中的"酒正"负责的正是用水调兑酒的薄厚。喝这样"酒",既能完成复杂的主宾之礼,又能使饮酒者始终保持清醒和风度。此外,那时的酒都是自然发酵而成的,度数很低,所以古代所谓"饮酒",其实与饮用含酒精的饮料差不多。

"酒池"的真实情况,极有可能是商纣聚集人力,凿砌大池子,倒进清水和美酒,大家围坐而饮。

祭祀必用酒,商人又十分重视祭祀,必然会形成嗜酒的风气。1999年,在河南偃师商城遗址内,考古工作者发现了规模庞大的石砌水池遗迹。遗迹

---

① 田君:《夏商"酒池"新说》,《河南师范大学学报》(哲学社会科学版)2009年11月。

附近有多口水井，使用年代与水池相同，考古工作者推测，这个池子多半不是提供生活用水的，而是商代帝王娱乐的池苑。

《韩非子》记载，越王勾践曾把酒倒到江中，这样就算和百姓一分享"美酒"了；霍去病在甘肃，曾把酒倒入泉中，与将士共饮。

所以纣王的"酒池"，在当时其实算比较正常的娱乐方式。只是，美酒虽然好喝，嗜饮的弊端也会很大：一是水中毕竟含有酒精，纵欲牛饮会让人头脑不清；二是会浪费大量粮食，使百姓困苦。所以，自有文献记载以来，人们就认为酒很好喝，祭祀也用酒，但是不能多喝，多喝就会身心俱乱，祸国殃民。尤其是聚众群饮，很容易滋生事端。

西周灭商之后，总结商纣灭亡的原因，其中一条就和嗜酒有关。因此，为了避免重蹈覆辙，西周初年，周公以极刑严禁人们聚众群饮。《尚书·酒诰》说："群饮，汝勿佚，尽执拘以归周，予其杀。"意思是：如果有人聚众群饮，别让他们跑掉，全部逮回来，我把他们杀掉！在这种思想的影响下，西周禁止群饮嗜酒长达三百年。无论是西周早期的大盂鼎（康王时期），还是西周晚期的毛公鼎（宣王时期），铭文中都有关于不要酗酒的训诫。后世的统治者，也多效仿周公颁布禁酒令。[①] 比如，在汉初，由于连年战乱、民生凋敝，饮酒会浪费大量粮食、引起社会治安不稳定，国家就明确规定"三人已上无故群饮，罚金四两"（《史记集解》注《孝文本纪》引文颖注）。

正是在这样的背景下，"酒池"就显得浪费奢侈，纣王就显得罪恶滔天。再看《史记·殷本纪》的记载和传播：

> 大聚乐戏于沙丘，以酒为池，县肉为林，使男女倮相逐其间，为长夜之饮。

[①] 刘光胜：《清华大学藏战国竹简（壹）整理研究》，上海古籍出版社，2016年，第233—234页。

"酒池肉林"遂成为世人皆知的奢靡行为。后代史书所谓的酒池肉林,基本上都是这段文字的转引增改了。

> **知识拓展** 禁酒就是完全禁止饮酒吗?为什么周代青铜器中也有酒器呢?
>
> 周公禁酒并不是完全禁止饮酒。《酒诰》规定:只有在祭祀祖先,孝养父母,为君长奔走时才可以饮酒。饮酒时也要以德约束自己,避免喝醉失礼。周代祭礼中,用香酒敬献宾客,贵在酒香浓郁,宾主饮酒行其礼,取其味而不取其量。

再来说说"炮烙"。一般认为这是一种十分残酷的刑,见于《荀子》《韩非子》《吕氏春秋》等多部古籍。但是在具体的解释上,各典籍也有一些细微的差异,主要是集中在是"炮烙"还是"炮格"上。

比如《史记》记载的就不是"炮烙",而是"炮格":"百姓怨望而诸侯有畔(叛)者,于是纣乃重刑辟,有炮格之法。"郑珍《说文新附考》、俞樾《诸子平议》等认为,"格"是一种工具的名称,而不是"烙"这个动作。

1994年,香港文物市场出现了两批战国竹简。经学者考证,这应是战国晚期楚国贵族墓中的随葬品。后来,这两批竹简被上海博物馆收藏,被称为"上博简"。

上博简中有一篇《容成氏》,里面有一段文字和炮烙之刑有关[①]:

"于是乎作为九成之台,寘盂炭其下,加圜木于其上,使民蹈之,能遂者遂,不能遂者入而死,不从命者从而桎梏之。于是乎作为金桎三千。"

根据这一段文字记载,人们了解到,炮烙之刑的具体细节应该是:修

---

① 赵平安:《〈容成氏〉所载"炮烙之刑"考》,《新出简帛与古文字文献研究》,商务印书馆,2019年,第346—350页。

建一座高台,在台下放置铜盂和木炭(木炭应该是放在盂盆中的),再给台上架一根圆木,让人从圆木上走过去。走过去的就罢了,中途掉下去的则会被烧死。如果抗拒不走,那就把他抓起来戴上枷锁。

妲己害政(出自:《帝鉴图说》)

从这一段文字里可以得出两个信息:

第一,历代记载的"炮烙"不如"炮格"准确。所谓的炮格之刑,其实是一套残忍施刑的工具,不是把人绑在铜柱子上"烙"。

第二,"炮格",一般理解为一种酷刑,但实际上可能是一种残忍的游戏。

能做这样游戏的人，不是暴君又是什么呢？

商纣不知道忠言逆耳，他把进谏的路堵死，把持异见者全部杀掉，刚愎自用，结果必然招来灾祸，最后，他把自己逼到绝路，把自己的王朝推进了虿盆。

当商纣在酒池肉林嬉戏、玩活人走炮格的残忍游戏之时，他没想到，来自遥远西方的周人，正逐渐强大，并且即将成为他和他的帝国最大的威胁。

知识拓展　商纣到底有多坏？

清末民初的学者夏曾佑，在他的《古代史》一书中，将夏桀和商纣的恶行一一进行了比较：

夏桀宠妹喜；商纣宠妲己。夏桀造酒池，可以行舟，有三千人在里面喝酒行乐；商纣造酒池肉林，男女相逐其间，没日没夜胡闹作乐。夏桀造了琼台瑶室；商纣造鹿台。夏桀杀忠臣关龙逄；商纣杀忠臣比干。夏桀囚禁商汤，商汤贿赂他，得以脱困；商纣囚禁姬昌于羑里（今河南汤阴北），姬昌的大臣闳夭贿赂纣王，使姬昌得以脱困。夏桀自比太阳；商纣自认为受命于天。

这六条几乎一模一样，只是人物和具体内容稍有改换，其性质总结起来为"内宠""沉湎""大兴土木""拒谏""贿赂"和"信命自大"。我们看看后来的历史，但凡暴君，其行为必然逃不脱这六条的范畴。

这就和古代儒生提及圣王就是尧、舜、禹、汤、文王、武王，提及国师就是伊尹、傅说、姜尚、张良一样，这时候的圣王、国师，不再是活生生的有血有肉的人，而是类型化的符号，是后世需要的类型化符号。同样，纣王也成了"暴君"的类型化符号。《论语》中，孔子的弟子子贡就说："纣之不善，不如是之甚也。是以君子恶居下流，天下之恶皆归焉。"

话说回来，商纣要是不"坏"，周人又怎么能取而代之呢？

雅

关于《雅》，历来争议较大。

《毛诗序》说"'雅'者正也"，即正声雅乐，专指周天子所在王畿的音乐，和各诸侯国的诗歌"风"相对。郑玄《毛诗笺》说"雅为万舞"，即古代的一种舞蹈。章太炎则根据《诗经·小雅·鼓钟》中的"以雅以南，以籥不僭"，认为"雅"是乐器的名字，应该是和"南""籥"类似。（《大疋小疋说》）

此外，还有一种流传较广的观点，即刘师培、王国维、梁启超等人认为的："雅"是"夏"的假借字，而"夏"就是古书中所说的"九夏"一类的乐舞（刘师培《舞法起于祀神考》），所以《雅》中诸篇，是人们戴着面具对唱表演的乐章，类似歌舞剧。日本学者加藤常贤则直接说，"《雅》就是假面舞蹈"。

目前来看，学者多偏向于从音乐角度来解释《雅》《颂》。

那么同为音乐形式，《雅》《颂》又有何区别呢？

宋代学者王柏认为："颂有两体，有告于神明之颂，有期愿福祉之颂。告于神明者类在《颂》中，期愿之颂带在《风》《雅》中。"就是说"颂"有两种形式，一种是向神灵献祭、赞美神灵的；一种是祭祀神灵，祈求获得祝福的。前者收在《颂》中，后者收在《风》《雅》中。以此观之，《颂》和《雅》有同样的性质，都是祭祀中用的诗歌，只是祭祀的目的不同罢了。这种说法聊备一说。

《雅》共有一百零五篇，其中《大雅》三十一篇，《小雅》七十四篇。

《雅》为何分为《大雅》《小雅》呢？历来说法比较多。

《毛诗序》认为是以政治划分，《孔疏》认为是以音乐分。此后，学者大多都从音乐角度对其进行区分。如宋代郑樵、程大昌，清代惠周惕等，皆从此说。朱熹在此说基础上，还认为"正小雅、燕飨之乐也，正大雅、朝会之乐也"。现代古典文学研究专家余冠英先生则有新说，他认为最早可能只有一种雅乐，只是在流传编纂的过程中，有了新的雅乐，人们便把旧的称《大雅》，把新的称《小雅》。《大雅》《小雅》的诗篇，所反映的历史确实有早晚之别，因此这个说法也得到了很多学者的支持。

第二章

我有嘉宾,鼓瑟吹笙

《大雅》《小雅》

　　《雅》里的诸多诗作，大多产生在西周时期，记录了西周诸位天子的事迹，并对其进行了赞颂或者批评。其中《生民》《公刘》《黄矣》《大明》等几篇，更是详细记载了周族的起源、发展。本章就为大家简单介绍《诗经·雅》中的一些诗篇，讲述这些诗篇所反映的历史事件。

岐山下的来客

1.半人半神的孩子

在上一章，咱们说过，中西方神话中，一个氏族的祖先，往往是天神或天帝采用一些手段，通过人间女子生下的半人半神的孩子。

周人的祖先后稷也是这样的孩子，他的故事被详细记载在《大雅·生民》一诗之中。他的出生经过非常曲折，与商人的祖先契相比，他的成长也更辛酸。我们分段来看一下。

《生民》的第一段，讲的就是姜嫄感而受孕，生下后稷的神奇经历：

> 厥初生民，时维姜嫄。生民如何？克禋克祀。以弗无子，履帝武敏歆。攸介攸止，载震载夙，载生载育，时维后稷。
>
> 【注释】厥：发语词"其"，没有实际意义。克禋克祀：祭祀天帝。弗：通"祓"，指消除灾祸的祭祀仪式。歆：愉悦。攸介攸止：祭祀完了休息。震：妊娠。

相传，帝喾的妃子姜嫄一直没有孩子，为此经常祷祝。有一次，她在野外，看见地上有巨人的足迹，非常好奇，就一脚在足迹的大拇指处踩了下去。姜嫄立刻感受到了一种从未有过的奇妙感觉，并且有了身孕，怀胎十月后，她终于生下了一个孩子。

> **知识拓展　"踩脚印感而受孕"后的文化密码**
>
> 在中国的历史传说里，母亲因为"踩脚印感而受孕"的，共有三个人，除了后稷，还有发明八卦的伏羲氏、《山海经》中提到的上古先王帝俊。
>
> 有学者从人类学角度分析，认为"踩脚印感而受孕"的故事，反映的是上古母系氏族生而不知其父、只知其母的群婚制。也有学者认为，这反映了上古祭祀仪式中的一个环节。比如，闻一多先生就认为，履迹乃祭祀仪式中的一部分，可能是一种象征性的舞蹈。"帝"实际上是指代表上帝受祭的活人，即"神尸"。"神尸"在前面跳舞，"母亲"尾随其后跳舞，感到十分愉快。跳完舞蹈，祭祀结束，"母亲"与"神尸""相携止息于幽闲之外，因此有孕"。

2.不同寻常的遭遇

《生民》的第二、三段，讲述的是后稷出生后的辛酸经历和离奇遭遇。

> 诞弥厥月，先生如达。不坼不副，无菑无害。以赫厥灵，上帝不宁。不康禋祀，居然生子。
> 诞寘之隘巷，牛羊腓字之。诞寘之平林，会伐平林。诞寘之寒冰，鸟覆翼之。鸟乃去矣，后稷呱矣。实覃实訏，厥声载路。

《生民》第二段的生僻字非常多，我们一句句地来看。"诞弥厥月，先生如达"：姜嫄怀胎十月，居然生下来一个肉球！"不坼不副，无菑无害"：这肉球还是浑圆的，没有破裂。"以赫厥灵，上帝不宁。不康禋祀，居然生子":姜嫄非常难过,以为是自己的祭祀没有令上天满意,所以生下这么个怪胎。

于是,姜嫄就把孩子给扔了。问题来了:她为什么要扔孩子?

有人可能要说:上古礼教森严,姜嫄不知道谁是孩子的父亲,所以觉得羞愧,就把孩子扔了。这不过是用后代的观点去看当时之事罢了。

其实,关于这个问题,历代学者的观点也不一样。问题的关键是如何理解"先生如达"的"达"字。

主流的《诗经》注解大多把"达"解释为"顺滑",就是说这个孩子生得太顺利了。郑玄、朱熹等则认为"达"的本字是"羍",是"小羊羔""羊子"的意思,"先生如达",就是说生孩子像母羊生小羊一样,比较容易。

可这又有一个问题了:为什么母羊生小羊比较容易呢?

清代学者陶正靖在《晚闻存稿》中说:

> 凡婴儿在母腹,有胞衣裹之,临蓐时,其衣先破,儿体少舒手足,渐欲动摇,故生之难。羊子之生,胞仍完具,堕地而后母为破之,故其生易。稷生如达,盖藏于胞中,形体未露,是以无啼声。(转引自马瑞辰《通释》)

大家知道,我们人和羊一样,都属于哺乳动物,在母体中依靠胎盘获得营养,"睡"在胞衣之中。人出生时,先破胞衣,所以产程长;而小羊出生的时候,像个肉球——它是和胞衣一起生出来的,所以产程短,出生之后,羊妈妈还得帮小羊破开胞衣——这种情况,古人就称作"达"。

所以"先生如达",实际上是说后稷是被胞衣裹着生出来的,那看起来可不就是个肉球吗?这种现象很少见,所以姜嫄认为这个孩子不吉祥,她把孩子给扔掉,也就在情理之中了。这种解释,最为通透,也最能令人信服。

《生民》第三段，讲了后稷被扔时出现的种种异象：扔到巷子里，牛羊都小心地避开他；扔到树林里，伐木的樵夫救起他；扔到寒冰上，鸟儿们用翅膀护住他，帮他取暖；鸟儿们飞开之后，他就哇哇地哭，嗓门还挺大，四处都能听见。

后稷与姜嫄（出自：《钦定书经图说》）

看到这些不同寻常的事，姜嫄想：看来这孩子也不同寻常。她就把后稷抱回家中，好好抚养起来了。因这个孩子被丢弃过，姜嫄就给他起名叫作"弃"。

至于"后稷"这个称呼，是后人对他的尊称。为了行文方便，我们还是称他为"后稷"。

3. 后稷的天赋

后稷很小的时候,就表现出了特别强的农耕天赋——他种啥啥丰收。《生民》第四段说:

诞实匍匐,克岐克嶷,以就口食。蓺之荏菽,荏菽旆旆。禾役穟穟,麻麦幪幪,瓜瓞唪唪。

【注释】克:能够。岐、嶷:有知识、能识别。蓺:种植。荏菽:大豆。旆(pèi)旆:茂盛的样子。禾役:禾穗。穟穟:下垂的样子。幪幪:茂密的样子。瓞(dié):小瓜。唪(fěng)唪:果实累累的样子。

后稷还掌握了科学合理的农作物种植方法,《生民》第五段云:

诞后稷之穑,有相之道。茀厥丰草,种之黄茂。实方实苞,实种实褎。实发实秀,实坚实好。实颖实栗,即有邰家室。

第一句中的"有相之道",即有利于农作物生长的方法。具体是什么样的呢?后文说了,"茀(fú)厥丰草,种之黄茂":拔除疯长的草,种下黄灿灿的饱满的种子。"实方实苞,实种实褎(yòu)。实发实秀,实坚实好":这些种子长出的作物长势喜人。"方""苞""种""褎""发""秀"描述的是农作物生长的六个阶段,即谷种露白、谷种吐芽、短苗长出、禾苗长高、禾茎拔节、作物抽穗。到了收获的时候,谷物的果实"实颖实栗",即颗粒饱满,果实众多。

"即有邰(tái)家室"是说,后稷发展农业有功,受封于"邰"这个地方。按《史记》的说法,后稷受封于邰地,同时也获得了"后稷"的封号。他在"邰"建立邦国,周人在此繁衍生息。

可是"邰"到底在哪里?学者们也是各有说法。传统观点是,邰的范围，总不出陕西泾渭二水一带——大约在今天的陕西武功县附近。

《生民》第六、七、八段，没有牵涉更多的历史故事，都是赞美后稷培育了很多优良的农作物，并举行祭祀，以求来年收获更多的。周人继承了后稷的祭祀祈福活动，从而使周族长期安乐。因为行文关系，这里就不做过多介绍了。

知识拓展　谷神的原型到底是谁？

"稷"的本义是谷物，周人的先祖"弃"被封为"后稷"，"后稷"就是"农业之王"的意思。

一个国家最重要的就是土地和粮食，古代君主都要祭社和稷——"社"指土神，"稷"指谷神。

那么，谷神"稷"，就是咱们介绍的这位周人的祖先"后稷"吗？可能有了解中国古代神话的朋友会说，不对啊，谷神应该是神农氏。

要回答这个问题，必须先给大家介绍一位中国近代史学史上大师级、名声响当当的学者——顾颉刚。他是著名的历史学家，是中国现代历史地理学和民俗学的开拓者、奠基人。他最大的贡献之一，就是开创了"古史辨"这一学术流派。

所谓"古史辨"，简单点说，就是继承和发展前人的"疑古"思想，借用近现代科学知识方法，重新审视古代经典籍、历史事件，对其进行考证，辨别真伪。

在对上古历史和神话的梳理上，顾颉刚的贡献极大。

大家熟悉的从古至今一直流传的中国

顾颉刚（1893年5月8日—1980年12月25日），名诵坤，字铭坚，号颉刚

上古"三皇五帝夏商周"的系统是：盘古开天地，女娲造人，共工撞不周山致天崩地陷，女娲补天；神农氏尝百草、伏羲造八卦、炎帝黄帝战蚩尤；黄帝开创文明，率领百官进行发明创造；帝喾、颛顼、尧、舜、禹"五帝"治世；夏商周建立。

顾颉刚在研究后发现，中国古代历史传说有一个规律。他把这个规律总结为三点，这就是著名的"层累说"。

其一，"时代愈后，传说的古史期愈长。"比如说，西周时期，人们心中最古老的人是大禹，但是越到后来，就出现了越多"更古老"的人。例如孔子就常常提到上古有尧、舜，秦汉时人们常说上古的黄帝，再往后才有了女娲、盘古。

其二，"时代愈后，传说中的中心人物愈放愈大。"比如，孔子只提到舜是"无为而治"的圣君；《尧典》里舜则是"家齐而后国治"的圣人；到了孟子，便认为舜不仅是圣君，还是一个大孝子。就是孔子也逃不脱这个规律——孔子活着的时候，最高只做了鲁国的司寇，但是他死后，地位越来越高，汉代称他为"素王"（无冕之君王），之后成了圣人，再后来简直成了神一样的人物，没有丝毫缺点。

其三，我们虽"不能知道某一事件在历史上真确的状况，但可以知道它在传说中最早的状况"。比如，"我们即使不能知道夏商时期的夏商史，也至少能知道东周时期的夏商史"。

"层累说"最关键的是前两点。也就是说，后人总是要添加附会，总要把故事"编得圆满"。于是时代越晚，上古神话历史越古老，上古大神越多。比如盘古，是三国时期才出现的，却成了开天辟地最早的神。这就好像积累柴火，后来者反而居上。

"古史辨"派的研究，在当时影响很大。1926年，《古史辨》第一册出版，胡适称赞道："这是中国史学界的一部革命的书，又是一部讨论史学方法的书。此书可以解放人的思想，可以指示做学问的途径，可以提倡那'深澈猛烈的真实'的精神。"（胡适《介绍几部新出的史学书》)《古史辨》的出版,无异于给沉浸在"惟古是信""微言大义"的中国人打开了一扇明亮的窗户。

以顾颉刚等人的研究成果来看上古历史中的许多谜团,结论就清晰起来了。

很显然,神农氏是战国时期才出现的人物,而后稷在西周早期的《诗经》中就有记载。依据"层累说",我们基本就可以做出清晰的判断了:神农氏虽然"辈分高""古老",但是在文献中"出现"得晚;后稷虽然不如神农氏"古老",但是在文献上"出现"得早。所以谷神的原型应该是周人祖先后稷。至于"谷神是神农氏"的说法,显然就是后人的附会了。

4.和戎狄混住的周族

后稷之后的好几代子孙,都担任了"后稷"这个官职,发展农业。①

大禹的孙子太康继承王位后,不理政事,废除农官,周人当时的首领不窋因此丢掉了官职。不窋不顾年老体弱,带领周人逃到了北方戎狄聚居的邠地(在今天甘肃庆阳一带),并在这里安顿了下来。这就是《史记·周本纪》所记载的:"不窋末年,夏后氏政衰②,去稷不务,不窋以失其官而奔戎狄之间。"

不窋的孙子公刘,身上流淌着祖先后稷的热血,也遗传了祖先精于农耕的基因。他虽然身处戎狄,但是依旧能够大力发展农业,致力于耕种。

---

① 《史记》记载,后稷一直活动于尧舜禹时期乃至夏朝。这几个时代延续时间太久,至少有几百年,所以应该是记载有误。吕思勉先生在《先秦史》中谈及这个问题,认为后稷(弃)的后人承袭了"后稷"这个官职,司马迁误把官职和人名混为一谈。此说较为合理,本书从之。
② 有观点认为"夏后氏政衰"应解释为太康失国,后羿代夏,废田稷之官,于是不窋才奔于戎狄之间。

《史记·周本纪》记载说："（公刘）复修后稷之业，务耕种，行地宜，自漆、沮渡渭，取材用，行者有资，居者有积蓄，民赖其庆。"意思就是说，公刘致力于耕种，四处巡视，看那些土地都适合种什么。他还从漆水、沮水渡过渭河，伐取木材以供民用。他这么做的结果是什么呢？要出门的人都有盘缠，在家待着的都有积蓄，百姓得享其福。

据《史记会注考证》说，公刘所处的年代，差不多是商代"九世之乱"的尾声，盘庚迁殷的前夕。大概这时候商朝非常衰弱，无暇顾及周边方国，周人才能重操祖先之业，大力发展农业。

《大雅》中有一首《公刘》，赞颂了公刘的功绩，其中就说到了公刘发展农业，带领大家迁徙到豳地（在今陕西旬阳、彬州一带）定居的事。

在豳地，周人"君之宗之"，举行了宗教仪式，这意味着公刘族长权威的正式确立。同时，周人有了"其军三单"的组织管理单位。"三单"也可能是军事单位，同时是管理单位。①周人还"度其隰原，彻田为粮"，这说明，公刘时代的周人进入了强制性收缴税收的阶段，由氏族部落形态向雏形国家迈出了一大步。②

总之，公刘既发展农业，又带领族人迁徙，还辛辛苦苦战斗，终于让周人有了相对安定的大本营，实在功不可没。

在戎狄之地，人们的生产以畜牧为主，农牧兼营。公刘大力垦荒种地、播种粮食，发展农耕，也深深地影响了戎人，他们逐渐转化为周人统治下的臣民。③周族因此逐步强盛，因而周族的后人十分尊重公刘，留下了赞颂公刘的《大雅·公刘》，这也是周朝六大史诗之一。只是《公刘》一诗太长，故而本书从略。

---

① 台湾学者杜正胜认为"其军三单"指的是公刘多次战斗，才取得土地。
② 张建军：《从氏族、部落到雏形国家——〈诗经·大雅·公刘〉考论》，《语文知识》2007年第8期，第4—7页。
③ 杜勇：《周人居豳时代的共同体建设》，《中华文化论坛》2020年第1期，第5页。

5. 奇怪的古公亶父

公刘带领周人走向富强，公刘的儿子庆节，则更进一步在豳地建立了国都。

经过周人的辛苦经营，周人所在的地方，财物丰盈，土地肥沃，人们安居乐业，俨然人间乐土。到了古公亶父做周人首领的时候，一件大事发生了：一个戎狄部落前来骚扰豳地，意图抢夺财物。

换作一般的领袖，会怎么办呢？率众反抗还是直接投降？

古公亶父的处理方式不太一样，他认为戎狄只是想要财物——那给他们不就完了吗？反正我们土地肥沃，会长出来更多的东西。于是，古公亶父就很友好地把财物给了戎狄，老百姓因此没有受到多大的损伤。

不过，人的贪欲是无法得到满足的。没过多久，戎狄就再次侵扰豳地。

这次戎狄要的，就不仅是财物了，他们还要人民和土地——古公亶父你走吧，把人民和土地给我留下！老百姓都很愤怒，戎狄这也太欺负人了吧？人们拿起农具和兵器，要和戎狄打仗。

但是古公亶父的处理方式还是一如既往地出人意料。《史记·周本纪》记载，他是这样说的：

> 有民立君，将以利之。今戎狄所为攻战，以吾地与民。民之在我，与其在彼，何异？民欲以我故战，杀人父子而君之，予不忍为。

这段话的意思是说，老百姓立一个君主，是希望对他们有利。现在戎狄发动战争的目的，是要我的土地和人民。老百姓受我统治和受戎狄统治，有什么区别呢？老百姓因为我而打仗，让我用牺牲子民的方式来换取君位，我不忍心啊！

于是，古公亶父决定避让戎狄，他带着自己的家属和族人，离开豳地,渡过漆水、沮水,翻越梁山,到岐山脚下,和当地的姜姓联姻,逐渐在此安定下来。

《大雅·绵》中"古公亶父,来朝走马。率西水浒,至于岐下,爰及姜女,聿来胥宇"说的就是这段故事,因而《绵》也是周朝开国史诗之一。

古公亶父迁到了岐山,豳地的老百姓不离不弃,大家扶老携幼,全部来到岐山脚下,重新归附古公亶父。别的地区的人,听说仁义的古公亶父到了岐山,也都前来归附。

后世的记载当然有美化。实际的情况,我们不得而知,很可能是周人当时并没有与戎狄对抗的实力。公刘虽然已经率周人迁徙到豳地,但是距离戎狄还是太近,周人时常受到骚扰。面对无休止的骚扰,继续迁徙可能是最明智的选择。

需要注意的是,"戎"和"狄"是我国古代中原人对西方、北方各族的泛称,周人迁到岐山后,团结、联合的姜姓部族也是戎人,更具体地说,他们属于羌人。

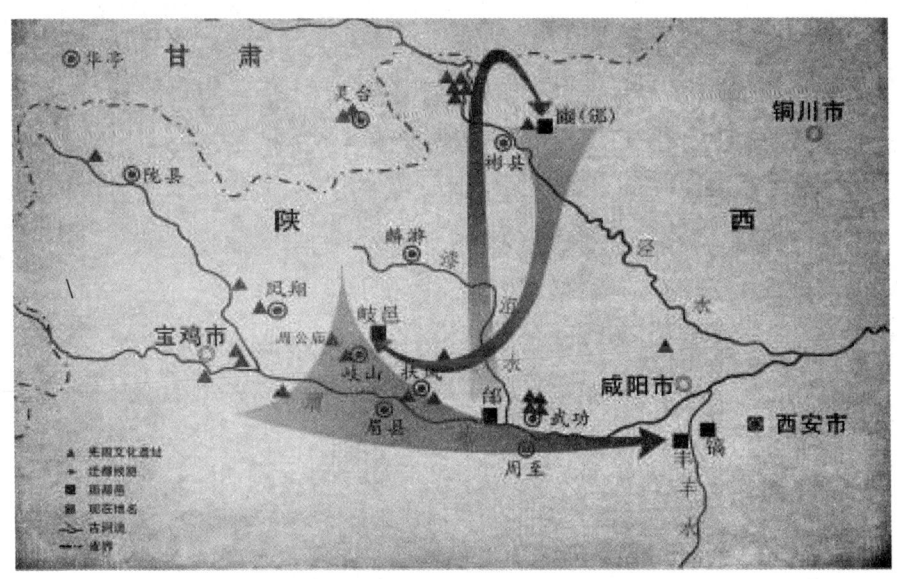

文献和考古资料中的周人迁徙路线示意图(出自:王炜林《陕西古代文明》)

羌人广泛分布在商朝周围。陕西西部、甘肃一带，是古代羌人的重要聚落之一，正好紧邻周人的活动区域。在商朝的卜辞中，羌人大多以敌人、俘虏、人牲的身份出现。广义的羌，指西方的"异族"人，基本上等同"戎狄"。狭义的羌，则是指羌方、北羌、多马羌等方国部族。①

身在陕西渭水附近的一支羌人，即姜戎（姜、羌实际上是一个字两种写法）。姜戎逐渐和周人联姻、联盟、融合，古公亶父所娶的即姜姓之女太姜。所以我们看周朝历史，会发现一个很有趣的现象：由周文王开始，西周十二王，十一代，每隔一代就有一个姜姓的王后。这个现象反映了周、羌两族深入合作、保持长久的姻亲关系的历史现实。后来，在兴周灭商的过程中，羌人作为核心力量，与周人共举战旗，共同战斗。当周人取得天下后，作为外戚的姜戎部落，成为周的封国，摆脱了戎狄的身份，这就是《国语》所说的："齐、许、申、吕由太姜。"对此，顾颉刚先生也认为："申、吕、齐、许诸国是羌族里最先进中原的。"②

古公亶父在岐山脚下，接受了商朝的册封，废除戎狄的风俗，同时营建城郭房舍，划分不同的居住区域，还设置了管理机构，设立了司徒、司马、司空、司士、司寇等职官，管理这片土地。

古公亶父在位的时候，岐山脚下的新城邑人口众多，政治清明，百姓其乐融融。因商朝的都城在中原的河南，而岐山在陕西省西部，所以岐山又被称为"西岐"。

《鲁颂·閟宫》说："后稷之孙，实维大王。居岐之阳，实始剪商。"这是说，"剪商"的宏图大略，从古公亶父在岐山下建邑经营就开始了。这里，即将走出一位开国之君，即将走出许多在中国历史上辉煌耀眼的人物。

---

① 姚磊：《先秦戎族研究》，武汉大学出版社，2016年，第108—109页。
② 顾颉刚：《从古籍中探索我国的西部民族——羌族》，《社会科学战线》1980年第1期，第117—152页。

《封神演义》背后的历史

1. 把王位让给弟弟的哥哥们

古公亶父和妻子太姜有三个儿子：大儿子叫太伯（泰伯），次子叫虞仲，兄弟俩都很有贤名。小儿子名叫季历，娶了太任为夫人，生了一个孩子即姬昌，未来的周文王。

姬昌生时有异象，古公亶父觉得这孩子不是一般人，他说："据古老的传闻说，咱们这几代人中会出现一个使家族兴旺的人，那恐怕就是我这小孙子姬昌了吧。"因此古公亶父想让姬昌做周族的领袖。

但姬昌是季历所生，要想姬昌即位，就必须让季历先即位。然而，季历只是小儿子，他前面还有太伯、虞仲两个哥哥，太伯、虞仲两兄弟察觉出了老爹的心思，为了成全弟弟季历，不让父亲为难，于是"文身断发"，跑到了南方。

关于太伯、虞仲南下发展这件事到底是历史还是传说，一直是有争议的。直到1954年，人们在江苏镇江大港镇烟墩山发现了一座西周初年的大墓，这段历史才得到证实。这座墓中出土了十二件青铜器，其中一件便是著名的"宜侯夨簋"（现藏中国国家博物馆）——宜侯夨正是墓主人、青铜器所有者的名字。这件簋内底有铭文一百二十余字，大意为周康王封"夨"为宜侯，赏赐他祭祀用的鬯酒一卣、铜器、象征军事权力的弓矢，以及大量土地、奴隶。

古文字学家、考古学家唐兰先生认为:"宜侯",本来是"虞侯",西周初年才被改封为"宜侯"。这位名叫"夨"的宜侯,可能就是虞仲的后代子孙。而周初就能封侯于此,说明周人在这里经营的时间已经很长了,也就能证明太伯、虞仲南下到了这里。

古公亶父名正言顺地传位给了季历。《大雅·大明》主要讲述的就是古公亶父之后,季历、文王、武王这几代圣王的事迹。

知识拓展　嫡长子继承制

嫡长子继承制,按照《春秋公羊传》的说法,是"立嫡以长不以贤,立子以贵不以长"。"嫡"的意思,即正妻、原配。一位贵族,只能有一位原配夫人,可以有若干位妾。原配夫人所生的孩子,不管年龄大小,都是"嫡子",要比妾们所生的"庶子"更为尊贵,这就是"立子以贵不以长";假如原配夫人有好几个"嫡子",那么就选其中年龄最大的继承贵族的爵位,而不选最有才能的那个——这就是"立嫡以长不以贤"。所以,嫡长子继承制其实就是"避免争斗,还能合法合理继承财产"的制度。

古公亶父有三个嫡子,老三却继承了王位,这说明,当时嫡长子继承制还没有完全确立。一般认为,这套制度起于商末,定于周初,在周朝得到完善。

嫡长子继承制,很好地解决了财产继承的问题,故而在中国古代数千年的宗法社会中,一直是定制。尽管有很多例外,但是嫡长子继承父辈的财产、权力,是最为名正言顺的。

2. 季历的功绩

《大雅·大明》没有开始就直接赞美自己的祖先,而是批评商纣太过暴虐，给周人伐纣灭商找到了一个合适的理由：

> 明明在下，赫赫在上。天难忱斯，不易维王。天位殷适，使不挟四方。
>
> 【注释】忱（chén）：信任。维：为。位：树立。殷适：殷的嫡嗣，即殷纣王。适，同"嫡"。

这段话的意思是：人心向背是清晰可察的，老天的威严是很明显的。天意不可捉摸，当王不容易啊！天传位给殷商（纣王），结果（纣王）无法统御天下，四方诸侯都不服气。

批判完商纣，《大明》第二段便赞美了季历和他的妻子太任。

> 挚仲氏任，自彼殷商，来嫁于周，曰嫔于京。乃及王季，维德之行。
>
> 【注释】挚：是商朝的一个小国家，任姓。挚仲氏任即挚国任家的二姑娘，也即后来的太任。王季：后世周人对季历的称呼。

这段话的大意是说，挚国任家的二姑娘，嫁到了周族的京邑。她和季历有着一样好的品德。

与前代先祖相比，季历的功绩，主要表现在对外关系上。此前的周人，最早"去商而居戎狄之地"，后来又"去戎狄而居渭水流域"，他们始终需要面对的外部势力，就是商和戎狄。而这段诗，说明在季历时期，周人和商朝的关系有了本质的变化——两族联姻了。这意味着周人已完全臣服于商，接受商朝的统治。

由于商朝和戎狄是敌对关系，所以商朝就派遣周人攻打戎狄。这在相关文献中可以看到一些记载。考古学家、古文字学家陈梦家先生，曾辑录《竹书纪年》佚文，及《后汉书·西羌传》注中的一些材料，说明商朝、戎

狄、周人三者间的关系:

> 武乙之世,犬戎迫近太王(古公亶父),太王逾梁山避于岐下。
>
> 武乙三十四年,周王季历朝商。
>
> 武乙三十五年,季历伐西落鬼戎,俘二十翟王。商王狩于河渭,大雷震死。
>
> 太丁(商王,武乙的儿子)二年,季历伐燕京之戎,戎人大败周师。
>
> 太丁四年,周克余无之戎,太丁命季历为殷牧师。
>
> 太丁七年,周人伐始乎之戎,
>
> 太丁十一年,周人伐翳徒之戎,获其三大夫。
>
> 帝乙二年,周人伐商。
>
> 文丁杀季历。

这里的西落鬼戎、燕京之戎、余无之戎等,都是戎狄的部落。

季历替商朝东征西战,攻打戎狄,战功赫赫,被任命为"牧师"。

但是对商朝而言,周人纵横西方,虽然打败了戎狄,却也成为新的威胁。尽管这时候周人的势力还远不能和商朝抗衡,但是当时的商王文丁已经明显察觉到了这个威胁,于是他杀了季历。

自己的父亲为商朝辛辛苦苦打仗,最终却落了个被杀的结局,对于年幼的姬昌来说,仇恨的种子,就此埋下了。

3. 姬昌的经营

在中国,周文王姬昌几乎无人不知无人不晓。人们从孔子开始,就不断地说周文王的仁爱、贤明。经过历代的称颂,周文王早就是圣王明君的典范了。《大明》第三、四、五段，也是赞美姬昌的。

  大任有身，生此文王。维此文王，小心翼翼。昭事上帝，聿怀多福。厥德不回，以受方国。
  天监在下，有命既集。文王初载，天作之合。在洽之阳，在渭之涘。文王嘉止，大邦有子。
  大邦有子，伣天之妹。文定厥祥，亲迎于渭。造舟为梁，不显其光。

这三段话大意是说：季历和太任都是有德行的人，所以姬昌从小就与众不同。他行为谨慎恭敬，敬天畏命，仁爱宽厚，做事小心翼翼。等他主宰西岐之后，就积善修德，施行仁政，于是四方诸侯纷纷依附。

姬昌隆重地娶了一位贤惠的妻子——太姒。《周易》中，有《归妹》卦。归妹，就是嫁妹的意思。《归妹》卦中，有一条卦辞叫"帝乙归妹"，顾颉刚认为这说的就是姬昌迎娶太姒这段故事。

太姒为姬昌生下了许多孩子——相传文王有一百个儿子，其中史书可考的，有二十多个。

知识拓展　《周易》是一本奇书吗？

和《周易》密切相关的，是一组神秘的符号，就是我们常说的"八卦"。

相传，八卦是伏羲氏创造的。伏羲用最简单的两条线"━"（阳爻）、"━ ━"（阴爻）进行组合，得出八个基本符号，即乾（☰）、坤（☷）、震（☳）、巽（☴）、坎（☵）、离（☲）、艮（☶）、兑（☱），分别对应天、地、雷、风、水、火、山、泽八种最基本的自然物体。

但是，八卦不仅代表这八种自然物体，它们还可以被引申比附，成为可以代表万事万物的一组符号。因此，八卦就被赋予了无限的含义，成为古人智慧的象征。

周文王和《周易》有着千丝万缕的联系。相传，他被商纣王囚禁在羑里城的时候，将八卦两两组合成为六十四卦，并给每一个卦起了名字，又写上卦辞，来解释每一卦的具体含义。

比如，把两个"乾"放在一起，就成了一个新卦象"乾卦"（䷀），代表刚健自强；一个"乾"和一个"坤"组合，就成了一个新卦象"否卦"（䷋），代表蔽塞不通。通过这样的组合，《周易》一书的框架，就大体完成了。

后来，周公旦又进一步补充，给每一卦的六个爻都写了解释。

这本差不多人人都知道，人人都好奇的《周易》，几乎没人认真读过，即便读了，也多不理解。因而它被严重误解了。

《周易》在大多数中国人的眼里，记录着传统文化中最高深的智慧、最神秘的学问，似乎谁要是学会了《周易》，就可以上知天文，下知地理，世间万事万物了然于胸，也能预知福祸，能通晓过去和未来，如同神仙一般。尤其是在民间戏剧和小说里，要描写一个人聪明绝顶、智慧超群，必然会说这个人精通《周易》。而周文王则因被认为是这本"天书"的作者，常常被视为"圣王+智慧"的符号。至今仍然有不少人愿意相信，确实就是伏羲造八卦，文王演卦，周公作爻辞，并因此对他们顶礼膜拜。其实，这些说法，早已被学者们证实是古人的附会之辞。学者们更倾向于认为，《周易》是对上古占卜卜辞的辑录，包含了不少历史信息，是一本"史料"集。同时，它也创造了阴阳八卦等的基础符号，成为中国古代文化经典之一。

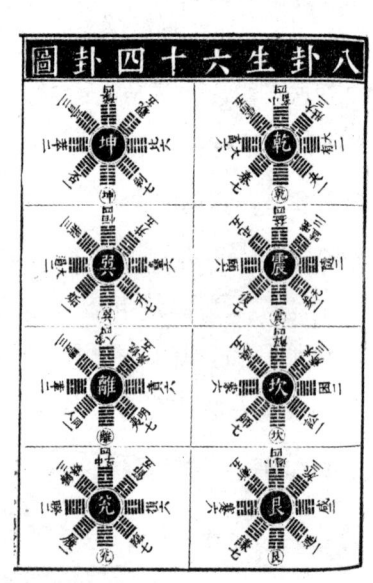

八卦生六十四卦图
（出自：《七经图·易经图》）

《诗经》的《雅》《颂》中，有许多首诗都赞美了文王的仁政和德行，如《大雅·文王》《大雅·思齐》《大雅·灵台》《周颂·清庙》《周颂·我将》等等，就从不同角度详细记载了文王从政后的点滴故事。这些诗篇幅都比较长，生僻字也很多，这里只为大家简要介绍这些诗反映的历史。

当时，周已经是殷商的一个诸侯国了，因为镇守西方，所以地位比一般的诸侯国高，是"方伯之国"——所谓"方伯"，就是"一方之长"的意思。姬昌因此有管理其他西方小诸侯国的权力，被称为"西伯"。

特别要说明的一点是，商朝时的诸侯分封制度还不完善，诸侯国的等级差别也不大。一般来说，会同时有几位"方伯"帮着商王管理国家。而我们常说的公、侯、伯、子、男的爵位等级制度，是西周才有的，因而爵位制里的"伯"和"西伯姬昌"的"伯"不是一回事。

《封神演义》的作者、明代的许仲琳不了解制度沿革，想当然地认为姬昌贵为一方之长，爵位至少应该也是"侯"一级的吧，所以就给姬昌取了一个不伦不类的名字：西伯侯。同时，他还想当然地认为，既然有"西伯侯"，那也得有"东伯侯""北伯侯""南伯侯"，于是就创造了"东伯侯姜文焕""北伯侯崇黑虎""南伯侯鄂崇禹"几位"伯侯"，这就是小说家言了。

根据历史记载，姬昌在西岐行仁君之道，礼贤下士、躬行仁德，尊敬老人、慈爱晚辈，所以很多诸侯、名士都去归附他，比如散宜生、太颠、南宫括、闳夭——这四个人被称为"文王四友"，小说《封神演义》中也有他们。

没想到"树大招风"，崇国（今陕西西安鄠邑东）的国君崇侯虎向商纣王告密：

> 西伯积善累德，诸侯皆向之，将不利于帝。（《史记·周本纪》）

意思是说，这西伯姬昌行善积德，诸侯都归顺他，这样恐怕会对您的王位有威胁啊！

纣王一听，就把西伯姬昌抓来，囚禁在羑里。西岐的大臣和姬昌的众多孩子都很担心姬昌，于是搜罗了美女、良驹和奇珍异宝，通过纣王的宠臣费仲送给纣王。

纣王十分高兴，把姬昌给放了，还给了姬昌征伐诸侯的大权，并且告诉了姬昌一件事：

谮西伯者，崇侯虎也。（《史记·周本纪》）

姬昌和崇侯虎的仇，就这么结下了。公元前1057年，姬昌攻伐崇国，崇侯虎被杀，姬昌得报大仇。《封神演义》中"北伯侯崇黑虎"的原型就是这位崇侯虎，他是中国历史上有文献记载的第一个告密者。

姬昌被放出来后，铁了心要推翻纣王的统治。于是，他施行仁政、治理西岐的力度更大了。同时，他招纳各路贤才，姜子牙就是这时候被姬昌找到的，还留下了"愿者上钩"的典故。不过，我们基本可以断定，历史上的姜子牙，就是生活在渭水的那支和周人世代联姻的羌人的一员——前文咱们说过，羌、姜本是一个字。

姜太公（出自：《三才图会》）

因此种种，姬昌为周灭商铺下了平坦大道，为周朝开国奠定了坚实的基础。

知识拓展　姜子牙为什么叫太公望

《封神演义》把姜子牙说成一个能呼风唤雨、撒豆成兵的修道之人。在1990年电视剧版的《封神榜》中，北京人艺老艺术家蓝天野塑造的姜子牙深入人心，成为影史上的经典。

历史上的姜子牙也确实很厉害，他是大军事家、政治家，被姬昌拜为"太师"，掌管军队；被周武王姬发尊为"尚父"，为周灭商立了大功；他也是后来齐国的开国国君。因从古公亶父开始，周人就热切盼望有这样一位可以治国安邦的贤人，于是姜子牙就有了"太公望"的美称，也就是"太公（姬昌的爷爷古公亶父）所盼望的人"。

4. 武王伐纣

公元前1056年，西伯姬昌去世，他的二儿子姬发即位。姬发就是周武王，《大雅·大明》的最后三段，都是赞美他的。咱们一段一段地来看：

> 有命自天，命此文王，于周于京。缵女维莘，长子维行，笃生武王。保右命尔，燮伐大商。
>
> 【注释】缵女维莘，长子维行：指的都是姬昌的妻子、姬发的母亲太姒。缵（zuǎn）：健硕。行：出嫁。燮：《毛传》训为"协和伐殷"之意。据今人研究考证，燮读为xí（袭），指使用武力征服殷商而使殷人和顺。[①]

这一段讲述的是姬昌和太姒生了姬发，姬发秉承天命，准备攻打商朝。

姬发即位后，以姜子牙为"尚父"统领军队，以弟弟周公旦为宰辅，同时重用召公、毕公这些有才能的弟弟。

在正式攻伐商纣之前，姬发先进行了一场大的军事演习。

姬发率领大军，先西行到毕原（古地区名，亦称"毕陌"，在今陕西西安、咸阳附近的渭水南北岸，境域较广）的文王墓，祭奠了自己的父亲。他在中军竖起写着"西伯昌"的木牌神位，自己只称太子发，意为三军统帅

---

① 吴雪飞：《〈诗经·大雅·大明〉"燮伐大商"句新证》，《史学研究》2013年第4期，第120—123页。

依旧是父亲西伯姬昌。

大军向东边的朝歌行进，抵达黄河南岸的盟津（今河南孟津东北）。据《史记》记载，有八百诸侯闻讯，领兵赶来加入队伍，这就是历史上的盟津之会。值得注意的是，当时殷商的统治范围才多大？那么小的地方，就有这么多诸侯，可见一个小点的诸侯国估计就相当于现在的一个村吧。

盟津之会时，姬发还发表了军前宣言，这就是《尚书》中的名篇《泰誓》。当然，今天流传下来的《泰誓》，内容真伪殊为可疑。而从《孟子》《墨子》《说苑》等的引文来看，《泰誓》主要就是一些鼓舞士气的话。

诸侯们都劝姬发：您立刻挥师南下，灭了商朝吧！但姬发和姜子牙心里清楚商的实力，认为时机还不成熟，又命令军队全部返回，并以"诸位不知天命"之语，告诫那八百诸侯不要操之过急。从此，众多诸侯都听周的指挥，灭商有了充分的准备。

这次军事演习，被称为"盟津观兵"，是中国历史上记载的最早的一次军事演习。

又过了两年，商纣杀了老丞相商容，杀了他的叔叔王子比干，还囚禁了他的哥哥（一说叔父）箕子。这时候，姬发觉得时机到了，于是重新整顿军队，东去伐纣。

那些诸侯又应约而来，在盟津会师。伐商大军浩浩荡荡，向朝歌进发。在朝歌城外牧野（今河南淇县西南）这个地方，姬发举行了誓师大会。姬发的誓词很多，最著名的就是《尚书》中的《牧誓》，对此，《史记》也有详细的记载。

《大雅·大明》第七段记录了这件事，也记录了姬发誓词中最核心的一句。

殷商之旅，其会如林。矢于牧野，维予侯兴，上帝临女，无贰尔心！

【注释】会：同"旝"，指古代的一种军旗。矢：同"誓"，这里指誓师。维：语气助词。侯：乃。兴：强盛。女：同"汝"，你们。

这段话的意思是，攻伐殷商的军队，旗帜就好像树林一样。（姬发）在牧野誓师时说："我们现在兴兵，上天也在看着我们。（大家要同心协力）千万不可以有二心！"

公元前1046年，姬发带领军队，在牧野和商纣的军队展开大战，商纣的军队一击即溃，姬发攻入朝歌，商纣王在鹿台自尽，商朝灭亡。

> 牧野洋洋，檀车煌煌，驷彭彭。维师尚父，时维鹰扬。凉彼武王，肆伐大商，会朝清明。

以上为《大雅·大明》的最后一段，描写的就是周军和商军交战的宏大场面。"尚父"姜子牙带领的军队意气风发，气势凌厉，像鹰击长空一样，速战速决地结束了战斗。

从此，天下开始平定，政治重新清明。西周，登上了历史舞台。

知识拓展　前徒倒戈到底是指什么？

成语"前徒倒戈"出自《尚书·武成》，通常指"前面的军队转过头来打自己人"。

孟子为了突出周武王是天命所加，说牧野之战时武王人心所向，商纣的军队自己打自己。后世儒家多按照孟子的意思来解释"前徒倒戈"，把"倒"解释为"掉转、转换"。

其实就连孟子，也对这一段史料提出了怀疑，曾说："吾与《武成》取二三策而已。"（《孟子·尽心下》）

利簋（中国国家博物馆藏）
记录了武王伐商事件，是目前所知年代最早的西周青铜器

近人根据出土资料，研究认为这个"倒"解释为"失败"更合适。所以"前徒倒戈"，最初应该是指"前面的军队吃了败仗"。这样看，"前徒倒戈"，其实是在描写战争过程的残酷，所以后面才会有"血流漂杵"的场面。

5. 周朝初建

朝歌城内，百姓夹道欢迎姬发。

纣王和两个宠妾的头被砍下来，挂在旗杆上。姬发向百姓们宣告了商朝的覆灭，替被商纣残害了亲人的百姓报了仇。

他清除道路，修缮神社宗庙和因战争损毁的宫殿。又祭祀了上天，告知上天自己打败了商纣。从此姬发"禀受天命"，周朝的国祚开始了。

姬发吊唁了商朝的忠臣、老丞相商容，并且立竿以表彰其忠义；又派人重修了另一位忠臣比干的坟墓，祭奠了比干；还把商朝贵族、被商纣王抓起来的箕子从牢中放出来……他做了许多大慰民心的好事。

姬发让商纣王的儿子禄父（又名武庚）继续管理朝歌和商朝遗民，又让自己的三个弟弟住在朝歌附近，帮着禄父治国理政：朝歌东边为卫国，管叔鲜居之；朝歌西边为鄘国（在今河南新乡西南），蔡叔度居之；朝歌北边为邶国（在今河南汤阴东南瓦岚乡邶城村），霍叔处居之。

姬发安排好一切就返回了周都。

周朝的王都是丰京和镐京，合称为丰镐，也称宗周。丰京，大约在今陕西西安市长安区西南沣河西岸。姬昌灭崇国后，就从西岐迁到此处。姬发迁都镐京（在今陕西西安市长安区西北），同时以丰、镐为国都。《大雅·文王有声》中的"既伐于崇，作都邑于丰""考卜维王，宅是镐京"说的就是这两件事。

小说《封神演义》第九十九回叫《姜子牙归国封神》中，姜子牙扶周灭纣后，把在这场浩劫中战死的将士的亡灵、"封神榜"上有名的封以神位,让他们成为神仙,在天界执事。而历史上的西周建国后的一个重要举措就是"分封建国",简称"封建"。周天子自己控制王畿①附近的一些土地,其余的土地就分封给王室贵族和有功劳的大臣。这些被分封的人就是"诸侯"。诸侯拱卫京师,向天子朝贡,遇到事情要出兵勤王。柳宗元在《封建论》中说:

周有天下,裂土田而瓜分之,设五等,邦群后,布履星罗,四周于天下,轮运而辐集。合为朝觐会同,离为守臣扞城。

周天子就像车轮的轴心,诸侯就像辐辏,把周天子拱卫起来。诸侯不仅要按照礼制朝觐天子,随时接受王命、按命令行事,更要负担起守卫封土和奉命出征的重大责任。诸侯又分为公、侯、伯、子、男五个等级,他们的国土大小随等级不同而不同②。

这些制度的建立、完善、执行,相传主要是由周公旦来负责,所以后人也把周公旦称为西周礼乐制度的真正缔造者。

据《史记·陈杞世家》记载,西周初年分封的大小诸侯有千余个。但是根据目前所见到的历史文献和出土材料,西周可考的列国和部族,共有一百七十多个(参见杨宽《古史探微》)。这里只介绍一些主要的诸侯国。

鲁国——周天子封文王第四子姬旦于山东曲阜,建国鲁。姬旦足智多谋,是天子的左膀右臂,要留在周天子身边辅政,不能远离,便派他的长子伯禽去鲁国赴任。因为姬旦完善周朝礼乐制度的功劳,鲁国几乎成了周朝的文化之都、周朝礼乐制度的象征。后来儒家思想在鲁国发扬光大,便与孔子生在鲁国密不可分。

---

① 畿指京城所辖附近地区,这里指周天子直接控制的区域,包括都城镐京周围的关中平原,以及洛邑周围的河洛地区。
② 五级爵位的制度,究竟是在西周什么时候完善的,目前尚有争议。本文谨按照传统说法简单介绍。

春秋一百二十四国爵姓（出自：《七经图·春秋图》）
传统观点认为周朝分封了一百二十四国，实际数字可能不止于此

岐周——姬旦的采邑。姬旦作为卿士辅佐周天子，天子便在古公亶父迁岐后所建的都邑"周"的近畿封给他一片地，作为采邑。这片土地，大约在今陕西宝鸡市岐山县北郭乡和周公庙附近。姬旦的采邑在周，所以人们就称姬旦为"周公"，这就是周公旦得名的由来。由于岐周是"公"一级的诸侯国，所以岐周的历代国君，都被称作"周公"，都在周天子身边辅政。时间久了，周公好像成了一个"职位"——历代周天子身边都有一个宰相一样的"周公"，比较著名的有周公黑肩、周公忌父等，他们都是周公姬旦的后人。

燕国——周天子封文王的儿子姬奭于燕（在今河北北部和辽宁西部），

都于蓟。但姬奭没有就封,他留在都城镐京继续辅佐周王室,只派了他的长子克管理燕国。燕国后来成为战国七雄之一,也是最后一个被秦国灭掉的国家。

召国——姬奭的采邑,也在周邑近畿内,大约在今岐山县城西南刘家原村一带。因国名曰"召",姬奭因此被称作"召公奭"。和"周公"一样,历代"召公"都在京畿辅佐周天子。

齐国——周天子封"尚父"姜子牙于山东,都于营丘(在今山东淄博临淄区北)。齐国后来成为春秋、战国时期的主要诸侯国之一。

魏国——周天子封文王的儿子毕公姬高于山西芮城北。后来魏国被晋献公攻灭,以毕万为魏大夫。毕万后人毕斯与赵、韩一起瓜分晋国,称魏文侯,后来,魏国成为战国七雄之一。

卫国——周天子封文王第九子康叔于河北南部和河南北部一带,即原来商都周围和殷民七族所在,于成王(武王姬发的儿子)时期建国,建都朝歌。卫国发生过许多故事,本书后文会详细讲到。

晋国——周天子封武王的儿子叔虞于今山西南部,都于唐(在今山西翼城西),后改名为晋国。晋国是周成王时期所封,在春秋时期比较强盛。相传周成王小的时候,和弟弟叔虞一起玩耍。成王把一片桐叶剪成玉圭形状,对叔虞说:"我现在拿着玉圭,我要封赐你。"周公旦听说这件事后,就提醒周成王,天子金口玉言,应当言出必行。于是周成王把就把黄河、汾河的东边方圆百里的唐国(相传为祁姓,是尧的后裔)故地作为封地赐给叔虞。这就是"桐叶封弟"典故的来源。①

---

① 关于这件事,唐代著名文学家柳宗元曾写过《桐叶封弟辨》进行质疑;今人有张颔《"剪桐"字辨——析"桐叶封弟"传说之成因》、王雪樵《"剪桐"音辨——也谈"桐叶封弟"传说之成因》等,认为"剪桐封弟"实为"剪唐封弟","桐""唐"二字音近,有人误将"唐"作"桐",并错释为梧桐叶。大概在战国时期,有人编造、传播了"桐叶封弟"的故事,并盛传于秦汉时,被司马迁收入《史记·晋世家》中。

宋国——周天子封商纣之兄微子启于商的旧都周围地区，成王时建国，大致范围在今河南东部和山东、江苏、安徽之间，都于商丘（今河南商丘南），延续商人的血脉。孔子的祖先就是宋国人。

楚国——周天子封颛顼帝之后鬻熊于荆山，于成王时期建国。

曹国——周天子封文王第六子叔振铎于曹国，都于陶丘（今山东省菏泽定陶区西北）。

东、西虢国——周天子封文王的弟弟仲于今河南荥阳，为东虢国；封文王的另一个弟弟叔于今陕西宝鸡西，为西虢国，也称"城虢"。春秋时期的五个虢国，都有着千丝万缕的联系。

此外，还有一些比较著名的诸侯国。如文王儿子叔武封于今山东宁阳东北（一说在今河南范县东南），建立郕国；文王大伯（太伯）的后人受封，建立吴国，包括今江苏、上海的大部分和安徽、浙江的一部分；文王二伯虞仲的后人受封，建立虞国，在今山西平陆北；夏禹的后人东楼公受封，在雍丘（今河南杞县）建立杞国；舜帝的后人胡公满受封，建立陈国，包括今河南东部和安徽一部分，都于宛丘（今河南淮阳）；神农氏的后人受封，于今河南三门峡陕州区南建立焦国；等等。

还有许多国家，这里就不过多介绍了。

据荀子说，周初分封了七十一国，姬姓之国共有五十三个，占了其中的绝大部分。而在姬姓之国中，属于文王诸子的有十六国；属于武王之子的有四国；属于周公后裔的有六国。

这次大封赏虽然巩固了周朝的统治，但是也为未来的动乱乃至春秋战国时期的王室衰微、诸侯争霸，埋下了祸根。

西周王朝的兴衰

1. 周公吐哺、天下归心

大约在公元前1043年,即周武王灭商建周之后的第三年,姬发病逝,年仅五十多岁。

姬发死后,他十三岁的儿子姬诵即位。因为姬诵年幼,朝中大事主要由周公姬旦来处理。

姬旦摄政之时,忙碌到"一沐三捉发,一饭三吐哺,起以待士"(《史记·鲁周公世家》):每次洗澡他都要多次拧干头发,每顿饭都要多次吐出食物,就是为了接待贤能之士,怕怠慢对方。

《周公辅成王》画像砖(山东省石刻艺术博物馆藏)

姬旦如此礼贤下士,天下英才纷纷归心。但这也给他招来了很大的非议,率先发难的就是他的三个弟弟:管叔、蔡叔和霍叔。

前文提过,周武王姬发为了安抚商朝遗民,善待商纣王的儿子禄父,让他继续管理朝歌，但是又派了自己的三个弟弟管叔鲜、蔡叔度和霍叔处帮着禄父治国理政。这三个人名为帮助，实为监管，所以号称"三监"①。

这三个人和周公姬旦是亲兄弟，他们不"帮着"禄父治理商朝遗民，怎么怀疑起自己的哥哥来了？个中缘由，众说纷纭。

一种说法是"三监"看到别的兄弟们都封土建国了，他们却在朝歌监管着一帮商朝遗民，所以一直心怀不满，伺机报复；也有说法是"三监"怀疑姬旦以成王为傀儡，图谋私欲，出于忠诚，他们公开反对；还有一说是"三监"趁火打劫，想推翻成王。总之，"天下闻武王崩而乱"，"三监"率先发难，联合禄父以及东方诸国，起兵反对姬旦，史称"三监之乱"。

周朝刚建立没两年，就又乱了，这怎么能行呢？于是姬旦亲率大军，东征朝歌，矛头直指"三监"和禄父。姬旦不仅治理朝政了得，打仗水平也是一流，他凭借自己的威望和周王室正义之师的旗帜，很快就平定了"三监之乱"。

最后，管叔鲜被杀、蔡叔度被囚、霍叔处被流放，纣王的儿子禄父被杀。姬旦又一鼓作气，继续东征，一举消灭了徐、薄姑、丰、奄等十几个参与叛乱的东方小国——《尚书》里称姬旦"一年救乱，二年克殷，三年践奄"。

《诗经·豳风》中的《东山》和《破斧》两首诗，讲的都是姬旦东征的事迹：

既破我斧，又缺我斨。周公东征，四国是皇。哀我人斯，亦孔之将。

既破我斧，又缺我锜。周公东征，四国是吪。哀我人斯，亦孔之嘉。

---

① 关于"三监"，目前仍有争议，有研究者据清华简《系年》第三章载"周武王既克殷，乃设三监于殷。武王陟，商邑兴反，杀三监而立录子耿"，又依《礼记·王制》将三监解释为"天子之大夫"，认为此"三监"可能是周初被派遣于殷商故地的三支军队及其统领者，被杀的是这三支军队的统领者，剩余的军士被殷商叛军统领，被挟叛乱，因而"三监"非"三叔"。

既破我斧，又缺我锜。周公东征，四国是遒。哀我人斯，亦孔之休。

【注释】斧、斨（qiāng）、锜（qí）、銶：都是兵器。斯：语气助词。孔之将、孔之嘉、孔之休："孔"是很、非常的意思，这几个词都是感叹凯旋的人命很好。

这首诗共有三段，含义都差不多，大致说的是打仗打得很辛苦，兵器都残缺不全了。周公东征，管叔、蔡叔以及殷商遗族、奄等都被平定了。可怜我们这些出征的人，能活着回来实在是太幸运了！

七年之后，成王长大，姬旦就把政权还给了成王。

那么姬旦到底有没有取代成王的想法呢？后世一些权臣，以辅佐幼帝之名，把持朝政，常常以周公自比——比如汉末篡位的王莽。就此，白居易写了一首诗：

周公恐惧流言日，王莽礼贤下士时。若是当时便身死，千古忠佞有谁知？

这首诗是说，周公旦摄政，会担心流言漫天，而王莽也把礼贤下士做得很好。要是王莽在还没有暴露出来真面目的时候就死掉了，那么他到底是忠是奸又会有谁知道呢？

王莽的真面目暴露了，所以背负千古骂名。周公姬旦的真实想法，我们不得而知。但他至少没有做出背叛的事情来。

孔子推崇周公旦，尊其为圣人。后来周朝的礼乐制度经过孔子的整理和发扬，成为中国传统的主流文化之一。这个礼乐制度总得有个订立的人吧？大家就把这一切归在了周公旦名下——正如我们把一系列的发明都归结于某一个伟大人物的名下一样。

2. 洛邑（洛阳）的来历

平定"三监之乱"后，姬旦就开始在中原地区兴建陪都洛邑。

在中原兴建陪都，是周武王姬发生前一直挂念的事。西周的都城在丰镐，即今天的陕西西安市附近。但是，在当时人的观念里，河洛地区才是天下的中央，丰镐只能算西陲之地。姬发灭商，建立了新的朝代，当然也希望自己作为天子，就居住在天下的中央。更何况丰镐偏西，不好管理遥远的东方诸国。

所以，无论是出于心理需要，还是出于政治考虑，武王灭商后都很想建立一个便于掌控四方诸侯的"中心"都城。但他没来得及将想法付诸实践就去世了。

周公平定了"三监之乱"后，出于政治上的考虑，也要在"天下"之中（地中）设立权力机构，镇守中原一带，以免再生事端。

知识拓展　圭表测影可以找到"天下"之中（地中）吗？

古人很早就发明了圭表。人们在实践中发现，在不同的地方，表竿投影的长度不同。于是人们试图根据表竿投影的长度寻找"天下"之中（地中）。《周礼·大司徒》说："日至之景（影），尺有五寸，谓之地中。天地之所合也，四时之所交也，风雨之所会也，阴阳之所和也。然则百物阜安，乃建王国焉。"

夏至致日图（出自：《钦定书经图说》）该图展示了上古传说时代羲叔（羲氏兄弟最小的一位）在夏至日用表竿和土主测量日影的情形

这段话意思就是说，在夏至那天中午，如果某地的表竿投影刚好长一尺五寸，和表竿的长度一致，那这个地方，就是大地的中心，也就是天地交合的地方，是大自然最核心的部位。在这里建立都城，则百姓安康，风调雨顺。

唐代经学家贾公彦疏《周礼》时，才有了周公旦用圭表测影寻找地中的说法。这个说法流传极广，但若我们按《周礼》的说法去寻找地中，会发现圭表测影得到的只能是"南北之中"，且不具有唯一性。如此说来，即使我们将大地视为平面状，"天下"除了有"南北之中"，是不是还有"东西之中"呢？①

嵩山附近、洛水之岸的西亳，原本就曾是商朝的首都，称为"洛师"。根据《尚书·召诰》《尚书·洛诰》的记载，经过召公实地考察、周公复勘、卜告上帝、测绘地图，周公将结果与之前在别地选址占卜的兆辞一并呈给成王，最终决定，在洛师的基础上，扩建一个大都城。

周成王五年，东都洛师扩建完毕。周公旦在这里修建了一大一小两座城，小的叫王城，是周天子居住、祭祀、处理朝务之地；在王城之东，营建一座大郭，用来驻军，一部分殷商旧部贵族也住在这里，以便于监管。②大小两座城统称为"洛邑"（今河南洛阳）。由于当时是周成王在位，所以东都又被称作"成周"。

成周建好后，周成王在这里安置"九鼎"，寓意定鼎中原，又在大城驻扎精兵劲旅，使其成为巩固统治的威慑性力量。现藏于陕西宝鸡青铜器博物馆的何尊，其铭文中记载的周成王五年"宅兹中国"，说的即此事。

---

① 张强：《"天下之中"与周公测影辨疑》，《自然辩证法研究》2013年第1期，第84—89页。
② 关于洛邑、成周、王城之间的关系，历来众说纷纭。本文采用杨宽先生的观点，参见《中国古代都城制度史研究》，上海人民出版社，2016年，第43—53页。

何尊铭文（出自：马承源《商周青铜器铭文选》）

紧接着，周公旦封纣王的哥哥微子启为国君，建立了宋国；把武王的另一个弟弟康叔封在朝歌，建立卫国；同时，提高了东方的齐国和鲁国的政治地位，让它们拥有了平叛诸侯的征伐大权。

经过如此布局，周朝的政权彻底稳定了。《大雅·清庙》中记录的，就是周公旦建成洛邑之后，在洛邑祭祀周文王的事情。

此后，虽然周天子依旧常年住在宗周（丰镐），但有时也会去成周处理政务。同时设立东、西两都来加强天子权力，这在中国历史上还是首创，在当时也有很好的效果，据《史记·周本纪》记载：

（洛邑）天下之中，四方入贡，道里适均。

这就是说，洛邑是天下的中心，从四方前来这里的路程是一样的，故而四方征缴的赋税，都送到此处。洛邑因此成为全国征收赋税、征发人力物力的中心——想必这才是召公、周公选择这里营建都城的根本原因。事实证明,在周朝的历史上,洛邑发挥着重要的作用。

洛邑的地理位置十分重要,被后人称作"八方辐辏""九州腹地""十省通衢",东周、东汉、曹魏、西晋、隋朝、武周的首都也都建在此处,使它成为中国四大古都之一。

3. 周昭王和传奇的周穆王

周成王和他的儿子周康王,都比较贤能,再加上一群能臣的辅佐,使得西周前期国力强盛,史称"成康之治"。周康王死后,周昭王即位。

参照古本《竹书纪年》《史记》与昭王时期的静方鼎、"安州六器"、中方鼎等诸多青铜器的铭文来看,周昭王在十六年派大臣静和中到南方为南征做准备;又派南宫征伐虎方。十七年,发周六师南征,意在剿灭虎方,恢复金锡北运的通路。经过一年的征战,周昭王取得了胜利,在十八年、十九年封赏功臣。此时,负责纳贡苞茅①及缩酒仪式的楚国开始蠢蠢欲动,不太听周王室的话了。于是,在十九年七月,昭王决定伐楚,结果乘船横渡汉水时,掉入江中淹死了——几百年后,齐桓公和管仲想攻打楚国,苦于没有借口,于是就搬出这段历史兴师问罪,责怪楚国没有照顾好天子,让周昭王死在楚国的地界。②

周昭王死得不明不白,但是南方太过遥远,一时间也不好有什么动作。更为关键的是,国不可一日无君啊,于是周王室就赶紧又立了一位新君,他就是大名鼎鼎的周穆王姬满,是一个充满了神话色彩的人物。

---

① 苞茅是南方所产的一种草。古代祭祀时,人们将茅草扎成一束,放在裸圭之上,将酒从茅上倒下,酒渗过茅流入圭中,象征神饮了酒。这个仪式叫"缩",也写作"茜"。
② 赵炳清:《周昭王南征与楚国的地域范围》,《长江文明》2021年第1期,第47—62页。

大家可能听说过《穆天子传》这本书，它是西晋初期在汲郡的战国魏王墓中发现的先秦古书之一，是十分重要的中西交通史料，也是中国最早的游记、最早的志怪小说，这本书的主人公就是周穆王。

据《穆天子传》记载，周穆王特别喜爱四处征战、旅游，而且他有两个优势。

第一是他拥有八匹神马——赤骥、盗骊、白义、逾轮、山子、渠黄、骅骝和绿耳，它们都是日行千里的骏马良驹，后世统称其为"八骏"，常常以它们为对象绘制《八骏图》。

第二是他有一个史上最好的司机——造父。造父是赵国人的祖先，是秦人的亲戚，驾车的水平天下无双。

《穆天子传》记载：

> 穆王东征天下，二亿二千五百里，西征亿有九万里，南征亿有七百三里，北征二亿七里。

有了"八骏"和好司机，周穆王征战的范围就很广，后世能和他相比的，恐怕只有成吉思汗了。周穆王到达的最西边，是神仙住的昆仑山。在此处，他还见到了西方众神的首领西王母。这时候西王母还是"豹首人身"的恐怖形象，而非后世流行的慈祥老妇人形象。西王母与周穆王诗歌唱和，赠周穆王以奇珍异兽，后来还回访了周穆王。

《穆天子传》的这些记载当然充满了后世人的想象和夸张。

在中国古人的观念里，神仙聚集居住的地方，主要有两处，一处是遥远的东海上的三座仙岛：蓬莱、方丈、瀛洲；另一处就是西方的昆仑山，比如《封神演义》里，姜子牙等道人求仙了道、学本事的地方就是昆仑山。

从神话学的角度分析，《穆天子传》以文学、神话的笔法记录的周穆王"驾八骏游天下"，反映的是周穆王四方巡守、征伐小国、向天下诸侯宣扬王室之威的历史。《史记》《后汉书》《诗经》等典籍中，都有周穆王西击犬戎、杀伐徐戎的记载。在周穆王时，西周王室的影响到了顶峰。

前面我们说过，周公"制礼作乐"，但从青铜器铭文看，礼制的完备，如建立"康宫"，确定宗庙礼制，完善周天子封赏大臣的册命制度、仪节等等都是在昭穆时期，特别是周穆王时期完成的。《诗经》中《周颂》《大雅》的许多篇章也都创制于此时。从《尚书·康诰》《尚书·吕刑》可以看到，穆王还制定刑典，促进了立法与执法之事的进行，将礼适当区别于法又将法纳于礼中。①

知识拓展　偃师造人

周穆王一生充满了传奇，关于他神奇经历的故事非常多。

根据《列子》记载，周穆王曾经遇到了当时天下最厉害的机械师偃师。

偃师身边有一个随从，长得很清秀。周穆王就问："这是谁啊？"

偃师回答："这是我造的一个能歌善舞的机械伶人。"

这个机械伶人能唱能跳，表演也十分出色。周穆王非常惊讶，就让自己的爱妃和自己一起看表演。结果，这个机械伶人在表演中朝穆王妃子挤眉弄眼。

傀儡图（出自：《三才图会》）

周穆王大怒，认为这一定是个真人，不是机械人，就要杀掉偃师，偃师赶忙把这个伶人拆开让周穆王看。

---

① 晁福林：《墙盘铭文补释——兼论周王朝的昭穆时代》，《中国史研究》2020年4月，第5—22页。

果然，周穆王看到了皮革、木头、五颜六色的布料等等。再仔细点看，常人所有的心肝肺肾、毛发皮齿，这个机械人都有，只不过都是假的罢了。

4. 防民之口，甚于防川

周穆王之后，西周日渐走下坡路了。在周穆王之后的周天子中，在历史上最有"骂名"的就是周厉王姬胡。《逸周书·谥法》说："杀戮无辜曰厉。"从谥号来看，厉王是一位暴虐无常的君主。但是学者通过对克钟、逨盘等青铜器的铭文的分析发现，厉王的谥号应该是"剌"。"剌""烈"相通，"有功安民曰烈，秉德遵业曰烈"。这样看来，周厉王实际上是位优秀的君主。从无䵼簋、应侯簋、兑盆、伯㦰父簋等青铜器的铭文看，厉王在执政期间最主要的功绩就是对不服周朝，还频繁入侵的淮夷用兵，他甚至曾御驾亲征，取得了胜利。志得意满的周厉王铸造了一组青铜钟，安放在宗周的宗庙里，在铭文中，他向祖先汇报了自己的功业，甚至自比为"邵王"（昭王）。此后他又攻伐了夙夷。然而每一场战争之后的庆典都花费不菲，钱从哪里来呢？①

为了解决钱的问题，"厉（王）始革典"（《国语·周语》），这就是说周厉王变革了传统的典章制度。可是变了哪些内容呢？传统的注解没有明说，韦昭在注解中也只是说"厉王无道、变更周法"，至于变更的什么，还是没人知道。

《大雅·桑柔》有一段内容，透露了一些信息：

> 如彼溯风，亦孔之僾。民有肃心，荓云不逮。好是稼穑，力民代食。稼穑维宝，代食维好。

---

① 陈方圆：《周厉王谥号新考》，《洛阳师范学院学报》2006年第3期。

【注释】僾(ài)：呼吸困难的样子。肃心：恭敬心，一说进取心。并(pīng)：使。不逮：不及，不能实现。力民：指尽人之力耕作。代食：代替做官食禄。

这段话大意是说：周厉王倒行逆施，老百姓就像逆风而行一样，气都喘不上来。老百姓本来是很恭敬的，但是现在有力用不上。周厉王你特别喜好财物，让人狠狠剥削我们。

《逸周书·芮良夫解》中，记载了大臣芮良夫劝诫周厉王的话："下民胥怨，财单（殚）竭。"现代著名历史学家吕思勉在《先秦史》中分析认为：古代所谓的"财"，多指山泽之利。在森林里打猎获得的毛皮，在河里捕得的鱼以及天然的矿石、盐卤等资源，原本是由居住在当地的百姓自由取用，或是由管理当地的贵族使用以获利，现在全部要上缴，贵族的收入来源被切断，百姓更是苦不堪言。现存于故宫博物院的同簋的铭文，记录了"同"受周王册封，辅助"吴大父"管理山泽的事。而主持册封仪式的，正是"专利"政策的提出者和执行者"荣伯"。[①]所以，周厉王"好利""变更周法"可能就是指他违背了周人自古以来共享山林川泽、以利民生的制度。

正是因为周厉王的"专利"，一时间，反对的声音四起。朝中大臣对周厉王说："老百姓都忍受不了你的政令啦！"周厉王听后勃然大怒，找来一个卫国的巫师，让他去监视那些议论自己的人。只要这个巫师来报告，说某人又在背后议论周厉王了，周厉王就立刻派兵把那个人抓来杀掉。

前文提过的夏桀、商纣，虽然暴虐，但是面对老百姓的咒骂，他们也只能说"我是太阳，你奈我何"或者"我是天命所加，他们骂我有什么用？"然后杀一些谏议的大臣。由此可见，在商周时期，老百姓的言论还是

---

① 马承源：《关于翏生盨和者减钟的几点意见》，《中国青铜器研究》，上海古籍出版社，2002年，第283—284页。

比较自由的。朝廷公室的门口甚至专门立着一根木头，木头的顶端横着绑一块木板，用来让老百姓提建议，其作用类似意见箱。而这种"谤木"制度，据说从尧帝时就有了。总之，很早之前，大家就已经意识到"兼听则明，偏信则暗"的道理了。

顺便说一句，后来"谤木"逐渐演化为华表，丧失了提建议的功能，成为王权的象征。

谏鼓谤木（出自：《帝鉴图说》）

"专利"和"止谤"的暴戾，让姬胡被称为"厉王"。在暴力的威胁下，议论朝政的人少了许多，各地的诸侯也不再前来朝拜。周厉王在位三十余年，到了他统治的末期，监管更加严厉，周王室所在的镐京，街上没人敢说话，因为有巫者混在人群中，监视百姓的一举一动。百姓们在自己家里也不能议论朝政，万一说了句不合适的话，就有可能被亲友举报。《史记》用了九个字来描述当时的情况：

>国人莫敢言,道路以目。

这意思是说:老百姓在街上都不敢说话,熟人见面打招呼也只能使眼色。对此,周厉王很高兴,他对群臣说:"我能制止怨言了!"大臣召公①看到这个情况,很担忧,就劝阻周厉王道:

>是鄣之也。防民之口,甚于防水。水壅而溃,伤人必多,民亦如之。是故为水者决之使导,为民者宣之使言。(《史记·周本纪》)

这段话的意思是说,您这样做是堵住了百姓之口啊!堵住百姓的口,比筑堤坝堵住河流还要危险。河流堵塞以后,要是溃堤了,伤的人一定很多,堵住百姓的口也是这样。所以善于治水的人就让堤坝决口,保证河流通畅;治理百姓就应该让他们说话。召公这几句话,就是"防民之口,甚于防川"的出处。很可惜,周厉王没有听进去。

三年后,国人受不了了,聚众而反,袭击王室。这就是历史上的"国人暴动",之后,周厉王逃到彘地(今山西霍州东北)。②

有研究认为,"国人暴动"的参与者不仅有平民,还有卿士、诸正等一部分社会上层人士,也就是说,周厉王的暴政引发了"全民"的愤怒。③

《大雅》中反映周厉王统治下人们生活艰辛困苦的诗作有好几首,如《民劳》《板》《荡》《抑》等,特别是《桑柔》,它是有关"国人暴

---

① 自西周初期周公旦、召公奭之后,周公、召公就成了周朝长期存在的两个官职,分别由周公旦和召公奭的后人来担任。此时的召公是召伯虎。
② 刘光胜:《清华简〈系年〉与共伯和"干王位考"》,《中国史研究》2019年第4期,第5—20页。
③ 杨宽:《试论西周春秋间的乡遂制度和社会结构》,《古史新探》,复旦大学出版社,2016年,第127—130页。

动"来龙去脉的最重要、最全面的一篇史料。限于篇幅，本文就不做过多介绍了。

知识拓展　"国人暴动"中的"国人"是指所有周国人吗？

"国人"，在这里不是指所有周国人，而指居住在周王室所在的镐京及其四郊的百姓。当时，国家的经济和军事力量有限，周王室的直接管理范围也受限，其监管最严格的地方，就是自己所在的首都及周围地区。国人具有自由民的性质，拥有一定的土地，有参与政治、受教育和被选拔的权力，有服兵役和劳役的责任，是贵族政权的有力支柱，国家有重大事故，他们也要被召集去从事保卫工作。居住在四郊之外的居民叫"野人"。国人服兵役，野人不用；野人遭遇暴政，能逃亡，而国人被逼无奈，就会反抗。

西周的"回光返照"

1. "共和行政"的疑团

周厉王出逃,太子姬靖(一作"静")年幼,吓得躲在召公家里。国人找不到周厉王,就要杀掉太子泄愤。于是大家操着武器,把召公的府邸团团围住,要召公交人。

召公说:"当年我劝谏厉王,他不听,才造成今天的祸患。可是如果我把太子交出去,厉王大概会以为我这是在报私仇。侍奉君主,即便身处险境也不能心有仇恨,更何况是事奉天子呢?"于是,召公就用自己的孩子代替姬靖,把他交出去以平民愤,姬靖这才得以活命。

老百姓赶走周厉王后的朝政,根据《史记》记载,是由召公、周公两个辅相和大臣们商量着来管理的,史称"共和行政"。司马迁把这件事看作两周之际巨大社会变革的开端。

关于这段历史,《史记》"周公、召公共同执政"是为"共和"的说法影响深远,杜预、孔颖达等学者都认为此说无误。但历史上也有另一种说法:所谓"共和",其实是一个叫"共伯和"的人,在厉王被驱逐之后,执掌朝政。这个说法见于多种史料,如《左传·昭公二十六年》记王子朝使告于诸侯,讲道:"至于厉王王心戾虐,万民弗忍,居王于彘。诸侯释位,以间王政。"古本《竹书纪年》载:"厉王既亡("厉"原误为"幽",今改正),有共伯和者摄行天子事。"(《晋书·束皙传》所引)又说:"共伯和干王位。"(《周本纪》索隐所引)《庄子·让王篇》说:"共伯得乎共首。"《释文》引司马彪注:"共伯名和,修其行,好贤人,诸侯皆以为贤。周厉王之难,天子旷绝诸侯皆请以为天子,共伯不听,即干王位。"《鲁连子》称:"诸侯奉和以行天子事,号曰共和元年。"(《周本纪》正义所引)《吕氏春秋·开春》云:"共伯和修其行,好贤仁,而海内皆以来为稽矣。周厉之难,天子旷绝,而天下皆来谓矣。"这些都是说,一个叫共伯和的人执掌了朝政。

近年发现的清华简中,有一部编年体史书叫《系年》,也证明"共和行政"应该是"共和伯执政":

> 厉王大虐于周,卿士、诸正、万民弗忍于厥心,乃归厉王于彘,共伯和立。十又四年,厉王生宣王,宣王即位,共伯和归于宋(宗)。

《系年》中的"立"均是称王、在位之意。这条史料告诉我们:卿士、诸正等社会上层人士也参与了流放厉王的行动,共伯和摄行天子之事,召公、周公继续担任卿士。随着太子姬靖长大,召公、周公以"厉王为祟"为借口,巧计逼共伯和退位。共伯和本就无篡位之意,于是主动将王位还给了姬靖。周厉王去世后,姬靖即位,成为新一任的周天子,即周宣王。

那么,为什么会有"周公、召公共同执政"这套说法呢?

日本学者平势隆郎在《从城市、国家到中华:殷周春秋和战国》一书中说,这是后来战国的学者出于现实需要,对历史的"理想化塑造"。这个说法很合理。因为这样一来会显得"摄政"更加合理合法,二来满足了儒生贤人执政的理想,三来也更能彰显周宣王中兴的不易。正如平势隆郎所说:

> 这虽然不是事实,但却堂而皇之地成了我们古典修养基础中的基础。也正因为如此,到了近代才出现"共和国"一词,而这

个词语中所包含的,是历代知识分子论及周王朝时的理想。

还有一个问题,共伯和究竟是谁呢?

清代的魏源考证,共伯和就是《毛诗序》里提到的写《板》劝告厉王的"凡伯"。另有学者认为共伯和是铭文中被称为"武公"的井伯。《史记索引》的作者司马贞、现代历史学家顾颉刚则认为共伯和是卫武公,其依据主要是《鲁连子》中"十四年,厉王死于彘,共伯使诸侯奉王子靖为宣王,而共伯复归于卫也"(张守节《史记正义》所引)以及上文提到的《庄子》《吕氏春秋》等文献。但由《系年》可知,从共伯和执政至平王东迁,时间长达八十二年,不会是卫武公在位的时间。

因此"共和行政"的真相到底是什么,还有待学者的进一步研究、发现。但毫无疑问,《史记》上关于"共和行政"的说法是不准确的。

"共和行政"十四年后,即公元前827年,周厉王死在彘地。

> **知识拓展　古本《竹书纪年》与今本《竹书纪年》**
>
> 西晋时期,汲郡(今河南境内)一座战国时期的魏王墓中出土了一批竹简,根据这些竹简整理出来的书被称为"汲冢书",包括前文介绍的《穆天子传》以及《汲冢琐语》,还有一本编年体史书《竹书纪年》。《竹书纪年》一共十二篇,讲了夏、商、西周、春秋时晋国和战国时魏国的历史,至魏襄王二十年(前229)为止。其记载的历史无论是内容,还是价值观、思想倾向都和传统史书有所不同。比如一般史书上说是尧帝禅让帝位给舜帝,这本书却说是舜发动政变把尧帝囚禁起来,自己称帝。
>
> 《竹书纪年》的出土在当时轰动一时,之后很多书籍都引用了其内容。宋朝时,由于战乱,这本书散佚了。到清代,一位叫朱右曾的学者,根据西晋到北宋之间那些引用过《竹书纪年》的书籍,一条一条搜集,整理出一本《汲冢纪年存真》。后来,王国维据此补充成《古本竹

书纪年辑校》)。这两本书都是研究古代史的重要资料。另外,明代有一部二卷本的《竹书纪年》,被称为今本《竹书纪年》,学者考证后认为此书为伪作。

2. 宣王中兴

姬靖即位后不仅整顿朝政,还讨伐了侵扰周朝的西戎、獫狁、荆楚、淮夷,并取得了胜利。这段历史,史称"宣王中兴"。

虽然宣王在历代周王中,不算最出色的,但《诗经》中和他有关的诗是最多的,并且基本都收录在《雅》中,比如,《天保》《南山有台》《采菽》《菁菁者莪》等。这些诗,有的记录了周宣王作战的经历,有的记录了周宣王勤政的事情,有的是规劝周宣王的,有的是赞美周宣王的。它们从各个角度反映了周宣王时期的历史景象。

下面,我们就来看看,和周宣王有关的这些诗作中最有代表性的几首。

《庭燎》,是赞美周宣王勤政的诗,收录在《诗经·小雅》中:

夜如何其?夜未央。庭燎之光。君子至止,鸾声将将。
夜如何其?夜未艾。庭燎晣晣。君子至止,鸾声哕哕。
夜如何其?夜乡晨。庭燎有辉。君子至止,言观其旂。

【注释】其:语尾助词。未央:没有到中央,没有结束。庭燎:庭中点燃的火炬,用以照明。鸾:通"銮",指车铃。将(qiāng)将、哕(huì)哕:都是拟声词,指上朝时车铃发出的声音。乡晨:快到早晨。乡:通"向"。

作者以自问自答的方式创作了这首诗——第一段的大意是:夜晚到什么时候了?夜还没完呢!宫殿里火把通明。公卿大夫们和周宣王一样,都十分勤快,天还不亮就赶来早朝。第二段、第三段开头只改变了几个字,表示时间的变化。从"未央"到"未艾",再到"乡晨",大家都是忙忙碌碌的样子。

这首诗很简单,通过描写宫殿明亮的火把,暗示周宣王天还不亮就到宫殿里处理政事了,夸赞了周宣王和大臣们的勤劳务政。

在《庭燎》中,"夜未央"指夜还漫长、天还不亮。"未央"单独使用,有"长久"的含义。西汉有座"未央宫","未央"一方面暗指汉家政权会长长久久,另一方面就是取《庭燎》一诗的典故,警诫汉家天子要勤政,不要疏懒。

还有一首被认为是委婉劝说周宣王任用贤才的诗是《鹤鸣》:

鹤鸣于九皋,声闻于野。鱼潜在渊,或在于渚。乐彼之园,爰有树檀,其下维萚。他山之石,可以为错。

鹤鸣于九皋,声闻于天。鱼在于渚,或潜在渊。乐彼之园,爰有树檀,其下维穀。他山之石,可以攻玉。

【注释】九皋(gāo):指回环曲折的沼泽地。渚:水中小洲。爰:语气助词,没有实际意义。树檀:就是檀树,木料坚硬,是珍贵的木材,这里用来比喻贤人。萚(tuò)、穀(gǔ):都比喻小人。萚:软枣树,一说为柘落的枝叶。穀:楮树,树皮可造纸。错:用来打磨玉石的工具。

第一段话的大意是:鹤即使地处偏僻,一样声闻天下。鱼有时候藏在深渊,有时候露在浅水滩。山中珍贵的檀树可以用,但是枣树的果子也可以吃。别处的石头,可以用来做磨石。这里的鹤、鱼、檀树、他山石都比喻贤能的人,意思是说,无论环境好坏,各种地方都有人才。这些人才时藏时现,我们要及时把握。人才各有其用,要能发现其可用之处。即便是外国的人才,只要能对我们有帮助,也要千方百计吸收进来。第二段意思与第一段类似。

鹤鸣九皋（出自：《毛诗品物图考》）

全诗没有一句是明说的，都是采用比喻来表达的，这是这首诗最显著的艺术特色。明末清初大学者王夫之就曾经评价这首诗说："《小雅·鹤鸣》之诗全用比体……不道破一句，三百篇中创调也。"

因为是比喻，没有明确所指，所以可引申发挥的范围广。比如鹤体形优美，高贵典雅，然而不能轻易见到，自古就深得人们的喜爱，可用来比喻隐居的大贤之人。"鹤鸣九皋，声闻于天"，成为后世文人经常用来自况的话，表明自己虽然身处穷乡僻壤，终有一天会被朝廷重用。还有"他山之石，可以攻玉"，意思是要多借鉴别人的长处，来弥补自己的不足，这也是励志的经典之句。

还有几首诗是跟宣王时期的大臣有关的。

《小雅·六月》，讲的就是周宣王派大将尹吉甫北伐獫狁，尹吉甫打了胜仗，宾客因此作了这首诗赞美他。这是一首非常完整的叙述诗，描写了北伐玁狁的原因，以及操练兵马、交战得胜、凯旋受赏等场面。可与此对照的是兮甲盘的铭文，铭文记录了尹吉甫（即兮甲，兮氏名甲，字伯吉甫，尹是官名）因宣王五年征伐有功得到奖赏的事。宣王十二年，宣王又派虢公伐玁狁，大获全胜。这一次，周人终于赶跑了玁狁，原来受其控制的一些部落也臣服于周了。

《小雅·采芑》记录了宣王派方叔征荆楚的事。

《大雅·江汉》讲述了召伯虎奉周宣王命令平定淮夷的事。诗中用大量笔墨记述了宣王的命令，赞美了他的武功。召伯虎簋铭文也记录了这件事。

《大雅·崧高》是尹吉甫送别宣王的舅舅申伯的诗。

《大雅·烝民》是周宣王委派大臣中山甫前往齐地筑城，尹吉甫送别他时作的诗。这首诗赞美了中山甫的德行和他辅佐周宣王的功绩，其中有不少讲天道和人性的内容，用词精当，还有不少词语至今仍在使用，如柔茹吐刚、小心翼翼、明哲保身、爱莫能助等。

公元前782年，周宣王驾崩。

于是，西周的末代天子——周幽王姬宫湦，走上了历史舞台。

> **知识拓展　为什么《诗经》中和周宣王、周幽王有关的诗比较多？**

第一，是因为时间的关系。《诗》成书的时间是春秋中期，其中收录的作品，大多数是西周晚期到春秋中早期的。在当时材料匮乏的情况下，要编纂一本书，当然是时间间隔越短，可以被收录到的作品就越多。而周宣王、周幽王刚好是西周最后两任天子，所以与他们有关的诗就比较多。

第二，是因为体例的关系。《诗经》分为《风》《雅》《颂》三部分。《风》是按照国别，收录各诸侯国（地域）的诗作，所以尽管整体数量不少，但是平均到各国就很少了。《颂》只有三部分，分别是祭祀殷商、周和鲁国祖先的，本身收录的作品就不多。而《雅》，收录的多是西周都城一带的作品，所以，周宣王、周幽王时期的作品就显得很多、很集中。

西周的灭亡

1. 立庶废嫡的周幽王

十四岁的姬宫湦登基时,西周已经历经二百六十五年。

在他登基的第二年,围绕着西周都城的泾河、渭水、洛河三条河流的区域内都发生了地震。《小雅·十月之交》记录了这场地震的景象:百川沸腾,山冢崒崩;高岸为谷,深谷为陵。

按照周朝人的观念,这是上天的兆示,说明人间的天子肯定有失德的行为。根据《史记》的说法,周朝的太史伯阳甫劝谏姬宫湦,希望他励精图治,谨言慎行,以防上天降下更严重的灾难。老先生哀叹道:"周将灭亡了啊!"并且预测说如果周要灭亡的话,不会超过十年。

在这种氛围下,褒姒——姬宫湦的宠妃、谜一样的女人,登上了历史舞台。综合《史记》《国语》来看:褒姒入宫的第二年,生了个儿子,叫伯服。没过几年,周幽王就找借口废了他最初的皇后、西申国的公主申氏,让褒姒做了皇后。他与申氏的儿子姬宜臼,原本是太子,他也给废了,又改立伯服做了太子。太史伯阳甫见状说:"祸成矣,无可奈何!"果然,褒姒又勾结周幽王宠幸的大臣虢石父,驱逐了宜臼。宜臼和申后逃回了西申,周幽王却为了杀宜臼而开始进攻申。

知识拓展　春秋时期到底有几个申国

西周末年，周宣王为了防御楚国，就把自己的大舅舅、申国的大公子，转封在谢地（今河南南阳东南），称其为"南申"，以区别留居西土的本支。《大雅·崧高》详细记录了宣王命大臣为申伯营建城郭、宗庙、宫室，替申伯准备粮草、迁徙家人，并赐予车马、宝玉的盛况。20世纪80年代，河南南阳出土了一批青铜器，其中仲爯父簋的铭文经过李学勤等学者释读，里面就有"南申伯"之名，即《崧高》这首诗中的"申伯"。

所以，西周末年，有两个申国。一个在宗周的西北边，被称作"西申"；一个在宗周的东南边，史称"南申"。两个申国说到底也是一家人。

看到这里，大家会不会有疑问：虎毒不食子，周幽王为何一定要杀了自己的儿子宜臼呢？

这些疑问，不仅大家有，许多学者也有，比如清朝的学者崔述，就认为"西周之亡，《诗》《书》无言及者，于经无可征矣。然《春秋传》往往及东迁时事而不言此，至《周语》述西周事众矣而亦未有此"——他认为《国语》《史记》里关于西周灭亡的记载都不可信。

《竹书纪年》以及清华简《系年》的相关记载，为我们弄清这件事提供了有益的材料。①

唐初大儒孔颖达著《左传正义》，以解释晋朝杜预《春秋左传集解》，简称为孔疏。《左传·昭公二十六年》孔疏引《汲冢书纪年》曰："平王奔西申，而立伯盘以为大子，与幽王俱死于戏②。先是，申侯、鲁（当作'曾'）侯及许文公立平王于申，以本大子，故称天王。"

---

① 王红亮：《由清华简〈系年〉论两周之际的历史变迁》，《两周金文与西周史研究暨第十届中国先秦史学年会论文集》，第323—335页。
② 戏：水名，在骊山之北。

也就是说，在幽王死之前，宜臼，也就是后来的平王，已经被申、曾、许等诸侯立为"天王"了。而根据《系年》记载，这件事发生在周幽王九年（前773）。显然，"天王"要比"天子"更有气势，几家诸侯这么做明显是在跟"周天子"周幽王叫板。

周幽王当然气愤得不行，因此才起兵攻打西申，欲杀宜臼而后快。西申没有交出宜臼，两国军队对峙，西申受困。这个时候，申侯会做出什么选择呢？

根据《史记》《国语》的记载，申侯在一怒之下联合缯、西夷、犬戎攻周。清华简《系年》的记载则是："缯人乃降西戎以攻幽王。"这里的"降"不是投降，而是下令的意思。也就是说，为了解西申之困，作为西申与国的缯借助了犬戎的力量。《国语·郑语》记载了周太史史伯的一段话，刚好与《系年》的记录相印证："若伐申，而缯与西戎会以伐周。"

幽王不得不放弃西申，转头对付犬戎。"幽王举烽火征兵，兵莫至。遂杀幽王骊山下。"从《史记·周本纪》的记载来看，犬戎的军队很可能绕到了宗周的东面，从"背后"攻打宗周。此前，周幽王为了围攻西申而会盟诸侯，同时欲加强对诸侯的控制，但事与愿违，等秦、晋、郑、卫四国诸侯赶到，为时已晚。公元前771年，周幽王被犬戎所杀。

2. 不存在的"烽火戏诸侯"

按照司马迁的观点，诸侯没有及时赶来，是因为周幽王为了褒姒"烽火戏诸侯"，失去了诸侯的信任。据《史记》记载，周幽王为了博美人一笑，点燃烽火，引得诸侯皆至。诸侯们到了才发现，哪里有什么敌寇，不过是周幽王在"玩游戏"。看到诸侯们被戏耍了，褒姒哈哈大笑。于是周幽王为了哄褒姒开心，又干了好几次这样的事。当犬戎真的攻打周幽王，周幽王命人点燃烽火的时候，诸侯都以为这次又跟之前一样，周天子不过是在戏弄他们，就没有人发兵。这个故事最早出于《吕氏春秋》，写作"击鼓戏诸侯"，到了《史记》，就变成了"烽火戏诸侯。"

《戏举烽火》（出自：《帝鉴图说》）

"烽火戏诸侯"的典故，流传得很广，常常被用来教育孩子：做人要诚信，如果经常说谎，性命攸关的时候就没有人肯帮你了。

对于这件事的真实性，大家有没有怀疑过呢？著名历史学家钱穆在《国史大纲》里明确表示，"烽火戏诸侯"是老百姓的传说，实际上不可能发生。点燃烽火原本是因为犬戎来了，诸侯们赶来，就算没有见到敌人，也得休息整顿好之后再回去，起码得休息一晚上吧？这个过程，有什么好笑的呢？李峰《西周的灭亡》一书指出，那时候还没有长城，点燃烽火传信也不太可能。

但这样一个流传甚广的故事可以说明：周幽王时期，诸侯已经不怎么信任周天子了。这一点在《诗经》中也可以看出。《毛诗序》说《小雅·菀柳》说的就是周幽王"暴虐无亲，而刑罚不中，诸侯皆不欲朝"。可见，幽王时常以讨伐有罪征会，还常常侮慢诸侯，诸侯怕惹祸，才没有在幽王征兵时第一时间赶去勤王。

"烽火戏诸侯"既然不存在，又怎么能把这件事作为褒姒导致西周灭亡的证据呢？

周幽王从登基到被杀，刚好十年。至此，西周共传位十二位天子，历时二百七十五年。一个文明锦绣的时代，就这样结束了。

那西周灭亡的直接原因是什么呢？当然不是所谓的"天命""气数"已尽，而是周幽王废嫡立庶、宠幸奸臣导致内乱，引起外患。其灭亡的根本原因则是政治制度使然。中国古代的君主集权制度，让管理国家的天子、皇帝成为至高无上、不受实际约束的人，危险系数是很大的。运气好，碰到一个勤勉的天子，则国运安康；运气差，遇到一个像周幽王这样不负责任的天子，则国家遭殃。

3. 黍离之悲

犬戎虽然是缯招来的，但很明显，他们有自己的打算——不仅杀了幽王，还"虏褒姒，尽取周赂而去"。对于当时的情形，《史记》里记载得很简单，但我们还是能从《诗经》里看到镐京的惨状。

许多年后，有位周朝大夫路过镐京，发现这里荒草遍地，一片凄凉。原来整洁干净的路面上，长满了庄稼；原来挺拔、高耸的建筑，已变为废墟。他看到镐京颓败至此，想起其原来的繁华，联想到短短几十年间的风云变化、礼乐崩坏，不禁潸然泪下，写下了中国历史上第一首怀古之作《黍离》。

> 彼黍离离，彼稷之苗。行迈靡靡，中心摇摇。知我者，谓我心忧；不知我者，谓我何求。悠悠苍天，此何人哉？
>
> 彼黍离离，彼稷之穗。行迈靡靡，中心如醉。知我者，谓我心忧；不知我者，谓我何求。悠悠苍天，此何人哉！
>
> 彼黍离离，彼稷之实。行迈靡靡，中心如噎。知我者，谓我心忧；不知我者，谓我何求。悠悠苍天，此何人哉？

【注释】黍（shǔ）：五谷之一，产于北方，是一种谷子，和小米很像，比小米的颗粒略大，有黏性，现在经常用来做年糕。离离：茂密的样子,同白居易的"离离原上草"中的"离离"是一样的意思。稷(jì):也是谷物的一种。行迈:行走。靡(mǐ)靡:形容人走路缓慢、情绪低落的样子。如醉、如噎(yē):都是神志恍惚、哽咽的意思。

这首诗每一段都一唱三叹,让感伤的情绪显得格外强烈和深沉,"知我者,谓我心忧;不知我者,谓我何求"一句更是冠绝古今。《黍离》是《王风》的第一首,对后世影响很大,后世文人写怀古诗,就常用《黍离》的音调,"黍离之悲"从此也成为表达思念亡国情感的典故。

现在我们再来看"初唐四杰"之一陈子昂的那首《登幽州台歌》中的"前不见古人,后不见来者,念天地之悠悠,独怆然而涕下",是不是就有似曾相识的感觉了呢?

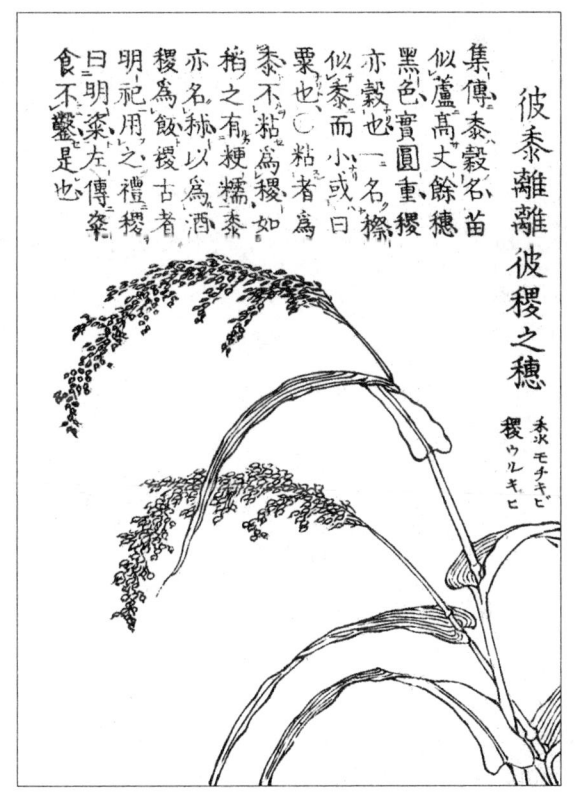

彼黍离离(出自:《毛诗品物图考》)

087

虽然这位遗世独立、悲天悯人的士大夫,并没有在《黍离》中直说到底是什么让他悲伤,而是反诘上苍:"悠悠苍天,这到底是谁造成的啊?"但答案不言自明。

镐京终究是回不去了。

因为犬戎占据了宗周,周幽王死后,以虢公翰为首的"邦君诸正",就在虢国立幽王的弟弟、平王的叔叔余臣为新王,史称携惠王。李学勤先生指出:"邦君"是诸侯,"诸正"是朝臣,这表示余臣被立为王有相当多的诸侯和朝臣支持。

宜臼是幽王的嫡长子,为什么"邦君诸正"会支持余臣而非宜臼呢?因为在当时的一些诸侯、朝臣看来,宜臼曾被立为"天王",他背后的申国、缯国更是间接害死了周幽王……这些行为都严重违背了礼法。不过,也有一些诸侯支持宜臼。西周灭亡之前,宜臼趁周幽王忙着对付犬戎时,从西申逃出,辗转到了晋国的上鄂。周幽王死后,宜臼被晋文侯迎到晋国的"京师"(今山西运城夏县)①,并被拥立为新王。

余臣、宜臼"二王对峙"的局面持续了十二年,这可以说这是当初宜臼与幽王对峙局面的延续。虽然二王背后各有势力集团,可更多的诸侯,是在这两大势力之间摇摆——哪方对自己、对宗族有利,就支持哪一方。对此,朱凤瀚先生总结得非常精辟:"在西周王朝建立之初,周天子被同姓亲族奉为宗子,此种天子与同姓臣属之宗族观念曾长时间地作为周王朝统治的精神支柱……西周晚期,宗族的观念、宗族的情谊只在贵族家族内部被强调,为各世族保存自身、发展自身之实力服务,实际上已由王朝统治的精神支柱,转化为促使西周王朝衰败的催化剂了。"②

《小雅·雨无正》里记录了当时各方诸侯都"莫肯朝夕"——不肯早

---

① 童书业:《晋公盙铭"□宅京自"解——春秋晋都辨疑》,《春秋史料集》,中华书局,2008年,第547页。

② 朱凤瀚:《商周家族形态研究》(增订本),天津古籍出版社,2004年,第410—411页。

晚尽力，对宗族利益的关注甚于对国家利益的关注的事。而君王是不是"正统"，要看诸侯是否支持。宜臼在被立后的第三年，迁往洛邑，这是一个划时代的标志性事件，标志着东周的建立——洛邑和镐京相比，位置在东，所以我们把都城在镐京的周朝政权称为西周，把都城在洛邑的周朝政权称为东周，周平王就是东周第一任天子。

而携惠王在被立后的第二十一年，被晋文侯灭于虢。周平王宜臼这才终于成了名正言顺的周天子，此前两大势力对峙的局面，变为各诸侯迅猛发展的局面。

《史记·周本纪》说："平王之时，周室衰微，诸侯强并弱，齐、楚、秦、晋始大，政由方伯。"

《系年》记载得更详细："晋人焉始启于京师，郑武公亦正东方之诸侯……齐襄公会诸侯于首止……郑以始正。楚文王乃以启于汉阳。""周室既卑，平王东迁，止于成周，秦仲焉东居周地，以守周之坟墓，秦以始大。"

《小雅·节南山之什》（南宋 马和之绘 故宫博物院藏）

风

相比《颂》《雅》而言，《风》的争议最小。《毛诗序》说："风，风也，教也，风以动之，教以化。……上以风化下，下以风刺上，主文而谲谏，言之者无罪，闻之者足以戒，故曰'风'。"这里把"风"解释为"谲谏"，是传统的把《诗经》当作教化工具的观点。

不过近代以来，学者们有了更新的认识。顾颉刚说古人所谓"秦风""魏风""郑风"，就如现在我们说陕西调、山西调、河南调一样——这个说法可能更合乎情理，故而，今天的学者们多选择这个解释。《诗经》中的《风》共录存十五个诸侯国、地区的诗歌，故称"十五国风"。一般认为，《风》代表了《诗经》的最高文学艺术成就。

第三章

知我者，谓我心忧；
不知我者，谓我何求

《王风》

《王风》收录的是东周都城洛邑所在地区的诗歌作品。

周平王东迁洛邑之后，王室衰微，诸侯也不来朝拜，周天子名存实亡，仅仅有名义上的天子地位，甚至窘迫到要向诸侯借粮食。这时候，周天子俨然已沦落到和诸侯地位相当的地步，所以《诗经》的编者就把在东周都城洛邑附近收录的诗作称为《王风》，和其他"国风"相提并论。

《诗经·王风》共录有十首作品，分别为：《黍离》《君子于役》《君子阳阳》《扬之水》《中谷有蓷》《兔爰》《葛藟》《采葛》《大车》和《丘中有麻》。

由于《王风》牵涉的历史和郑国有很大关联，所以我们将《郑风》中的一部分并入《王风》一章讲述。

郑国的发家史

1.郑国的建立

郑国,并不属于西周初年分封的老牌诸侯国,而是一个后起的国家。

第一任郑国国君姬友,是周厉王的小儿子、周宣王的弟弟、周幽王的小叔。姬友被封爵,也就是郑国建国是在公元前806年,那时已经到了西周末年。十一年后,周幽王才诞生。

郑国建国的时候,只是一个三等爵国——伯爵国,所以郑国的国君被称为"郑伯",一般史书里就称呼姬友为"郑伯友"。有些史书会称他为"郑桓公",但这只是一种尊称,好比称呼年长的人为"某某公"一样。

> **知识拓展　诸侯国的爵位和实力有关系吗?**
>
> 按照周礼,周朝诸侯爵位分为五个等级,分别是公、侯、伯、子、男。假如你被封为公爵,那么你的国家就是一等国,你被封为侯爵,你的国家就是二等国,以此类推。相应的,公爵国家的君主,就被称为某某公,比如齐国是公爵一等的国,齐国的君主就有齐桓公等;侯爵国家的君主,就被称为某某侯,比如前面提到的申国,就属于侯爵国家,所以其国君被称为"申侯"。
>
> 理论上说,诸侯爵位越高,国土越大,实力越强。但是随着时间的

推移，诸侯因内乱或者彼此征伐，实力消长，有可能爵位没有变，比如仍是公爵国，但是国力衰微、国土狭小；也可能爵位较低，但是国力强盛，国土广袤。所以到后来诸侯国实力的大小和爵位就没有必然的对应关系了。比如，郑国的实力一度很强，但是《左传》等史书中有时候还会称呼其国君为"郑伯"。

公元前772年，周幽王在即位的第八年，任命自己的小叔叔姬友为司徒。也就是说，这时候的郑桓公，既是诸侯国国君，又兼任着周朝中央政府的司徒。

司徒，青铜器上多写为"司土"，"司"就是管理的意思。王朝司徒可以担任右者，参与周天子举行的册命仪式，可以参与各宗族或诸侯国间的工地交易、疆界划分，甚至还有统帅军队作战的职责①。而且王朝司徒一般常驻成周，控制着周王朝在东方的重要军事力量——成周八𠂤（师）。②这是绝对的实权官职。汉代以后，司徒也成为丞相的别称。

郑国最早的封地在泾河以西陕西凤翔一带，是一片不大的土地，而且靠近西戎，有点偏僻。姬友当上王朝司徒的时候，褒姒已经被幽王立为王后。前面说了，诸侯当时都想着怎么给自己的宗族牟利，姬友也不例外，他想，能不能让自己的宗族有个好点的封地呢？

他想到了太史伯阳甫。《国语》《史记·郑世家》记载了郑桓公和史伯的对话。

郑桓公说："现在朝政不稳，看来天下很快就会有危险了，我不知道能不能避开这个祸乱。"

史伯说："是啊。"

郑桓公问："我的封地太靠西边，距离犬戎太近，不安全，不知道可

---

① 孙振兴：《西周金文中的司土司徒辨》，《文物春秋》2014年第3期，第9—12页。
② 晁福林：《论郑国的政治发展及其历史特征》，《南都学刊》1992年第3期，第41页。

以去哪里。"

史伯说:"我看只有住在洛河以东、黄河、济水以南这一带才安全。"

郑桓公问:"为什么呢?"

史伯就给郑桓公分析说:"这块地方有十个子男小国,其中最大的两个国家是虢国、郐国①。这两个国家的国君贪财无义,百姓对他们不满意。您身为司徒,品德又很好,天下人都很爱戴您。您去这里向他们借一片土地,他们不会不给您。时间久了,这两个国家的老百姓就都成为您的子民了!"史伯不但分析了这两个国家的地理位置,还对未来的群雄争霸做了非常精准的预测,得出齐国、秦国、晋国、楚国将会兴起,与郑国五分天下的结论。

> **知识拓展** 伯阳甫为什么能预测周朝的灭亡和郑国的崛起?
>
> 周朝的太史职权很大,掌管历法、祭祀、典籍等等,在史书中往往以先知、智者的身份出现。比如,太史伯阳甫,对春秋形势的预测就十分精确。对于这一点,元代学者吴莱在《渊颖集》卷五"奉誓谕下"就怀疑过,极可能是《国语》的作者将已经发生的事附会成史伯的预言,而司马迁写《史记·郑世家》时,引用了《国语》中的这段材料。
>
> 值得注意的是,《国语》只说桓公完成了史伯建议的寄帑与贿于虢、郐及十邑,《史记》则说是虢、郐献出十邑。学者张以仁先生认为司马迁是别有资料根据或者有意改写。他在《郑国灭郐资料的检讨》中还列举了两例《史记》改写史实之事。实际上所谓虢、郐献的十邑中的邬、蔽、补、舟、依、柔、历、华(《国语·郑语》韦注)都不属于

---

① 郐国为祝融八姓中妘姓支族后裔在中原地区所建诸侯国。在两周之际,其统治区域包括今河南省的密县、新郑、郑州、禹县一带。其都邑在今河南省密县东南三十五公里的曲梁公社大樊庄大队古城角村。

虢、郐，又怎么能被这两国献出呢？司马迁很可能是为了塑造桓公仁义之君的形象，并且考虑到桓公寄帑与贿若分散在十国之内，郑国就无法快速崛起，索性略改《国语》。

这两件事都说明，史学在当时并不成熟，史学家还不够严谨，往往不能秉笔直书。①

公元前773年，郑桓公按照史伯的指点，向虢国、郐国借了点儿土地。这两国之间有殷商时期留下的亳城（京邑②），于是郑桓公就把自己的宗族百姓、重要财物和奴隶以"暂时寄存"的名义迁过去，安顿下来，开垦荒地。这是历史上一次有名的大迁徙，史称"桓公寄帑"。

根据《史记》的记载，骊山之变时，郑桓公也是四路勤王的诸侯之一。在与犬戎的交战过程中，郑桓公战死（另一说并未战死，本文从"战死"说）③，之后，他的儿子郑武公即位。

前文说了，经历过战火的镐京已经没法住了。于是，郑武公做了一个重要的决定：重新修缮成周洛邑，让周平王离开晋国，迁都洛邑。

这一迁都，就等于周天子完全放弃了镐京的家业，抛弃了这片土地和人民，抛弃了西周列祖列宗的坟茔祖庙。《诗经·王风》中有一篇《扬之水》，据说反映的就是平王东迁的历史事件：

---

① 苏勇：《周代郑国史研究》，吉林大学博士论文，2010年，第55—56页。
② 据张明申先生考证，京邑以"京"名，实为"亳"之误。参见《郑武公和东郑初都——京城》，《郑州商都3600年学术研讨会暨中国古都学会2004年年会论文选编》，中州古籍出版社，2005年。
③ "郑桓公战死"，见于《史记·郑世家》："二岁，犬戎杀幽王于骊山下，并杀桓公。"但根据《竹书纪年》以及清华简中《郑武夫人规孺子》《郑文公问太伯篇》等关于郑立国的叙述，郑桓公在骊山之变时并没有死，而是在周亡王九年中第四至九年去世的。参见沈长云《桓公未死幽王之难考》、子居《"清华简"〈郑武夫人规孺子〉解析》等。

扬之水，不流束薪。彼其之子，不与我戍申。怀哉怀哉，曷月予还归哉！

　　扬之水，不流束楚。彼其之子，不与我戍甫。怀哉怀哉，曷月予还归哉！

　　扬之水，不流束蒲。彼其之子，不与我戍许。怀哉怀哉，曷月予还归哉！

　　【注释】扬之水：流动平缓的水。不流束薪：这缓慢的水流，连柴都漂不起来，比喻平王东迁，无力带走故都国民。束薪：捆起来的柴。申、甫、许：春秋时的国家名，都在今天河南省中部、南部一带。怀：思念。曷：同"何"，是提问的语气助词。

　　诗的意思并不难理解：通过对水流的描写，哀叹平王一去不复返的事实。诗的最后还难过地说："想念你啊想念你，你什么时候才回来啊？"[1]

　　平王从晋国的京师到洛邑，晋国、郑国都派出了军队护送，秦人虽然也相随护驾，但此刻的"秦"，还不是诸侯国。

　　周平王安全到了洛邑，自然是要论功行赏的。

　　秦人先"勤王"，后"护驾"，功莫大焉。于是周平王就封秦襄公为诸侯，并且给了秦国一个"绝好"的政策："戎无道，侵夺我岐、丰之地，秦能攻逐戎，即有其地。"（《史记·秦本纪》）这其实就是空头支票、顺水人情——东周王室无力收回犬戎攻占的土地，就封给了秦国。但是这对秦国来说，可是极大的发展机会，秦襄公名正言顺地有了自己的封国，成了一名真正的诸侯。

　　晋国同样获得了丰厚的赏赐。《竹书纪年》记载的"（平王）赐秦、晋以邠、岐之地"，就是说周平王把邠地赐给了晋国。邠地大约在今天汾河

---

[1] 关于本诗主旨，另一说为"在外戍边的士兵思念亲人"，参见郑笺："平王母家申国，在陈郑之南，迫近强楚，王室微弱而数见侵伐，王是以戍之。"

中下游、山西西南地区，是周人的发祥地之一。晋国因此强大起来。前文提到，晋文侯还灭了与周平王对峙十几年的周携王，当然，周携王所在的虢国也被晋国占了。

而郑国更是获得了极大的利益。

前面我们说过，郑国只是一个没什么影响力的小国，但此次平王东迁，郑国一手操办，这是绝对的建勋大功，郑国的声誉大大提高。郑桓公的儿子郑武公获得了在朝辅佐卿士的职位，继续担任王朝司徒，自然就有很多机会为自己谋取利益了。凭借这些优势，郑国迅速成为一个新的强大诸侯国。在春秋初年，诸侯之中最为活跃、最为耀眼的，就是郑国了。

就在周平王迁都的第二年，郑国拉开了扩张的序幕。

2. 郑国的崛起

当年郑桓公向郐国、虢国寄帑与贿的时候，太史伯阳甫就跟他说郐国国君昏庸无能，贪财好利，没有什么作为，老百姓也对他不满意。《桧（kuài）风》中的《羔裘》据说就是郐国的大臣所作，讽刺国君懈怠朝政，昏庸荒逸的。

> 羔裘逍遥，狐裘以朝。岂不尔思？劳心忉忉。
> 羔裘翱翔，狐裘在堂。岂不尔思？我心忧伤。
> 羔裘如膏，日出有曜。岂不尔思？中心是悼。
>
> 【注释】羔裘、狐裘：用羊皮、狐皮做的袄子。当时一般人穿不起羔裘，更不必说狐裘了，因而这里的羔裘、狐裘指代的是诸侯国君。逍遥、翱翔：形容人悠闲自得、优哉游哉的样子。岂不尔思：倒装句，顺序应该是"岂不思尔"，意思是怎么能让人不替你操心呢？

羔裘（出自：《六经图·诗经图》）

这首诗的大意是说：国君你整天穿着漂亮的衣服去上朝，心思都不在国家大事上，你这样子让我很惆怅啊很惆怅。

郐国国君这么不负责任，被灭也是迟早的事。但郑武公灭郐国，是利用人和人之间的不信任、猜忌，让郐国内耗，自己坐收渔利的。

公元前769年，郑武公在攻伐郐国之前，先打听到了郐国都有哪些智囊、名将，然后扬言：我已经跟这些人约定好，打下郐国之后给他们封赏官爵。他还煞有介事地在城外设立祭坛，把这些人的名字写在盟约书上，又把盟约书埋在地下，交予上天鉴查。郐国国君听到此事后怒不可遏，派人挖出了盟约书，把上面写的人都杀了。结果可想而知，郐国有能力抵抗郑国的人都被杀了，于是郐国很快就被灭了。

公元前767年，郑武公灭了东虢①（在今河南荥阳）。

由于东虢国是与周天子同姓的宗室国，被灭总有点不体面，所以《左传》只用了很简单的几个字将此事一笔带过："制，岩邑也，虢叔死焉。"——只说虢国君主虢叔死在自己的首都制邑②，至于具体什么原因，怎么个过程，没有更详细的记录。依据周礼，攻打天子的同姓宗室国，是要被杀头的。可是郑武公活得好好的，东虢国原有的土地也被周平王赏给了郑武公。从这一点，我们可以知道，郑武公灭东虢是周平王默许的，或者说，周王室衰微，想管也管不了。东虢国被灭后，其他八个子男小国郐、蔽、补、舟、依、柔、历、华都依附郑国了。

公元前764年，郑武公又灭了胡国（在今河南郾城）。

为了灭胡国，郑武公先是主动把自己的女儿嫁给了胡国君主，与其结成亲家关系，然后又在一次朝会上故意询问大臣："我想用兵，大家说可以打哪个国家？"一个自作聪明的大夫以为自己看透了郑武公的心思，就站出来说："可以攻打胡国。"郑武公却表现出大怒的样子："胡国是咱们的亲家啊！是兄弟之国，怎么可以攻打呢？"说完，他命人把这个大夫给杀了。胡国国君听闻此事，十分感动，对郑武公没有半点防备，结果郑武公不宣而战，把胡国灭了。

这两个故事都出自《韩非子》，会不会是韩非子为了证明法家思想之正确而演绎、夸大的，我们不得而知。但郑国确实灭了郐国、东虢国和胡国，严重地践踏了周礼，破坏了道义。纵观这时候的其他诸侯：秦国忙着对付犬戎；晋国忙着内乱；申、缯忙着应付正在崛起的楚国；只有郑国，国君是王朝司徒，还迅速扩大了领土，从狭小的王畿内采邑成为济、河、洛、颍

---

① 春秋时期有东虢、南虢、西虢、北虢、小虢五个虢国。五个虢国都是天子宗亲、兄弟的国家，但是都很弱小。被郑武公灭掉的是东虢。假道灭虢、唇亡齿寒的故事，说的是西虢。

② "春秋前为郑所灭，为制邑。隐元年见传。"参见[清]顾栋高辑，吴树平、李解民点校：《春秋大事表》，中华书局，1993年，第571页。

间的大国，可谓如日中天。

郑武公灭郐，在周朝历史上开了一个诸侯灭掉另一个诸侯的先例。此例一开，各国纷纷仿效。从此大鱼吃小鱼、小鱼吃虾米的混乱无序、没有正义的年代开始了，中国历史进入烽火连天的春秋争霸岁月。

为了和郑国搞好关系，在公元前760年，周平王的母舅家——西申国的国君把自己的女儿武姜嫁给了郑武公。这样一来，郑武公就既是周平王的堂叔，又是周平王的姨夫了。

> **知识拓展　为什么东周分为春秋、战国两个历史时期**

一般的说法是，因为孔子编辑的《春秋》这部史书所记载的历史时期大约是东周前半段，所以就用"春秋"来给这个历史时期命名。东周后半段称"战国"，是因为这段时期各国争战不断。

郑庄公的辛酸与心机

1. "寤生"的郑庄公

公元前757年，武姜在嫁给郑武公三年后，生了个儿子。关于这个孩子的出生，《左传·隐公元年》记载为：

> 庄公寤生，惊姜氏，故名曰寤生，遂恶之。

这个叫"寤生"的孩子，就是后来的郑庄公。

古人对帝王或者名人，总会习惯性地"神化"，比如，说其有不同凡响的出生经历，以此证明他们不是凡人，能干出一般人干不了的事。而郑庄公的不同凡响，就是"寤生"，并且把他母亲吓了一跳——"惊姜氏"。

可是"寤生"到底是什么意思呢？历史上有好多种解释。

第一种解释，认为武姜生庄公之前做了一个噩梦，受到了惊吓。这种解释有合理的地方，但是就文字而言有点牵强。

第二种解释，从"寤"字本身下功夫，说这个"寤"，通"牾"，就是逆向、抵牾的意思，"寤生"即出生时逆着生下，也就是脚先出来，按今天的说法，就是难产。产妇难产会有生命危险，武姜因此受到惊吓。这种说法就合理多了。

第三种解释，和难产的说法相反，认为是生产过于顺利。西晋经学大师杜预和唐代大儒孔颖达都认为：难产会导致产妇疼痛、难受，但怎么会让她受惊呢？只有过于顺利，一觉醒来——咦！怎么床上多了一个孩子？再一看，居然是自己生的，这才会受惊。在那个时候，过于顺产也是不常见的，所以这个孩子被认为是不吉祥的。这种解释比较有趣，但那个时候没有麻醉剂，生产的时候，不会睡一觉就生完了吧？

第四种解释，据东汉学者应劭说，"生而开目能视曰寤生"——生下来眼睛就睁得大大的，这就是"寤生"。这个现象比较少见，所以也能使母亲受惊。

此外，也有"寤生"是"闭着眼睛不睁开"的说法。《太平御览》说小孩生下来睁不开眼睛，俗话叫"寤生"，"寤生"的孩子妨父母。后人在此基础上进一步引申：小孩子生下来，眼睛睁不开、嘴不张、闷声不哭的，叫"寤生"。如此，既能解释通"寤"，又能解释通"惊"——一个不哭不睁眼的孩子，当然会吓到母亲，因为这太罕见了，恐怕是凶兆啊，这也能解释通大人为什么厌恶这个孩子。

古人为了解释经典中的"微言大义"，实在是想尽了办法。中华书局版的《春秋左传注》（杨伯峻编著）中，在"寤生"这一条下，还补了一句，"其他异说尚多，皆不足信"。

无论从哪一种解释来说，"寤生"都不是正常现象，而且让人觉得很不吉祥，所以大家都不喜欢这个孩子。郑武公和武姜还直接给孩子取名叫"寤生"——以隐疾给孩子命名，不符合当时的礼制——当时人很看重名字的含义，取名"不以国，不以官，不以山川，不以隐疾，不以畜牲，不以器币"，可见郑武公和武姜有多么不待见这孩子。

2. 貌合神离的兄弟

生下寤生三年后，武姜又生了一个男孩。这个孩子生得比较正常，郑武公和武姜给这个孩子取名叫"段"。段是郑庄公的弟弟，后来跑去了共

（今河南辉县），所以后世也称之为共叔段。这里的"叔"是对男子的美称，不是排行伯、仲、叔、季的叔。

王引之在《经义述闻》中解释，"段"为一种石头，打铁的时候垫在铁器下，和铁器一起被铁锤击打。郑武公和武姜夫妻俩也真是的，给孩子取名都这么不负责：大儿子直接叫个"忤逆祸害"，小儿子叫个"挨锤石头"。不过在《竹书纪年》中，叔段的名字叫"圣"，称为"公子圣"。为行文统一，咱们还是按照《左传》的叫法，用"公叔段"这个名字来称呼他。

老话说，"天下的母亲都是偏心的"，一母同胞的几个兄弟姐妹，难免有被疼爱的和被厌恶的。武姜喜欢小儿子叔段，讨厌大儿子郑庄公寤生本来无可厚非，但是牵涉王室利益之争，这种喜欢和讨厌就变得复杂了很多。

前文介绍过周朝的嫡长子制度，按说郑武公百年之后，理应由大儿子寤生来继承国君的位子，小儿子顶多给封一片土地，有个好点的食邑。可是武姜偏爱叔段，多次提出立叔段为储君。好在郑武公耳根子"硬"，每一次都拒绝了——嫡长子身体健康，也没有什么失德的行为或者过失，废长立幼说不过去。

金圣叹读到这一段历史的时候，还做了个批注："妇人率性，往往遂成家国之祸，如此类甚多！"[①]所以清朝明文规定，后宫不得干政，就是怕其因为私情而乱了朝纲。

公元前744年，郑武公病逝，十三岁的寤生即位，而他的弟弟叔段刚刚十岁。

虽然寤生即位了，但武姜一直没有放弃让叔段做君主的想法。清华简《郑武夫人规孺子》篇中，记录了武姜对刚即位的寤生的"教诲"，她说："今吾君即世，孺子汝毋知邦政，属之大夫。"武姜在这里用了"孺子

---

① 金圣叹还在《左传释》中批道："有才口妇人，实实有此事。当时亦只是摇弄唇舌，后来便成极大是非，可叹可恨！"

汝",显然是不把寤生当"君"来看的,而且她还力劝寤生放手朝政,将之交予大夫。她表面上语重心长,实际上还是在为叔段上位铺路。①

她肯定给叔段讲过很多次这个想法,叔段自然就被诱惑和鼓动了。想来两个小孩子之间能有多大仇恨,他们之间要说矛盾和仇恨,也都是大人教的。所以我们常说,教育孩子,首先得教育家长,这话一点不错。武姜偏袒叔段,不喜欢寤生,把大人的主观好恶强加给两个孩子,时间久了,兄弟俩之间自然也就有隔阂了,这就导致了后来的兄弟相残。

寤生刚即位,武姜就跑来替叔段讨封,请求寤生把制(今河南荥阳东北广武镇附近)这个地方封给叔段做食邑,就是采邑、封地,子孙可以继承。寤生委婉地拒绝了,并表示除了制邑之外,别的地方都可以给叔段。对此,《左传·隐公元年》的记载很简略:

> 及庄公即位,为之请制。公曰:"制,岩邑也,虢叔死焉,他邑唯命。"

"岩"是危险、险要的意思,例如《孟子》说,"是故知命者,不立乎岩墙之下",就是我们常说的"君子不立危墙之下"。郑庄公说,制邑是相当危险的地方,当年虢国君主虢叔就死在这里,所以这里不好,不能给弟弟做食邑。

看到这里,大家有没有疑问:武姜不是爱小儿子吗?干吗不找个好地方给叔段当食邑,偏偏要找制这么个地方呢?制邑到底在哪里,为什么会是危险、险要之地呢?

制邑的另一个名字想必大家更熟悉,那就是三英战吕布的"虎牢"(准确地讲,虎牢是制邑的一块区域)。这里曾经是虢国的国都,山势险

---

① 李守奎:《〈郑武夫人规孺子〉中的丧礼用语与相关的礼制问题》,《中国史研究》2016年第1期,第11—18页。

要，易守难攻。正因如此，虢叔恃险自居，不修政德，所以百姓背离，被郑国灭了。灭国之后，周天子就把这里封给了郑国，郑国则将此地作为自己重要的门户。"虎牢"的来由，相传是周穆王在河南打猎，有力士生擒了一头老虎来献，周穆王命人把老虎用笼子装起来，放在这里，所以就称这里为虎牢——这个说法出自《穆天子传》，未必可信，但这一带的确山高险峻，是非常重要的军事要塞。历史上，商朝开国国君商汤正是拿下了这里，才得以灭亡夏朝的。可以说，制邑的险要和重要程度，好比明朝吴三桂守的山海关——一旦占领制邑，郑国唾手可得。

这下大家明白了吧？武姜的偏心短视，于此可见一斑。不过，郑庄公毕竟生长在宫廷，他老爹郑武公对他也颇有影响，耳濡目染之下，他也知道这个地方的重要性，因此就拒绝了母亲的这个无理要求。

没得到制邑，武姜退而求其次，给叔段要了另外一个宝地——京邑。"京"，就是高大的地方。京邑的面积大小、人口数目、繁华程度都不亚于当时的郑国国都，并且和郑国国都一南一北，都是郑国的重要城市。这一次，郑庄公没有拒绝，京邑成了叔段的食邑。

3. "全民"偶像叔段

少年得志的叔段住在京邑，意气风发，因为他是庄公最大的弟弟，时人称之为"京城太叔"。

京邑非常富裕，所以叔段也没有怎么苛刻老百姓。他被封在这里的时候也就十来岁，之后在这里生活了近二十年。《诗经·郑风》中收录了两首诗，都是当时的人们专门赞美这位"京城太叔"的。

第一首，叫《叔于田》：

> 叔于田，巷无居人。岂无居人？不如叔也，洵美且仁。
> 叔于狩，巷无饮酒。岂无饮酒？不如叔也，洵美且好！

叔适野，巷无服马。岂无服马？不如叔也，洵美且武！

【注释】叔：指的就是叔段，叔是对男子的赞美。叔于田、叔于狩、叔适野：都是说叔段出门去打猎或者在某个地方。不：语气助词，没有实际意义。洵美且仁：叔段的确是又帅又仁义。洵：真正的、的确。

这首诗一共三段，都用了设置悬念、自问自答的形式，凸显叔段的与众不同。诗的大意是说：叔段去打猎，结果一条巷子里都没人了。怎么能没有人呢？因为大家都去追随叔段了啊。

这首《叔于田》在《诗经》中算不上有名，但是其艺术手法非常高明：用了简单的设问、转折两个修辞手法，就把叔段年轻阳光、开朗英武的形象描写了出来，文字晓畅易懂，人物形象跃然纸上。

这种行文章法对后代有很深的影响，唐朝韩愈在《送温处士赴河阳军序》一文中写道："伯乐一过冀北之野，而马群遂空。……非无马也，无良马也。"明显可以看出就是受了《叔于田》一诗的影响。

还有一首《大叔于田》，也是人们赞美叔段的：

叔于田，乘乘马。执辔如组，两骖如舞。叔在薮，火烈具举。襢裼暴虎，献于公所。将叔勿狃，戒其伤女。

叔于田，乘乘黄。两服上襄，两骖雁行。叔在薮，火烈具扬。叔善射忌，又良御忌。抑磬控忌，抑纵送忌。

叔于田，乘乘鸨。两服齐首，两骖如手。叔在薮，火烈具阜。叔马慢忌，叔发罕忌，抑释掤忌，抑鬯弓忌。

【注释】大叔于田：关于"大"，有两种说法，一种说法是因为这首诗比上一首诗字数多，篇幅长，所以称为"大"；另一种说法是"大"就是"太"，"大叔于田"就是"太叔于田"，"太叔"指的就是叔段。乘（chéng）乘（shèng）马：第一个"乘"指驾车。乘马：古代一车驾四马为一乘。辔（pèi）：马缰绳。如组：手握六条缰绳，整齐如丝带。薮（sǒu）：低湿而多草木的地方，指野兽的藏身之处。襢裼（tǎn xī）：脱衣露体。狃：熟练。忌：语尾助词。良御：善于驾车。抑：发语词，意为"忽而"。磬控：弯腰勒马。纵：纵马快跑。释掤（bīng）：指打开箭筒盖子。鬯（chàng）弓：将弓放入袋子。

这首诗重点描写叔段的勇武，说叔段的骑术高超、箭法一流，勇敢无比，还赤手捉了老虎献给公所——太叔就是京邑地位最高的人了，他活捉了老虎献给公所，只能是献给郑庄公了。

这两首诗描写的并不是简单的狩猎游乐，而是叔段训练军队或参加庄公组织的军事演习的场景。叔段居住在富饶、高大的京邑，又深得人民的爱戴，英武潇洒、孔武有力，可以赤手空拳捉老虎，那么打仗更不在话下了——但是问题恰恰就出在这里，有这么厉害一个角色，远在郑国南方的京邑，对郑庄公来说得多危险啊！

前面我们介绍过分封制，这个制度有个非常严重的问题：享有土地的诸侯、卿、大夫具有相当大的自主权，可以积蓄力量，而国家最高层管理者天子或国君，会慢慢被架空——周王室衰微，诸侯不再受控制，就是典型的例子。直到汉代，汉武帝为了削藩，采用"推恩令"让诸侯王把自己封国土地的一部分分给子弟，即列侯。这些侯国的名号由皇帝制定，隶属于郡，地位与县相当。这样分封下去，才最终使得诸侯王势力衰弱，再也无力和汉朝的中央对抗。

郑庄公现在就面临这样的问题：和国都媲美的京邑被封给叔段，叔段就有了相当大的权力，京邑隐隐地和国都形成了对峙之势。那郑庄公的国君之位还坐得稳吗？退一万步说，即便国君之位没问题，这也等于把郑国一半的天下拱手让人了。这对郑庄公来说，无论如何也是不可以容忍的。

其实早在京邑被封给叔段的时候，郑庄公的智囊祭足就不无担忧地劝谏他说："先王定下的制度，大点的城，面积不能超过国都的三分之一；中等的呢，差不多是国都的五分之一大；小的城，面积不能超过国都的九分之一。京邑的规格不合法度,违背了先王定下的制度,到时候您就难以控制了。"

可是郑庄公当时年幼,还不能忤逆母亲的意思,所以也只能无奈地说:"没办法啊,这是我老娘要我这么做的。"祭足劝郑庄公早下手除掉隐患,但是郑庄公出于各种考虑没有这么做,只说了一句著名的话:"多行不义必自毙!"

富饶和赞美会膨胀人的欲望,武姜对叔段不断的催眠,也会给他形成心理暗示。或许就是在这时候,叔段开始觊觎郑国国君之位了。他暗中控制了郑国西边和北边的边防城市。

叔段这样做,很快就引起了朝中一些人的不满,他们对郑庄公说:"天无二日,国无二君。现在我都不知道该听谁的命令了。要是你想让叔段做国君,那我们就去侍奉他;要是你还想自己做国君,那就除掉他,免得老百姓都糊涂了,不知道到底谁是老大!"郑庄公却说:"不用管,他自己肯定会遭到报应的!"

庄公不管,武姜和叔段就更为大胆。很快,叔段又控制了廪延和鄢,这下他的势力范围已经接近国都了。朝中大臣又说话了:"得行动啊。他现在土地变大了,再不收拾他,就更不好对付了!"郑庄公还是没有行动,他说:"对兄长不义,对国君不忠,土地再大也没用!"

历史上一直有一个观点,认为郑庄公心思缜密、深藏不露、城府极深,在明明能控制局面的时候,他不动手,表面上看是对弟弟的忍让,其实是惯着叔段,让叔段欲望增长,最后起来造反,这时他才出击,博了个仁爱正直的美名。

《郑风》中有一首《将仲子》,据《毛诗序》说,就是讽刺郑庄公之狡诈虚伪的[①]。

[①] 近代学者崔述及今人如晁福林先生都认为这首诗是描摹郑庄公语气的,无讽刺之意。上博简《孔子诗论》曰:"《㧈(将)中》之言不可不韦。"学者们普遍认为《㧈(将)中》即即《郑风·将仲子》。这首诗是说无论家庭还是社会的言论都不能不重视,"韦"即畏。整首诗反映了庄公不欲使自己背负不孝不友之名的意图。

将仲子兮，无窬我里，无折我树杞。岂敢爱之？畏我父母。仲可怀也，父母之言亦可畏也。

　　将仲子兮，无逾我墙，无折我树桑。岂敢爱之？畏我诸兄。仲可怀也，诸兄之言亦可畏也。

　　将仲子兮，无逾我园，无折我树檀。岂敢爱之？畏人之多言。仲可怀也，人之多言亦可畏也。

【注释】将（qiāng）：请。仲子：排行第二的小伙子。窬（yú）：跨越。树杞、树桑、树檀：即杞树、桑树、檀树，都是先秦时期人们种植在自己家附近的树木。

　　诗中借一个女子之口对和自己幽会的"情郎"说："仲子，你别来找我了！别翻过我家围墙，别折坏我种的树。我不是舍不得树，而是害怕父母、兄弟、邻居的指责啊。虽然我很爱你，但是我也很害怕他们的指责啊！"这三段的意思差不多，反复咏叹是《诗经》中常见的形式。

　　诗中的这个女子不停地说畏父母之言、畏兄长之言，甚至畏惧邻居之言，好像无力反抗父母兄长，又无力劝阻情人，夹在他们中间，她很委屈。可她自己的真实想法又是什么呢？其实，在两三千年前的春秋时期，男女之会还没有像后世那样被礼法严格禁止，女子做出这种委屈的样子，最可能的就是想推脱责任。从这个角度出发，《毛诗序》说郑庄公是"不胜其母，以害其弟"——因为无法和强势的母亲抗衡，最终害了自己的弟弟，也就解释得通了。

　　而武姜和叔段看郑庄公一直没动静，就真的开始准备谋反了。

　　公元前722年，叔段操练兵马、修缮城池，准备了充足的军备和粮草，准备和母亲武姜里应外合，篡政夺权。他们约定好了日期，武姜将打开城门，叔段从外攻入都城。

　　他们要做的事和约定的日期被郑庄公知道了。郑庄公是怎么知道的呢？细节不清楚，但是极有可能的是，他在叔段身边安插了眼线。古语说，

"君不密则失臣，臣不密则失身"——无论在什么时候、在什么地点、关于什么事件，及时、准确地掌握信息，对决策者来说都是第一位的。

所以，郑庄公的心智、政治手段真是远远高于公叔段，表面上看，他似乎对弟弟和母亲的行为毫无察觉，然而实际上，弟弟和母亲的一举一动，他清清楚楚，他掌控着整个局势。因此，公叔段和武姜谋反的结果可想而知。

郑庄公先发制人，趁叔段离开京邑准备攻打都城的时候，派人去攻占了京邑，京邑归顺。消息传来，叔段知道计谋败露，就逃到了鄢城（在今河南鄢陵附近）。在鄢城，郑庄公又大败叔段——这就是《春秋》中记载的"郑伯克段于鄢"。

我们知道，《春秋》的记录太过简略，《左传》对其进行了详细解释。比如这件事，《春秋》就只记录了"郑伯克段于鄢"几个字，而《左传》则介绍了这件事的前因后果，还对《春秋》这几个字里的"春秋笔法"做了进一步解释。

《左传》说，《春秋》之所以直呼叔段之名"段"而不用弟弟之类的称呼，是因为叔段没有守弟弟的本分；之所以称郑庄公为"郑伯"而不用哥哥的称呼，是暗讽郑庄公虽然是哥哥，但是纵容弟弟犯错，一点都没有哥哥的样子；说"克"是指这场仗好像是两个国君在打一样。按《左传》的解释来看，《春秋》中"郑伯克段于鄢"这几个字暗含的意思是：虽然弟弟叔段不对，但是主要责任在哥哥郑庄公身上——你从开始就居心不良，故意惯着他，你的目的就是逼走他。

还有个细节，不知大家注意到没有——如果叔段是二十岁行冠礼后到京邑就封，至"郑伯克段于鄢"时，他在京邑经营了十四年。而且从《叔于田》《大叔于田》两首诗中，我们也能看出叔段在百姓中有美名，那为什么郑庄公的军队一到京邑，京邑立即就归顺了呢？最可能的原因，是郑庄公早就采取了防范措施。

几百年后，孔老夫子和弟子子张在谈及政治管理的时候，说了"暴虐之政"的几种表现形式。这段对话，被儒家后人记录在《论语·尧曰》中：

  子张曰:"何谓四恶?"子曰:"不教而杀谓之虐;不戒视成谓之暴……"

  子张问孔子,所谓的为政"四恶"都是哪些呢?孔子回答说:"事先不教育警告,导致对方犯错,又以此为借口杀之,这就是虐政;明知道有危险,但是不告诫对方,而坐等对方发生危险,这就是暴政……"以孔子的标准来看,郑庄公对付弟弟的做法,可谓典型的暴虐之行了。叔段碰到一个短视的娘、一个有心机的哥哥,他也够倒霉的。

  叔段失败后,逃到了卫国的共地。他最终的结果是什么?《春秋》《左传》《史记》都没有明说。按照一般的说法,他是被郑庄公杀了,比如专门解释《春秋》的《公羊传》《穀梁传》,就说"克"是"杀"的意思。但也有观点认为,叔段应该还活着,并且有后代延续香火。①

  至于与叔段一同谋逆篡位、整个事件的始作俑者武姜,则被郑庄公迁置到城颍(今河南临颍西北)看管起来。郑庄公发誓,与武姜"不到黄泉永不相见!"武姜偏心疼爱小儿子,一心撺掇小儿子造反当国君,最后却永远地失去了小儿子。不仅小儿子没当成国君,她连大儿子也一并失去了——机关算尽太聪明,到最后反落得个空空如也,悲剧收场。

4. "黄泉"见母

  郑庄公把母亲武姜赶出宫,发誓"不到黄泉永不相见",毕竟是冲动之举和一时的气话,时间久了,难免有些后悔。而且诸侯、老百姓议论纷纷,说郑国的国君居然是这么不孝的一个人。但他此前发了毒誓——那时候人们崇敬天命鬼神,盟誓对人有一定的约束力——万一真的相见之时,就是自己到黄泉之日,那可怎么办呢?

---

① 参见清人毛奇龄《春秋传·皇清经解》第一百二十二卷,此说存疑。

郑庄公左右为难，这件事也成了他的心病。

城颖的长官考叔，负责看管武姜。他不但骁勇善战，而且聪明过人。在郑庄公一生的重大战役和决策中，颖考叔往往有建设性意见。对郑庄公的心思，他非常清楚；对于郑庄公所面临的处境，他也很明白，但这一层窗户纸该怎么捅破呢？

颖考叔向郑庄公进献贡品，郑庄公按照礼仪赐宴颖考叔。可是颖考叔却不着急吃饭，而是把肉都拣了出来。郑庄公很奇怪，问他这么做是什么原因。

颖考叔就回答："家中还有老母在。小人的食物她都吃过，可她没吃过国君赏赐的食物，请允许我把好吃的带回去，也给母亲尝尝。"这话击中了郑庄公的心，他明白颖考叔的用意，向颖考叔说出了心中的顾虑："可是我已经发誓了，不到黄泉永不相见。"颖考叔却说："您不用担心！"

郑庄公发誓"不到黄泉永不相见"，这里的黄泉，指的显然是死后的世界，那颖考叔会有什么办法呢？

大家知道，汉语词语的含义往往是多样的，比如天、性、道……每个字都不止一种意思。这种语义的模糊性造成了词语意象的多元化，常使语言"言有尽而意无穷"。

而"黄泉"在古代至少有两个含义。其一，指人死后的去处。土葬的风俗使人们迷信大地深处就是人死后魂魄所待的地方，所以就用"黄泉"来代指死后的世界。其二，指地下水。《荀子·劝学》篇中的"下饮黄泉"，说的就是喝地下水。

颖考叔挖了一条很深的隧道，一直到见到地下水为止，这不就是"到黄泉"了吗？郑庄公总算找到了一个台阶，可以既顾全颜面，又洗刷不孝的罪名，于是赶紧顺势承情，和武姜分别从隧道两边下去，在"黄泉"中相见，两人复归于好。

这就是"黄泉见母"的故事。后世还据此认为郑庄公很孝顺，是个大孝子，所以赞美他的孝行——在郑庄公"黄泉见母"的地方，至今还能看到后人给他立的歌功颂德的石碑，还有祠堂庙宇常年祭祀他，歌颂他的孝行。

郑庄公灭掉了国内的敌对势力，又落了孝顺、仁义的美名，并且继承了父亲郑武公的职位，成为周天子身边的辅政大臣，他的人生可谓辉煌到了顶点。与此同时，郑国也在郑庄公手中，成为一个绝对意义上的强国。

可是，这些美好的景象远不能满足一位枭雄的欲望。在郑庄公看来，他的宏图大业，才刚刚开始。

知识拓展　从神话学角度看郑庄公"寤生"

郑庄公名叫寤生，尽管解释不一，但他出生时让武姜难产的可能性很大——孩子的脚先出来，给母亲带来了极大的痛苦。法国人类学家克洛德·列维斯特劳斯在研究南美洲和北美洲的神话时发现，人们认为难产的孩子会争强好胜，不惜毁掉母亲的身体和生命。所以有些部落会杀死双胞胎中先出来的孩子和脚先出来的孩子。这为我们了解郑庄公的母亲武姜为何那么讨厌自己的大儿子寤生提供了另一个视角——这个难产的孩子必将与众不同、颠倒乾坤、夺得主动地位，他要么是破坏秩序的恶人，要么是会打胜仗的英雄。而郑庄公的人生说明，他确实是这样的人。

天子和诸侯的战争

1.发展太快也不是好事

郑庄公平定了叔段夺位之乱，又接回了母亲武姜，他的形象在郑国百姓心中顿时光辉、耀眼起来，百姓们更加愿意依附郑庄公，郑国国内空前团结。此前，郑庄公继承了他父亲郑武公的官职，担任王朝卿士。和郑武公一样，他必须在洛邑辅佐天子处理政务，同时还要"兼职"做郑国的国君。这种"两头跑"的状态持续了很久，郑国老百姓还自豪地创作了一首《缁衣》来记载这件事情，赞美自己的国君是多么伟大和勤劳。

> 缁衣之宜兮，敝，予又改为兮。适子之馆兮，还，予授子之粲兮。
>
> 缁衣之好兮，敝，予又改造兮。适子之馆兮，还，予授子之粲兮。
>
> 缁衣之蓆兮，敝，予又改作兮。适子之馆兮，还，予授子之粲兮。

【注释】缁衣：黑色的衣服。《诗毛氏传疏》云："朝服以缁布为衣，故谓之缁衣。"周朝官员上朝时的官服基本上都是黑色的。适：往。馆：客舍，住所。粲：新的衣服。闻一多《风诗类钞》云："粲，新也，谓新衣。"蓆：宽大、宽松。古代以宽为美。

这首诗收在《郑风》中，诗的语言平白，大意是说："这官服您穿着真合体啊，不要怕，破了我给您缝制。您穿上这件官服去洛邑，等您回来我再给您一件新的！"

这首《缁衣》，用的是寄物言情的方法，通过对缁衣的侧面描述来称赞国君的伟大，表示对国君工作的支持。

国君如此勤勉，郑国自然越来越强盛。与此同时，郑国又灭掉了几个小国家，一下子成为诸侯国中的强国。总之，郑国迅速崛起，飞跃式发展，越来越强大。

郑国的强大让诸侯国看清了一个事实：郑国从建国开始，就没有停止过对外扩张，在斗争中不惜用各种手段、计谋；其在国内以"仁义"换取民心的支持，野心看起来不小，是个绝对可怕的对手。此时的郑国对其他诸侯国来说，已成为一个威胁，谁也不知道郑国下一步要攻打哪一个国家。

郑国的崛起，不仅让诸侯国觉得恐惧，也让周天子不满——此前，王朝司徒不止一个，而现在郑国国君独揽大权，甚至用王师开疆拓土，你发展这么快，你想干什么？

周平王对郑国的不满，其实早在郑武公的时候就有了。前面咱们提过，郑武公灭掉了天子同姓宗族国东虢国之后，周平王就把东虢国的国都制邑以及此前桓公寄帑、武公带人开发的京邑一并赐给了郑国。之后，郑武公就在京邑大肆修建城池。

根据《左传》记载，祭足提醒郑庄公提防叔段时曾经说："城过百雉，国之害也。""今京不度，非制也。"长三丈为一雉，高一丈为一雉。所谓"百雉"是指城墙的长边和短边的平均长度，也就是径长。①今存古京城城墙南北长1722米，东西宽1418米。周代一尺相当于今天的0.231米，十尺为一丈，那么京邑城长248.48雉，宽204.06雉，径长226.55雉，其面积大约为2.44平方千米。西晋著名经学家杜预在《春秋左氏经传集解》中对

---

① 许征：《"百雉"解》，《文史知识》1996年第8期，第108—109页。

"百雉"进行注解时说:"侯伯之城方五里,径三百雉,故其大都不得过百雉。""径三百雉"刚好与现存城墙径长差不多。京邑超过了"百雉"——这很可能正是此前郑武公营建京邑的结果。

京邑西距虎牢仅三十公里,前面介绍过,虎牢是一处天险,周平王当然不放心把这样的要塞交给快速崛起的郑国,于是就在诸侯们的鼓动下,以虎牢是周王室的东大门为由,将这里及其以东郑武公带人开发的滩涂夺走,捏在自己手里。虎牢以东,一马平川,没有天险可据守,对于郑武公来说,这意味着郑国失去西部屏障。从国家安全出发,郑武公选择再次迁都。这次,他选中了郐国原来的的国都——该地位于溱洧之间,地处万山之中,利于防范外敌。不过,这片土地一直到郑厉公时才由周惠王赐给郑国①,当然,这是后话。

后来,郑庄公担任王朝司徒,两次利用王师攻打卫国,为的却是自己的私利。对此,周平王当然清楚,所以他决定对郑国进行惩罚。恰好郑庄公当时忙着处理郑国国内的事,有好几年没有去洛邑履职。周平王就以懈怠政务为由,想换掉郑庄公,任命虢(南虢)公忌父担任王朝卿士,希望借此逐渐削弱郑国的权力,摆脱这个强势国家的控制。

虢公忌父当然知道这是一块烫手山芋,所以接连推辞了两次,没有答应出任这一职位。但是郑庄公听说这个消息之后,非常气愤,他前往天子都城洛邑朝见周平王并埋怨道:"听说您要让虢叔忌父来替换我,是吗?"

周平王没有见到郑庄公的时候,指天骂地;可是当郑庄公跟他当面对质的时候,他立刻没了胆量,连连否认此事——想要崛起,必须得有实力,但周平王东迁之后,洛邑的经济并没有很快发达起来。此前"二王并立"十几年,周平王王位的合理性被公开质疑,很多诸侯干脆不来朝、纳贡,所以面对郑庄公凶巴巴的追问,他就又屈服了。而且,为了让郑庄公相信自己的

---

① 陈万卿、董恩林:《京、索二城考》,《历史文献研究》2011年总第30辑,第297—303页。

诚意，周平王居然和郑国达成了一个协议——互相交换人质。诸侯国之间为防止对方违背盟约，经常以这种方式做约束。可是堂堂周天子居然和一个臣子互相交换人质，这还是头一回。

谁让郑国那么强大呢？局势所迫，周平王不得不妥协，而郑庄公居然接受了！周平王把自己的太子王子狐交给了郑国，郑庄公也把自己的儿子公子忽放在了洛邑。此事史称"周郑交质"，是周朝历史上周天子第一次降低身份，和一个诸侯平起平坐。

2.郑国与周王室关系恶化

周王室的脸被郑国重重地打了一巴掌，毫无疑问，周王室对郑国的不满也更深了。

没过多久，周平王就驾崩了。在郑国当人质的王子狐回洛邑奔丧，因为悲伤过度，竟然也去世了。王位就传给了周平王的孙子姬林。公元前720年，姬林登基，史称周桓王。

周桓王登基后，立即公开将郑庄公的卿权分给虢公。郑庄公对周桓王当然很不满意，于是这一年的春天，他派人把温邑（在今河南温县西）的麦子给割了，这可是周王室重要的粮食来源。到了秋天，郑庄公又派人把洛邑附近的稻子给割了。他做这些说大不大、说小不小的动作，就是向周桓王示威。

公元前717年的冬天，洛邑发生饥荒，周桓王向鲁国借粮食。郑庄公打算借这次机会和周桓王修好，因为他虽然对周天子做出了种种不敬的举动，却也深知郑国的发展离不开卿权，于是他打算主动为王朝运粮，并以此为由，朝见周桓王。万万没想到，桓王居然故意给郑庄公甩脸色。郑庄公极为恼火，但他隐忍未发。

公元前715年，郑庄公又做了一件令周桓王非常生气的事：他和鲁国谈了条件，提出用郑国的邴地（祊地）换取鲁国的许田。邴地近鲁远郑，而许田近郑远鲁。郑庄公希望通过换地来扩大自己的地盘。因鲁国在许田为周公立了祠堂，常年祭祀，为了表示诚意，郑庄公还先将邴地给了鲁国。

周桓王为什么会很生气呢？因为邴地是周宣王时赐给郑桓公的汤沐邑，是周天子祭祀泰山时郑国负责助祭的地方；而许田是鲁国国君朝拜周天子的食宿之地。郑国这么做，潜台词就是：郑国以后再也不跟着周天子祭天了，鲁国也不用朝见周天子了——虽然事实也的确如此——《春秋》中没有任何周天子祭祀泰山的记录，鲁国国君朝见周天子的记录也只有两次。但前面咱们介绍过，周文王推翻殷商，正是通过祭天仪式来表明自己"受命于天"的。祭天是天子的特权，是天子彰显其正统地位的礼仪。郑庄公的这个做法，明显是对天子的正统与权威的挑衅。

公元前715年的夏天，周桓王正式任命虢公为右卿士，与郑庄公分掌卿权。郑庄公这次没有提出抗议，他还拉上了齐僖公，一起去朝见周桓王，周桓王也不好拒绝。

公元前713年，郑庄公攻打宋国。《左传》记载："宋公不王，郑伯为王左卿士，以王命讨之。"也就是说，宋国国君不来觐见周天子，郑庄公就用"王左卿士"的身份，假借"王命"来讨伐宋国。这年夏天，郑国联合齐国和鲁国，打败了宋国。为了和鲁国搞好关系，并且表明自己是受王命出征的，郑庄公就把宋国的郜邑、防邑给了鲁国。在讨伐宋国的时候，戴国、许国拒绝了郑庄公的出兵邀请，因此，郑庄公又以不派兵帮助"正义之师"为由，灭了戴国和许国。之后，郑、齐、鲁三国又把许国给瓜分了。郑庄公这么做，一是为了拉拢诸侯国，二是向周桓王示好。宋国一直不来觐见天子，不合礼数，周桓王也很不满意，所以对郑庄公假借"王命"攻打宋国这件事，周桓王没有过多追究。

不过，周桓王心里并不买账，第二年，他用不属于自己的十二邑换取了郑国四邑，这明显没什么诚意，因而这样的做法让郑周矛盾更深了。

随后，鲁国、宋国相继发生内乱。公元前712年，鲁隐公及宋殇公都被叛臣所弑，郑庄公作为王朝卿士，不仅没有讨伐弑君夺权、违背周礼的乱臣贼子,还收取了叛乱者的贿赂。鲁隐公的儿子鲁桓公即位后,郑庄公再一次向鲁国提出换地的请求:"请释山之祀而祀周公,以泰山之礽易许田。"表明自己换地是为了匡扶朝纲,恢复周礼,好好地祭祀周公他老人家。同时,他又给鲁国送了一对珍贵的玉璧,于是鲁国将许田给了郑国。郑国说要许田是为了祭祀周礼制定者周公旦,对此,孔子说:"非其鬼而祭之,谄也!"——这不是你家祖先,你非要去讨好祭祀,必然有不可告人的目的。唐代史学家张守节在《史纪正义》中,也引了西晋史学家杜预的话评论郑庄公的这套说辞:"逊辞以求也"——用现在的话来说就是,"好听的骗鬼的话!"

郑庄公的这些做法极大损害了周天子的尊严。鲁桓公五年,周桓王彻底剥夺了郑庄公的卿士之职——你不是老用这个身份打着我的名义干坏事谋私利吗?我现在就把你这个身份给免去,看你还有什么特权!

3. 划时代的一箭

郑庄公失去了王朝卿士的身份,干脆不去朝见周天子了。这样公开挑战周天子的权威,惹得周桓王大发雷霆!公元前707年,周桓王召集了卫国、陈国、蔡国的军队,亲自披挂上阵攻打郑国。

周天子御驾亲征打诸侯,这在春秋时期仅此一次。《左传》对这一段历史有较为详细的记载。

周天子命现任的卿士虢公林父统领右军,蔡军、卫军受其节制;用辅政大臣周公黑肩统领左军,陈军受其节制;自己则坐镇中军,前往郑国。双方在繻(xū)葛(今河南长葛东北)展开大战,史称"繻葛之战"。

郑庄公早有准备,《左传》也记载了郑国在战前的战略分析。郑庄公的儿子公子突在这场战争中展现了非凡的军事才华。他分析说:"陈国正在内乱,人民没有战斗的意志,所以陈国最容易被击溃。陈国是周天子的左军部队,左军乱了套,周天子一定会命人救急,同时还要与我们交战。这时我们就去攻打其右翼,右翼是蔡军和卫军是匆忙聚在一起的,没有什么合作经验，我们只要猛打，他们一定会溃败。接下来只用围攻周天子的中军就可以了。"郑庄公欣然接受了这个战略方法。

于是郑国军队摆开架势，按照上述方法，先攻打天子军队的左、右翼，果然将其击溃了。周天子被围困，郑国大将祝聃一箭射去，正中周天子肩膀，不过没被射中要害。当夜，郑庄公派大夫祭足去慰问周桓王，周桓王吃了败仗，看到台阶，也只能顺势就下了。至于射了周天子一箭的大将祝聃，不但拒绝了郑庄公的封赏，而且对郑庄公说："我这一箭射出去，肯定会闯祸，会遭天下人辱骂。"没过多久，祝聃就忧愁而亡了。

这一箭，是划时代的一箭，它射掉了周天子的光环，射垮了周天子的天威，射塌了周天子最后一点象征意义的形象。从此天子再也不能约束大家，礼法再也不是行事的准绳。各国都看清了一个现实：只要有强大的武力做支撑，没有什么可以畏惧的！

从此，周天子威信扫地，几乎无人搭理，东周王室日益艰难，甚至连丧葬费都要向诸侯借。《王风·兔爰》反映的就是周郑交战，天子战败后悲惨的境况。

> 有兔爰爰，雉离于罗。我生之初，尚无为；我生之后，逢此百罹。尚寐无吪！
>
> 有兔爰爰，雉离于罦。我生之初，尚无造；我生之后，逢此百忧。尚寐无觉！
>
> 有兔爰爰，雉离于罿。我生之初，尚无庸；我生之后，逢此百凶。尚寐无聪！

【注释】爰（yuán）爰：形容兔子狡猾逍遥的样子。离：通"罹"，遇难。罗、罦（fú）、罿（tóng）：都是捕猎的工具。无为、无造：无事。此处指无战乱之事。百罹（lí）：多种忧患。尚寐无吪（é）：尚：庶几，有希望的意思。寐：睡。无吪：不动。无觉：不醒，不想看。无庸：无劳役。无聪：不想听。

这首诗用兔子来比喻郑庄公的狡猾凶险，用野鸡比喻周王室的软弱无奈。周王室沦落到如此悲惨地步，诗中不无悲怆地说："我小时候，一切都好好的，可是现在一切都变样了，遭遇了这么多凶难灾祸，我只能用睡觉来麻痹自己，假装不说、不看、不听。"

经此一战，郑国"小霸王"地位确立，纷纷乱乱春秋争霸的序幕就从此刻拉开了。

第四章

山有扶苏,隰有荷华

《郑风》

"十五国风"之《郑风》，收录的是郑国地区的诗歌作品。

《诗经·郑风》作品的数量是"十五国风"中最多的，共录二十一首，分别为：《缁衣》《将仲子》《叔于田》《大叔于田》《清人》《羔裘》《遵大路》《女曰鸡鸣》《山有扶苏》《有女同车》《萚兮》《褰裳》《狡童》《丰》《东门之》《风雨》《子衿》《扬之水》《出其东门》《野有蔓草》《溱洧》。其中有一部分诗歌已在第三章中讲述过。

耿直的代价

1.耿直，还是狂傲？

咱们在前面介绍过，公元前707年，周天子周桓王率领陈、蔡、卫三国军队，与郑庄公大战，史称"繻葛之战"。经此一战，郑国国力更加强盛，郑庄公威名远播，除了一直和郑国过不去的宋国、卫国等，其余的国家诸如鲁国、齐国等都成了郑国的盟友。

当时齐国的国君是齐襄公、齐桓公的老爸——齐僖公。齐僖公和郑庄公是好朋友。看着郑国一天天强大起来，齐僖公就想和郑庄公结成儿女亲家——一方面想加深两家的感情，另一方面也是为两国的长远利益考虑。齐国、郑国联姻结亲，那可真是强强联手，放眼中原，还有哪个国家是他们的对手呢？

齐僖公想和郑国政治联姻，对象一定得是个"大鱼"。公子忽是世子，极有可能是郑国未来的国君，所以齐僖公就想把自己的女儿文姜嫁给公子忽。此时文姜和亲哥哥吕诸儿年纪都还不大，却有了苟且之事，齐僖公心中着急，想快点儿把女儿嫁出去，以便早早翻过这一页。

公子忽委婉地拒绝了这桩婚事，他说："人各有耦，齐大，非吾耦也。《诗》云：'自求多福。'在我而已，大国何为？"意思是，齐国本来就强大，郑国虽然发展迅速，但是毕竟发展的年头短，相对而言是小国家。人娶亲讲究门当户对，齐大郑小，这不合适。他还引用了《诗》中的一句话，说要"自求多福"——福气都是自己求来的，自己做得好上天才会赐福。至于说齐国强大，可以帮助我之类的，对我来说没啥意义！他这段话的潜台词是：我要靠自己的努力让自己强大起来！

公子忽的理由非常充分，还给足了齐僖公面子，但他的拒绝是不是跟文姜的那些事儿有关，史料没有记载，咱们也不知道。不过齐僖公看公子忽不答应，这件事也就这么过去了。

文姜没能嫁给公子忽，后来嫁给了鲁桓公，但婚后仍然和哥哥齐襄公牵扯不清，最后，齐襄公居然把鲁桓公给杀了。这样看来，公子忽如果娶了文姜，多半也能惹出一堆事来。

知识拓展　公子忽为什么会引用《诗经》里的话？

公子忽说的"自求多福"，出自《大雅·文王》："无念尔祖，聿修厥德。永言配命，自求多福。"可能大家会有疑问：公子忽不就是《诗经》里的历史涉及的人物吗？为什么还会引用《诗经》里的话？

早在春秋以前，那些"祭祀的文辞"和"历史的唱词"等等，就都被编纂成《诗》，做贵族的学习教材了。所以公子忽所学习、引用的，其实是当时的教材《诗》。

据说，那时候的《诗》收录了很多作品，按墨子的说法，有三千首左右，但是后来大多数都失传了。春秋几百年间，不断有新作品产生、老作品消失，到了春秋末期，经过筛选、编订的《诗经》就剩下三百零五篇了。其中有的篇目产生得较早，比如《雅》和《颂》，公子忽就学习过；有的篇目产生得晚，比如《风》中的一些作品就是公子忽之后的了。

由于《诗》言辞优美，包罗万象，其中不乏富有哲理的诗句，所以春秋战国时候的政治家、外交家、辞令家们，都很喜欢引用《诗》中的句子来证明自己的观点，或者为自己的发言壮大气势，这在当时叫"赋诗"，跟我们今天引用名人名言是一回事儿。西周末年到春秋时期，这种"赋诗"非常流行，以至于在外交场合，如果不引用几句《诗》中的话，你都没法张口。这在《左传》等的记载中，经常见到，所以孔子才说"不学《诗》，无以言"。

公元前706年，山戎进攻齐国，齐僖公抵挡不住，只好向郑国郑庄公求救。郑庄公派兵援救齐国，以公子忽领兵，高渠弥为将。

高渠弥可算是郑国的一员猛将。此前，他在繻葛之战中立下大功，郑庄公本打算任命他为上卿（类似宰相），但是公子忽认为高渠弥治国才能不足，器量也有点小，不太适合做郑国上卿，郑庄公听取了公子忽的建议，任命足智多谋、在政治圈子里摸爬滚打多年的老臣祭足为上卿，又命高渠弥为亚卿——当了副职。

公子忽虽然认为高渠弥治国不行，但是非常欣赏高渠弥领兵打仗的才能，所以这次他们两人一起出征。公子忽不负众望，大败山戎，不仅俘获了山戎的两名主帅，还获取了很多战利品："获其二帅大良、少良，甲首三百，以献于齐。"（《左传》）

公子忽救齐国有功，齐僖公更加喜欢这个勇敢的青年了！这次，齐僖公想把另外一个女儿嫁给公子忽。

但是公子忽再一次拒绝了齐僖公，他说："无事于齐，吾犹不敢，今以君命奔齐之急，而受室以归，是以师昏也。民其谓我何？"（《左传》）意思是，我没为齐国做什么贡献的时候，都没敢答应和齐国的婚事。现在齐国有难，我奉我父王之命前来救急，要是因为打了胜仗，就把齐国公主娶回去，那齐国公主不就成了一个"礼品"，我不就成了为了婚姻去打仗的人了吗？这样做，有乘人之危的嫌疑，老百姓又该怎么说我呢？

但是，生活在政治圈、明白现实利害的那些政客们，就不这么认为了。

郑国上卿祭足劝公子忽说："您一定要答应这桩婚事！您看，公子突、公子亹（wěi）、公子仪他们的母亲个个都很受宠，而且身后都有强大的力量支援，您要是不找个强大的援手，恐怕将来您国君的位子都坐不稳啊!"

祭足的话并非危言耸听,公子忽的母亲是邓国的邓曼,公子忽先前娶的妻子是陈侯的女儿,邓国、陈国都不能做公子强有力的外援。顺便说一句,邓曼还是祭足此前替郑庄公求娶的,所以祭足应该算是公子忽的人。

可公子忽很坚持,这下,公子忽不但失去了援手,还和齐国结了怨。

根据《毛诗序》的说法,公子忽多次拒绝齐国的婚请,不仅让齐僖公不高兴,连郑国人都看不下去了,他们将这件事编成了歌谣,到处传唱。这首歌谣,就是《郑风》中的《有女同车》:

有女同车,颜如舜华。将翱将翔,佩玉琼琚。彼美孟姜,洵美且都。

有女同行,颜如舜英。将翱将翔,佩玉将将。彼美孟姜,德音不忘。

【注释】舜:木槿花。华、英:都指花。在中国文学史上,这是第一次用花朵比喻女子的美貌。此后,美女像花儿一样,就成为经典比喻,直到今天还在用。将翱将翔,佩玉琼琚:形容女子身上配饰很多,随着车马走动,环佩叮当、衣袂翩翩的样子。这个描写摹形传神,也成为后世描写华贵女子形象的经典。清姚际恒《诗经通论》指出,宋玉《神女赋》中的"婉若游龙乘云翔",曹植《洛神赋》中的"翩若惊鸿""若将飞而未翔"等句都是滥觞于此。孟姜:姜姓长女。在此处是美人的代称,非实指。都:娴雅,美。将将:即"锵锵",佩玉相碰的声音。德音:美好声誉。

《毛诗序》及清代钱澄之的《田间诗学》都认为:这两段的前四句都是夸赞齐国公主美貌的;后面两句则是夸赞齐国公主品德高尚的。

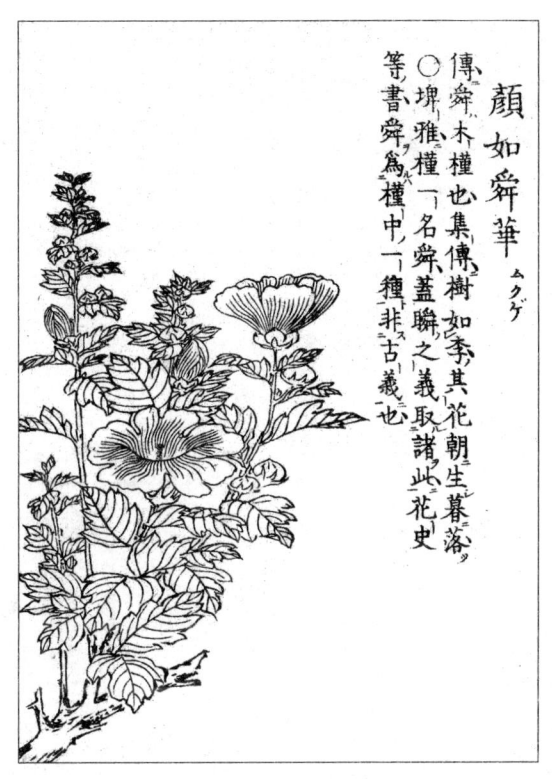

颜如舜华（出自：《毛诗品物图考》）

《郑风》中还有一首《山有扶苏》，《毛诗序》认为这也是用齐国公主的口吻讽刺公子忽的诗。

> 山有扶苏，隰有荷华。不见子都，乃见狂且。
> 山有桥松，隰有游龙。不见子充，乃见狡童。

【注释】扶苏：木名，又名朴樕。隰（xí）：低洼的湿地或者水塘。荷华：荷花。子都、子充：都是郑国美男子，用作美男子的通称。游龙：草名，也叫马蓼。狡童：狡猾的小伙子。

这首诗第一段的意思是：山上有茁壮成长的小树啊，水塘里有亭亭玉立的荷花。没有遇到美男子，却碰到了一个狂妄自大的后生！第二段的意思与第一段类似。

诗人在诗中以齐国公主的口吻讽刺对方:听说自己要嫁给公子忽,本来还蛮期待的。听说公子忽如何如何好,还是个美男子,却没想到他是个狂妄自大的家伙,居然拒绝了这门婚事![①]

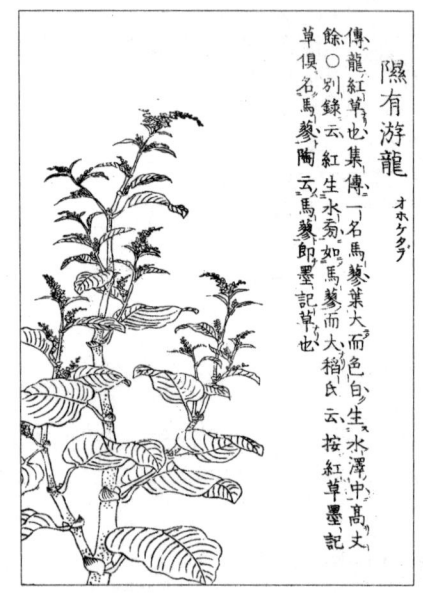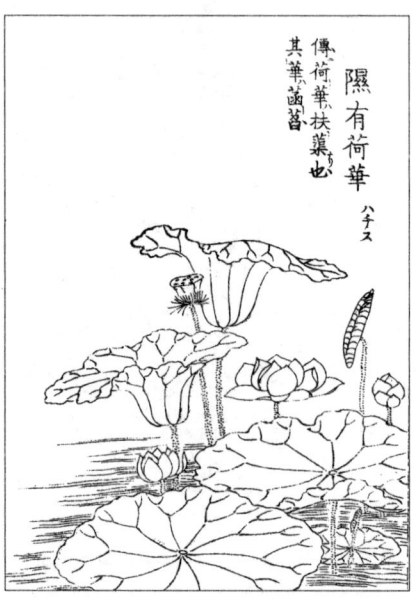

荷华与游龙(出自:《毛诗品物图考》)

还有一首诗《褰裳》,也是以齐国公主的口吻一语双关地劝讽公子忽的。

> 子惠思我,褰裳涉溱。子不我思,岂无他人?狂童之狂也且!
>
> 子惠思我,褰裳涉洧。子不我思,岂无他士?狂童之狂也且!

【注释】惠:爱。褰(qiān)裳:提起衣裙下摆。褰:提起。涉:这

---

① 关于《有女同车》《山有扶苏》的内容,也有观点认为这两首诗全文都没有点明和公子忽的关系。

里指过河。"过河"在《诗经》之中，是很常见的文学意象，基本上都与爱情、求偶有关。溱（zhēn）、洧（wěi）：郑国的河名。不我思：不思我。童：愚昧。且（jū）：语气词。

诗中的年轻女子责备男子：你如果对我有意思，就赶紧提起衣裙蹚过溱水、洧水来向我求婚！你如果不追求我，难道就没有别人来找我了吗？看你那个疯疯傻样！

这首《褰裳》就是上博简《孔子诗论》中提到的《涉溱》。一般认为，这首诗是讲一个青年女子戏谑男友不够主动的情诗。不过《毛诗序》认为，《褰裳》的主旨是讽喻太子忽的。郑国局势混乱，太子忽和弟弟争夺君位，就像几个小伙子争夺一个姑娘一样。在这里，姑娘既可以看作齐国公主，也可以比喻为国君之位。郑国人替公子忽着急：你再不主动一点，你的君主之位，可就有别人惦记了啊！

2. 君位之争

皇帝、诸侯、贵族等的婚姻从来都和政治紧密相关，联姻是其获得政治力量的最佳途径之一。公子忽放弃和齐国联姻，其实就等于放弃了齐国的强大后援，那么可以预见的是，他的君主之位，也会受到威胁。

因此，在公子忽深谙政治规则的父亲郑庄公看来，公子忽的做法实在太不成熟了。这孩子的性格说好听点是自信，说难听点，那就是狂傲自大、刚愎自用，要是把郑国交到他手上，还能发展好吗？

于是，郑庄公想改立庶子公子突为世子，结果遭到了上卿祭足的强烈反对。郑庄公或许也想到了自己的经历：当年就是母亲偏袒弟弟，最后造成同室操戈的悲剧，于是便没有再坚持更换储君人选。

公元前701年夏天，五十六岁的郑庄公恋恋不舍地告别了人世。郑庄公生前干了不少事，使郑国成了绝对的强国，按照这个势头再发展十来年，郑

133

国说不定就会成为春秋时期第一个天下霸主。

公子忽顺利即位,后世称他为郑昭公。但很快,他的几个弟弟就按捺不住了!

首先行动的是公子突。他的心理大概是这样的:父亲生前已经要改立我为世子了,国君本来就应该是我的!现在父亲已经去世了,我还有什么好怕的!公子突能这样想,有一个重要的原因就是他有一个强大的外援。

公子突的母亲是宋国的大贵族雍氏的女儿。于是雍氏就给宋国国君施加压力,希望宋国出面,帮助公子突篡夺君位。

宋国掂量了一下局面,觉得硬拼可能不行,况且公子突篡位也师出无名,与其硬来,不如用政治手段——如果郑国有大臣支持公子突,作为内应,这件事就好办了。

而当时的郑国,能左右整个朝局的人物就是祭足。只要能让祭足答应辅佐公子突,那么这件事就成功了一大半。可是怎么才能让祭足答应呢?宋国设了一个局。

宋国先派上卿访问郑国。按照礼仪,郑国也应该派出上卿回礼,而祭足正好官居上卿,所以回访的职责就落在了祭足身上。趁此机会,宋国扣押了祭足,并且威胁他,要与他订立盟誓,让他答应回国后辅佐公子突,立公子突为国君。

祭足一想,自己现在落在宋国手里,要是不答应,肯定不免一死。如果自己死了,郑昭公也就失去了臂膀,这时公子突再来夺权,郑国必然大乱。不如暂且答应,以图长期之计。

于是祭足就答应了宋国的要求,并订立盟誓,答应回国后立公子突为国君。

大家是不是有个疑问:这祭足是不是太死心眼了?他完全可以谎订盟约,先骗过宋国,等回到郑国之后再翻脸不认账嘛!实际情况当然比这复杂。

第一,当时的人们崇信鬼神,认为订立了盟誓是要践行的,否则就会受到鬼神的惩罚，所以誓言、盟约在古代还是有相当的约束力的。

第二，宋国也在现实层面对祭足进行了制约。公子突的母家、宋国的大贵族雍氏也和祭足联姻了。雍氏家族的雍纠娶了祭足的女儿，并且跟随祭足一起回到了郑国——名义上是女婿，实际上是对祭足进行政治制约和武力监视的人。

这样，祭足和宋国达成了盟誓，回国后，他果然立了公子突为国君。

至于郑昭公，他几年前拒绝齐国婚事的恶果，现在显现了出来——没有强大的外援，遭逢政变，他完全束手无策。好在祭足已经提前知会了他，郑昭公便逃离郑国，去卫国避难了。

公子突即位，史称郑厉公。此时是公元前701年年末，距郑昭公即位仅半年时间。

郑厉公十分阴沉、暴戾，他做国君，实在是郑国之不幸。好在祭足对此早有准备，各方面都安排得妥妥当当的，国事都由祭足把控，没给郑厉公实际操控国家的权力，因此郑国老百姓也没有遭受什么太大的灾难。郑厉公处处受制，心中自然十分怨恨祭足。于是，郑厉公就想到了自己母家的亲戚、祭足的女婿，负责监视祭足、现在在郑国做官的雍纠。

郑厉公联络雍纠，让他暗地里找机会把祭足杀掉。他认为只要杀死祭足，郑国贵族群龙无首，祭足布置的一切必将崩溃，那大权自然就会落在自己手里。

既然称为"暗杀"，那最关键的就是保密，不走漏半点儿风声。但郑厉公和雍纠密谋要暗杀祭足的事，却被雍纠的妻子、祭足的女儿知道了。她听说了这个消息，第一反应是纠结、不知所措：一边是自己的丈夫，一边是自己的父亲，该帮谁呢？

于是她就找自己的母亲聊天，旁敲侧击地问："母亲啊，您说丈夫和父亲，哪个更重要呢？"祭足妻子的回答干脆利落："父一而已，人尽夫也！"——老爸只有一个，丈夫却有很多个选择。言下之意是：你说谁更亲呢？

祭足的女儿听了，立刻打定主意站在自己老爸这边，于是向祭足告了密。政治斗争，不是你死就是我亡。祭足听闻消息，立即变被动为主动，杀了雍纠，并把他的尸体扔在大街上示众——其实就是给郑厉公看。郑厉公既生气又无奈地骂已经死去的雍纠："谋及妇人，死固宜哉！"（《史记·郑世家》）

事情败露，郑厉公知道自己待下去也没有好果子吃，便偷偷从郑国国都逃出来，流亡到了蔡国。

看到这里大家可能会有疑问：宋国不是支持郑厉公吗？怎么此时不出兵帮他呢？其实当初宋国支持公子突，为的就是赤裸裸的利益。公子突夺位成功，宋国更是变本加厉地跟郑国索要好处。郑厉公忍无可忍，在公元前699年，联合纪、鲁出兵伐宋，宋国则联合了齐国、卫国、燕国应战。这场战争的结果，根据《春秋》的记载，是郑国一方胜了。郑国不再贿赂宋国，也意味着郑厉公失去了宋国的支持。到了第二年冬天，宋国为了报仇，攻打郑国都城，甚至取了郑国祖庙之椽做了卢门城门的门椽。经过这两次大战，郑厉公对宋国是否仍会支持自己也是拿不准的，因此，他才会选择流亡蔡国。

诸侯之间没有永远的朋友，也没有永远的敌人，只有永远的利益。后来郑厉公趁着栎人杀了守栎大夫檀伯的机会，占据了栎邑（在今河南禹州）。他又依靠宋国的支持，在那里筑起高墙，蛰伏待发。

祭足则迎回了在外逃亡四年的郑昭公，请他重登大位，做郑国的国君。

公元前695年，郑昭公在重新当上国君后的第三年的冬天，按照周礼去狩猎。为什么周礼规定冬天要去狩猎呢？因为冬天是农闲时节，刚好也是动物比较肥的时候，狩猎获得的野兽肉比较多，可以补充营养。更为关键的是，冬天的狩猎相当于军事演习——狩猎途中，国君和将士们一起，追逐野兽，驾马开弓，互相竞赛。这就是一次大型的军事操演，可让士兵获得锻炼，增强国君的威望，增强将士之间的配合。所以，冬天的狩猎，是一个国家的常态化国事活动。

大将高渠弥也参加了这次活动——大家还记得吗？那位善于打仗、被郑公子忽认为器量小的将军。郑昭公还是世子的时候，阻止了他升任上卿，这件事过去很多年了，但他一直记恨在心。郑昭公浑然不觉，重新做国君后，还继续让高渠弥领兵，担任重要职务。没想到，高渠弥竟然借这次狩猎，射杀了郑昭公。

3. 又杀了一个国君

郑昭公被高渠弥杀了，祭足忌惮高渠弥的势力，也就"旧事不提"了。但祭足也不愿意让公子突再做国君，于是就和高渠弥拥立郑昭公的弟弟——公子亹做了国君，史书中多称呼他为郑君子亹。

公元前694年，也就是公子亹成为郑国国君的第二年的四月，一件震惊诸侯国的大事发生了：齐襄公要迎娶周天子的妹妹，鲁桓公和夫人文姜以主持的身份前去齐国，结果齐襄公为了妹妹文姜，居然把鲁桓公给杀了！

鲁桓公一死，主持人没了，所以齐襄公的婚礼只能向后推迟。等到了七月份，鲁桓公的儿子鲁庄公前去齐国，齐襄公的婚礼才得以继续举行。婚礼请帖发到了郑国，郑君子亹就打算去参加。

祭足站出来劝说国君：齐国的国君这个人啊，很不靠谱，喜怒无常，做事没有规矩，不按常规出牌，和自己的亲妹妹乱伦，甚至连亲妹夫、鲁国国君都敢下手杀害！这样荒唐的人，您怎么能和他亲近呢？还是少来往的好啊！

祭足的担心不是多余的。现在齐襄公做了国君，齐国实力强大，而郑国则政局不稳，内乱不停。两相比较，郑国显然较弱，前去参加齐襄公的婚礼，万一发生点儿什么事，国家怎么办？而且齐襄公和公子亹还有一段旧仇。这段旧仇是什么，史书没有明确记载，想来是早在他们还都不是国君的时候，诸侯公子互相看不顺眼，打架斗殴之类的。

从祭足的这段分析和对齐襄公的准确认知来看，他能长期把控郑国朝局,也确实是有原因的。

但是祭足的苦口婆心并没有效果,郑君子亹认为:自己刚刚当了郑国国君,如果不去,显得失了礼数,自己就变得被动了;更重要的是,公子突还在郑国的边邑栎邑,如果自己不参加这次婚庆,齐国和宋国就有了借口,说不定他们就会借此拥立公子突,来攻打自己了。

既然国君坚持要去,祭足就不再多说什么了,他称病留在郑国。高渠弥伴驾前往齐国,结果不出祭足所料,齐襄公一看见郑君子亹,就想起当年的旧仇来,他仗着齐国势力较强,一定要让郑君子亹给自己道歉认错。郑君子亹贵为一国之君,当然不愿认错。齐襄公一怒之下,就埋伏士卒把郑君子亹给杀了!高渠弥也被车辕而死。

对于这段历史,清华简《系年》记载的是:"齐襄公会诸侯于首止,杀子眉寿,车辕高之渠弥,改立厉公,郑以始正。"这么看,齐襄公杀郑君子亹的根本原因不是为了什么私仇,而是为了"立厉公"。祭足的分析是很有道理的,郑君子亹前往齐国不就是给要杀他的人递刀吗?

消息传回了郑国,可是祭足能有什么办法呢?国不可一日无君,为了防止和自己有仇的郑厉公卷土重来,还是赶紧再给郑国立一个新国君吧!

4. 双蛇斗

新的国君就是郑君子亹的弟弟——公子婴,又称子仪或者郑子。

郑子和他之前几个国君相比,是在位时间最长的一个,从公元前694年到公元前680年,他一共在位十四年。其间,祭足依旧是辅政大臣,郑国也基本上没有什么大事发生。

公元前686年,郑国发生了一件怪事:在都城南门外,有两条蛇相斗,一条蛇来自城内,一条蛇来自城外。这不禁让人联想起了郑国当时的局面:一方面,郑子在郑国都城当着国君;另一方面,公子突还在郑国的边邑栎邑招兵买马,高筑墙、广积粮,伺机而动。双蛇斗的结果是城外的蛇把城内的蛇给咬死了，于是人们就纷纷传言，这是不是预兆着郑国要出什么大事啊？

四年后，祭足寿终正寝。这位老先生从郑庄公时代就开始把持朝政，拥立了五位君王，老谋深算可见一斑。

祭足死了，远在郑国边境栎邑的公子突可高兴坏了。公元前680年，宋国派兵支持公子突进攻郑国都城。郑子当然不能坐以待毙，他派了大将傅瑕前去迎敌。结果傅瑕一战而溃，被公子突活捉了。

傅瑕一权衡：反正斗来斗去，国君的位子都是你们兄弟几个的，我拼什么命呢？于是他立刻变节，向公子突求饶，表示自己愿意归顺，并且可以回去做内应，杀了郑子，迎公子突回去做国君。公子突答应了这桩交易，放了傅瑕一条生路。

傅瑕回国后，果真杀了郑子，大开城门，迎接公子突回国。公元前680年，公子突再一次成为郑国国君，朝中的大臣有人欢喜有人愁。

郑厉公首先向自己的伯父原繁发难。他责备伯父说："你看我流亡了这么久，你也不想着把我接回来，你这伯父也太过分了！"原繁一肚子委屈："你们几个兄弟，哪一个不叫我伯父？"但原繁明白，郑厉公这么说，那是话里有话的，于是他说："侍奉君主不该有二心，我无论如何都错了。"随后，原繁自杀。

傅瑕还满心期待加官晋爵呢，没想到郑厉公接下来就对他说："你看原繁说的话多有道理——侍奉君主不能有二心。你原本是郑子的臣子，结果却背叛了他，这是明显是有二心啊。你看你怎么办吧！"

傅瑕大失所望，悔恨地说了一句："重德不报，诚然哉！"（《史记·郑世家》）大的恩德得不到回报，这句古话真没错啊！于是傅瑕也被杀了。

由于郑厉公重新当了国君，所以他流浪期间的郑国国君公子亹、公子婴，在儒家文化体系的史学家看来，都是有国君之实而无国君之名的人。郑厉公也不愿意承认他们的地位，所以没有给自己的两个兄弟追封谥号，故而后人也只能称呼他们为"郑君公子亹"和"郑君子婴"了。

经过四位公子这么一折腾，郑国元气大伤，国力大不如前。此后，郑国从一个准一流大国沦为一个二流国家。

郑国的有识之士非常痛心,他们作了一首《出其东门》来形容这一群公子争夺君位就好像走马灯一样的情形:

出其东门,有女如云。虽则如云,匪我思存。缟衣綦巾,聊乐我员。

出其闉阇,有女如荼。虽则如荼,匪我思且。缟衣茹藘,聊可与娱。

【注释】东门:是郑国游人云集的地方。如云、如荼(tú):比喻女子众多。荼:白茅花。思存、思且(jū):思念。缟(gǎo)衣、綦(qí)巾、茹藘(lú):都是穷人穿的衣服,粗布烂料、胡乱浆染的,暗示了这如云多的女子出身穷苦、身份低贱。茹藘:茜草,可以做红色染料。闉阇(yīndū):外城城门。

这首诗从表面看,是诗人说一出东门,就看见好多美女!可惜啊,虽然有这么多的女子,却没有一个是我喜爱的。她们身份低微,没有一个能入眼的。实际上,诗中用如云多的女子来比喻这段时间郑国国君之多。这么多的国君,却没有一个是够资格、有能力做国君的。

这首诗纯粹用比喻来表明诗人心中的不满。但是如果不看历史背景,单从字面意思看,这又是一首情诗。所以,这首诗也被理解为男子寻找心爱女子的情诗。

公元前680年,也就是郑厉公重新当上国君的这一年,是齐桓公在北杏召开诸侯会盟的第二年,正是齐桓公取得会盟成果的时候。齐桓公的霸业初具规模,可以预见到会有光辉的前景。齐国称霸后,晋国、楚国、秦国相继成为霸主,郑国就再也没有机会发展成为一流大国了。

夹缝中的郑文公

1. 在夹缝中生存

公元前673年，郑厉公驾崩，他的儿子踕即位，后世称之为郑文公。

郑文公是个在位时间极长的国君。他从公元前672年即位，直到公元前628年去世，在位一共四十五年，比他前面几位叔叔伯伯幸福多了。

经过叔叔伯伯们的闹腾，郑文公当国君的时候，郑国已经衰落了。齐国的霸主地位已经显而易见，如此一来，郑国的日子就很不好过。

为什么呢？这和郑国的地理位置有关。郑国在今天的河南省中北部，是名副其实的"中原"地区，南边和楚国临近，东边和齐国临近，西北和晋国临近，西方和秦国临近。看看郑国的这些邻居，没有一个是小国，没有一个国家是好惹的。在众多强国的环绕下，郑文公的日子可想而知。

按理说，郑文公应该在外交方面多下点功夫，可他做出的决定却出现了很大的纰漏，最终的结果是这几个强国一个个都与郑国交了恶。

郑文公第一个树立的强敌是齐国。

郑文公不愿受齐国制约，又担心南方的楚国来攻打自己，所以左右为难，不知道到底应该和谁交好。公元前655年，齐桓公在卫国的首止召集会盟，郑文公作为盟国前往参加，却接到周惠王的密信，让他不要和齐国结盟。于是在会盟要歃血立誓时，郑文公居然悄悄溜走了。这当然惹怒了齐桓公。郑文公听说齐桓公大怒，害怕彻底得罪齐国，也没敢跟楚国结盟。可是他实际上已经得罪了齐国，第二年，齐国就发兵攻打郑国了。

郑文公第二个树立的强敌是晋国。

当时晋国的公子重耳还在各国流浪。大多数诸侯都对重耳刮目相看，认为重耳是个了不起的人，将来必定大有作为，于是热情款待，纷纷示好——这点招待费用，对一个国家来说根本算不得什么，假如押宝成功，重耳日后成为国君，那收益绝对是千倍万倍的！但是也有一些短视的国君对重耳爱理不理，很不幸，郑文公就其中的一个！

郑文公的弟弟叔詹劝说郑文公礼遇重耳，认为重耳将来必定会成为晋国国君，对此，他说了三个理由：这个重耳了不得，看样子将来会有大出息。为什么呢？一般来说，同姓不能结婚，结了婚生的孩子都活不长久，重耳的父母同姓，他现在却活得好好的，这就是上天的眷顾；你再看，重耳流亡在外这么久，晋国还在内乱，恐怕就是上天安排得重耳当国君；最重要的是第三点，跟随重耳的，都是贤能之才，有这些人跟着，重耳岂会是泛泛之辈？

叔詹的分析可谓鞭辟入里，可是郑文公毫不在乎，他说："每年各国都有落难公子逃亡到郑国，难道我都要一一招待吗？"于是叔詹就说："您要是不打算结交他，那就杀了他，免得留下后患！"郑文公也不听。

后来，重耳果然当上了晋国的国君，后世称他为晋文公。他学习齐桓公，尊周攘夷，使晋国成为诸侯霸主。

郑文公知道自己得罪了晋国，于是就跑到楚国那里，鼓动楚国发兵攻打晋国。于是楚国和晋国就在城濮展开大战，结果晋胜楚败，这就是著名的城濮之战，"退避三舍"的故事就是在这次战役中发生的。

郑文公一看，楚国败了，这可如何是好？于是又赶紧派人带上厚礼，去晋国求和。晋文公于公元前632年召集诸侯会盟，郑国也参加了会盟，成了晋国的盟友。这就是历史上记载的"郑贰于楚"。

这样一来，郑文公把楚国也得罪了。

公元前630年，因为郑文公的无礼行为，晋文公联合秦穆公攻打郑国，多亏郑国有个聪慧能辩的大夫烛之武用绳子缚住身体，半夜从城墙上吊下去，溜出城，逃出包围圈，跑到秦穆公的主帅大营，动之以情晓之以理，劝秦国退兵，才使郑国免于一场灾难。这就是"烛之武退秦师"的典故。

2. 你逼我？那我逃！

郑文公在他不着调的一生中还做过一件著名的不着调的事。

公元前660年，狄人攻打卫国，杀死了喜爱宠物鹤的卫懿公，一直打到卫国首都朝歌。朝歌难民逃到黄河边，若不是宋国来救，卫国就灭国了。

看到狄人如此凶猛，郑文公非常担心——郑、卫两国相邻，他担心狄人打败卫国之后，下一个目标就是郑国。为防止狄人入侵，郑国必须在边境线上加派重兵把守。可是派谁去领兵呢？郑文公看看满朝文武大臣，最终锁定了一个人——高克。

高克是一个贪婪又强势的大臣，郑文公一直很讨厌他，甚至连见他一面都觉得烦，但是表面又不好发作。就这样，君臣互相看不惯，却都隐忍不发。这一次狄人入侵卫国，郑国要派兵把守边界，郑文公就想借此机会把高克支开，让他远离郑国首都。

于是，高克就被派到郑国边界的黄河边上。结果左等右等，高克也不见狄人来攻。后来消息传来，齐国已经发兵赶走了狄人，郑国的边邑算是彻底安全了。高克非常高兴，心想这下该回都城了吧？毕竟和都城相比，边邑的生活还是比较苦的。但是郑文公的调令迟迟不来，任其在黄河边上无所事事，游来荡去。不仅调令没有，连供给军队的粮食都渐渐断了。

大家觉得高克会怎么办呢？造反——他不是有一支队伍吗？但高克没有这么做，因为他没有粮饷，那些戍边的军士们，早就今天偷跑一个，明天溜走一个，慢慢都逃跑完了。高克一看，既然郑文公不待见我，那我也索性就不再回去了。于是，高克直接去了陈国。关于高克的事，《左传·闵公二年》也有记载："郑人恶高克，使率师次于河上，久而弗召，师溃而归，高克奔陈。"

因为国君不喜欢将领，不发放粮饷，导致一支戍边的队伍没有粮食吃，士兵悄悄逃跑，最终连守疆安土的将军也逃到了国外。这样少见、荒唐、可笑的事，在历史上也算"著名"了。

郑国的公子素听闻此事，异常愤怒：郑文公你觉得高克不行，把他杀了或者罢免了不就行了？怎么可以把戍边的重任交给他？这不是拿郑国老百姓和江山社稷开玩笑吗？而既然你已经让高克带军队去戍边了，又怎么能不管不问呢？最后高克逃跑了，军队也散了，这不是削弱了郑国嘛！

于是，公子素就作了一首《清人》讽刺郑文公、高克，这首诗被收录在《郑风》之中。

清人在彭，驷介旁旁。二矛重英，河上乎翱翔。
清人在消，驷介麃麃。二矛重乔，河上乎逍遥。
清人在轴，驷介陶陶。左旋右抽，中军作好。

【注释】清人：指高克带领的清邑的士兵。清：郑国的城邑，在今河南省中牟县西。彭、消、轴：都是地名，在黄河边上，是高克戍边的地方。二矛：指酋矛、夷矛，都属于特长的矛，据说酋矛长两丈四尺，夷矛长两丈。重英：形容有很多的红缨长矛。英：红缨。

诗里描写高克率领的军队在黄河边上，是多么威武雄壮的一支队伍！披甲的马匹真威武啊，红缨枪也密密麻麻的。结果呢，他们在河边逍遥地走来走去、晃来晃去，一副散兵游勇的架势，可惜了这些好装备。

先秦兵书《尉缭子》说："兵戍过一岁，遂亡。不侯代者，法比亡军。"就是说古时候的军队制度是，戍边的军队必须一年一换。君主不换戍边军士，就是逼着自己的军队消亡。郑文公置国家安危于不顾，借用戍边这样重要的事，赶走自己厌恶的高克，完全是因小失大。当然，高克也有问题，作为一个臣子，不尽力为国，却好利贪功，必得人人嫌弃。

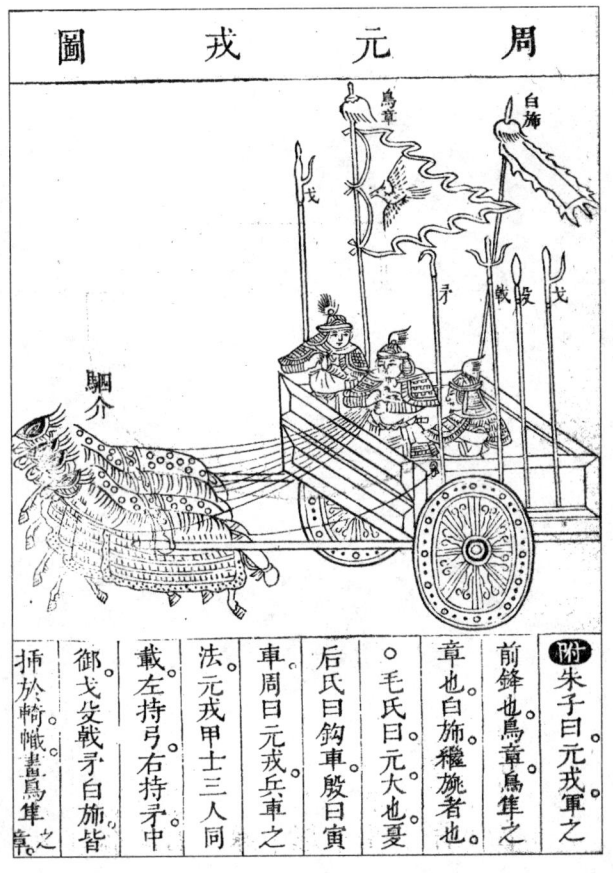

驷介（出自：《六经图·周元戎图》）

至此，《诗经·郑风》所涉及的历史我们就大约都讲了一遍。由于郑国在扩张的过程中，严重践踏了周礼制度，甚至还明目张胆地打败了当时的周天子，而《郑风》中许多诗正记录了当时的历史，所以重视"诗教"的孔子非常不喜欢"郑声"。孔子在《论语·阳货》中说道："恶紫之夺朱也，恶郑声之乱雅乐也。"这就是借用紫色夺朱红色来比喻郑国从行动上乱了周礼的制度。①

---

① 也有学者认为，孔子说"郑声淫"是因为郑声是一种新兴的音乐，它节奏多变，感情跳跃，而孔子欣赏的《韶》《武》则属于节奏缓慢而平稳的古乐。郑声与古乐相比，音律过分新巧。

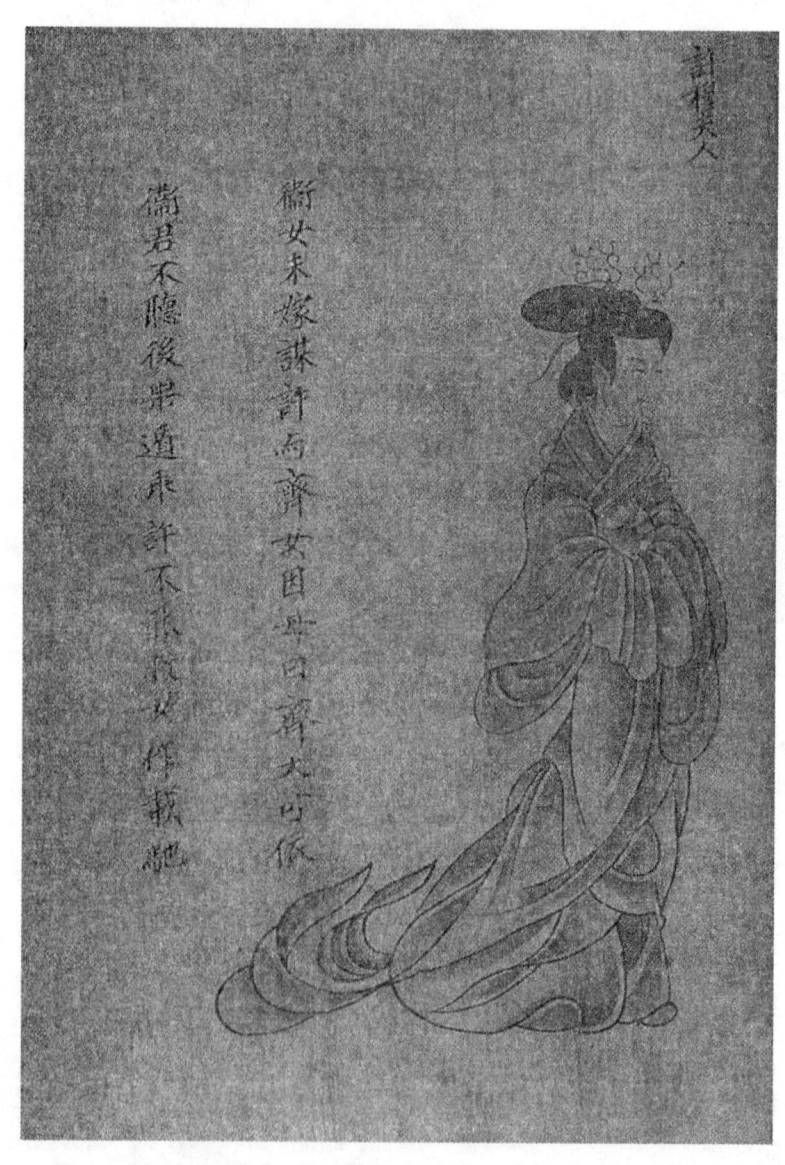

《列女仁智图卷·许穆夫人》（东晋 顾恺之绘 北宋摹本 故宫博物院藏）

第五章

投我以木瓜，报之以琼琚

《齐风》

"十五国风"之《齐风》,收录的是齐国地区的诗歌作品。

西周建国,周武王给大臣们分地封爵,齐国就诞生了。齐国的第一任国君吕尚就是我们熟知的《封神演义》里的姜子牙。小说《封神演义》中,姜子牙自我介绍说他"姓姜,名尚,字子牙",实际上的他是吕氏姜姓,所以被称为吕尚。

周成王时期,"三监"叛乱,齐国勤王有功,自此获得了一个特权,那就是"东至海,西至河,南至穆陵,北至无棣,五侯九伯,实得征之"的征伐大权。齐国一跃而成诸侯中地位极高的国家。

姜氏作为周人最重要的盟友,在建立周朝时,就立下了绝代战功。两族世代交好,齐在建立之初就和周王室结为姻亲,并不断联姻——据《史记·周本纪》记载,周襄王称呼齐国为"舅氏"。齐国地大物博,国力比较强盛,又盛产美女,所以也一直是诸侯国联姻、交好的对象。

齐国封地主要在山东一带,大致包括今山东的潍坊、临沂、惠民、德州、泰安等地区以及河北沧州地区的南部。《齐风》收录的,就是这一带的诗歌。

《诗经·齐风》共录了十一首诗,包括:《鸡鸣》《还》《著》《东方之日》《东方未明》《南山》《甫田》《卢令》《敝笱》《载驱》《猗嗟》。

齐襄公的恋妹情结

1. 一家名人

齐国受封于西周初年,从一开始,国力在诸侯中就排在前列。周成王时期,"三监"叛乱,齐国勤王有功,自此获得了"东至海,西至河,南至穆陵,北至无棣,五侯九伯,实得征之"的征伐大权。齐国一跃成为诸侯中地位极高的国家。

但是经过几百年的变迁,齐国也出现了"大国病"——内乱不断、朝局不稳,甚至两次迁都。一直到齐前庄公吕购(因为在战国时期还有一个庄公,所以称此庄公为前庄公)沿用齐国开国君主吕尚的治国方略"因俗、简礼","尊贤、尚功","通商工之业","便鱼盐之利",齐国百姓才得以休养生息,齐国也逐渐稳定下来。

公元前794年,吕购登基的时候还是西周末年周宣王时期,到他于公元前731年去世时,已经是春秋初期了。他在位六十四年,齐国也在稳定中逐步强盛起来。

齐前庄公的儿子齐僖(釐)公吕禄甫即位后,开启了一个诸侯结盟的时代。公元前720年冬,齐僖公和郑庄公在石门结盟;公元前717年,齐国又和鲁国结盟。盟国结成利益共同体,虽然没有盟主,但是积极主动,努力发起结盟的国家,肯定会获益。齐国通过不断结盟,地位显著提高,俨然成为诸侯间的"小霸王"。

本文的主角——齐襄公吕诸儿，就是齐僖公的大儿子。

齐襄公的姑姑因为嫁给了卫庄公，所以被称为庄姜。《诗经》中有好几首诗，就是她所写，所以她被称作"中国第一位女诗人"。关于庄姜，我们后文会专门介绍。

齐襄公有两个弟弟：小弟弟公子小白就是后来带领齐国成为春秋五霸之首的齐桓公，他未来的师父是鲍叔牙，他未来的丞相是管仲；大弟弟是和小白抢王位的公子纠。

齐襄公还有两个妹妹：大妹妹宣姜，本来是嫁给卫国太子伋的，因为长得太美了，后来被太子伋的老爸卫宣公抢去做了夫人；另一个妹妹文姜，和齐襄公有着不伦之恋，后来嫁给了鲁桓公。

这一大家子名副其实的"名人"，都是直接或间接左右历史的人物。

> **知识拓展　春秋时期女子的名字**
>
> 一般来说，春秋时期女子只有小名，并且不为外人所知。出阁前，她们被称为某某氏，出阁后则随丈夫称呼。其中，诸侯国的国君夫人，常见的称呼是"某夫人"，或者是"丈夫的谥号"加上"母国的姓氏"。比如齐襄公家里的几位女性，都叫"某某姜"，这是因为齐国王室姓姜。她们还没出嫁的时候，称她们为"姜氏"；但后世一般以其夫家的谥号+她们的"氏"称呼她们，比如齐襄公的姑姑嫁给了卫庄公，就被称为"庄姜"，他大妹妹嫁给了卫宣公，就被称为"宣姜"。

2. 特殊的鲁国

齐僖公本想把文姜嫁给郑国的世子公子忽，但是被对方以"齐国太大，我们郑国高攀不起"为理由拒绝了，无奈之下，他只好重新计划嫁女儿的事。（详见第四章）

巧的是，齐国的邻居鲁国刚刚经历了宫廷政变，新上任的国君鲁桓公非常需要其他诸侯国的支持，还有什么比结成姻亲更有利于两国关系的呢？于是鲁桓公备下厚礼，派人来齐国向齐僖公提亲。

鲁国作为周朝开国股肱周公旦的封国，政治地位也很高，所以齐僖公想：齐国在军事上有极大的影响力，和鲁国联姻，无论从哪方面讲都是符合双方利益的啊！所以他立刻就答应了鲁桓公的求亲。

于是，在公元前709年，也就是鲁桓公即位的第三年的秋天，鲁桓公的弟弟公子翚前往齐国境内，替哥哥迎娶文姜。

《左传》记载这场盛大的婚礼时，专门提到了周礼中的相关礼仪：

> 凡公女，嫁于敌国，姊妹，则上卿送之，以礼于先君；公子（诸侯国君的儿子或女儿），则下卿送之。于大国，虽公子，亦上卿送之。于天子，则诸卿皆行，公不自送。于小国，则上大夫送之。

就是说，诸侯国君的姐妹、女儿出嫁，不管是嫁到对等之国、大国，还是嫁给周天子，国君都不能亲自送嫁。所以，按照礼制，文姜由齐嫁鲁，送亲的应该是吕诸儿或者他的弟弟们。但大概是考虑到吕诸儿和文姜那些说不清的事，齐僖公居然亲自护送女儿嫁到了鲁国。由于违背了周礼，齐僖公这一举动在当时是被人们所耻笑的。

只是，谁又能理解老爷子的苦衷呢？

文姜嫁给鲁桓公之后，两人关系倒也融洽，很快，他们还有了两个孩子。

鲁桓公的嫡长子出生的时候，恰好和鲁桓公"同物"[①]，也就是两人出生之年，岁星迻行到相同的位置，因此鲁桓公就给长子取名为"姬同"，这

[①] 吴柱：《鲁桓公生年考——从鲁庄公"子同"得名之由说起》，《北京师范大学学报》（社会科学版）2013年第4期。

个孩子就是后来的鲁庄公。

鲁桓公的嫡次子出生的时候，手纹像个"友"字，所以取名为姬友，号成季，史称"季友"。季友就是后来把持鲁国朝政的"三桓"之首的季氏的祖爷爷。一百多年后，孔子在鲁国出仕，就和"三桓"有许多扯不清的恩怨。关于这些恩怨，《论语》中有大量的记载，比如"季氏将伐颛臾""八佾舞于庭"等等，都是批判季氏的。现在咱们常说的一句话"是可忍孰不可忍"，就是孔子针对季氏所说的。

看样子，文姜似乎有了个不错的归宿。但是故事并未结束。

文姜嫁给鲁桓公之后大约十二年（前697），齐僖公宾天，文姜的亲哥哥吕诸儿继承大位，即齐襄公。

齐襄公作为一国之君，也应该有个名正言顺的国君夫人。于是在即位后第三年（前695），他就请求当时的周天子周庄王赐婚。周王室和齐国是世世代代的姻亲，所以周庄王答允将自己的妹妹下嫁给齐襄公。

前文说过，鲁国政治地位极高，所以在诸侯国的邦交礼仪上往往扮演傧相、主持的角色。这次周王室嫁妹，自然少不了鲁国的参与。

于是齐襄公就邀请自己的妹夫、鲁国国君鲁桓公，代天子主持这场婚礼——这是完全合乎周礼的，更是鲁桓公分内的事。

此时，文姜已嫁给鲁桓公整整十五年。借此机会，文姜执意要跟随鲁桓公去齐国。可是这样合适吗？倘若老父亲齐僖公在，文姜回娘家探亲，这无可挑剔。可是齐僖公已经宾天，在位的又是和文姜有点暧昧的齐襄公，文姜这时候"回家探亲"，就多少有点别扭。鲁桓公拿不定主意，不清楚这是否合乎礼法，于是询问大臣们。

鲁国还是有明眼人的，申繻就是其中一个。当然，他不能直接说："难道您忘了文姜和齐襄公暧昧的事了吗？"——先不说鲁桓公是否知道那些事，就算他知道，毕竟也已经过去十五年了，文姜还给他生了两个孩子，他也不能一直计较吧？

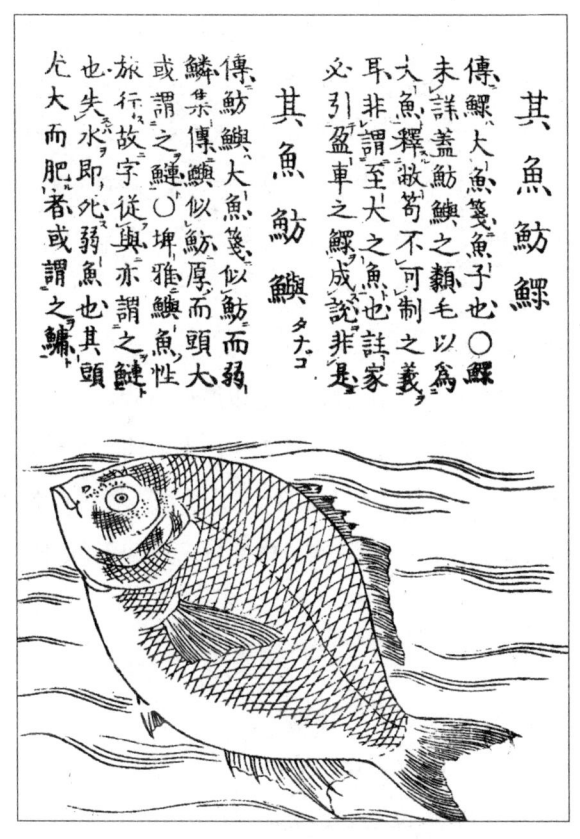

其鱼鲂鳏、其鱼鲂鱮（出自：《毛诗品物图考》）

申繻用了一个很站得住脚的理由："女有家，男有室，无相渎也，谓之有礼。易此，必败！"意思就是，男女各自都成了家，就不要再有什么瓜葛了，这才是合乎礼法的，否则就要出岔子。结果，鲁桓公没听申繻的劝谏，还是带着文姜，被大队车骑簇拥着前往齐国了。于是人们就作了一首《敝笱》来记录这件事，并以此来讽刺齐襄公和文姜的丑行，更讽刺冤大头鲁桓公带着这么多随扈，不远千里，跑去齐国受这奇耻大辱：

敝笱在梁，其鱼鲂鳏。齐子归止，其从如云。
敝笱在梁，其鱼鲂鱮。齐子归止，其从如雨。
敝笱在梁，其鱼唯唯。齐子归止，其从如水。

【注释】敝笱（gǒu）：这篓子已经破烂不堪，比喻鲁桓公管不住文姜。笱：用竹子编成的拦鱼的篓子。齐子：指文姜。归止："归"就是出嫁的意思，归止是说女子出嫁有了归宿；但是朱熹将其解释为"归齐"，此处从后者。如云、如雨、如水：都是说文姜随鲁桓公回齐国省亲，还带着浩浩荡荡的随从队伍。鲂鳏（fáng guān）：鳊鱼和鲲鱼。鱮（xù）：鲢鱼。

据闻一多先生考证，"鱼"在《诗经》中多有男女情爱的文化象征，"其鱼唯唯"就说的是鱼儿游来游去，互相追逐嬉戏，暗喻男女情爱。同时"云""雨""水"在中国传统文学意象中，也往往有这种意思。

总之，这首诗讽刺的意味再明显不过了。看样子，就连老百姓都知道这事了，可鲁桓公还混混沌沌的，就这样把自己送到了黄泉路上。

3. 无妄之灾

公元前694年的春天，齐襄公、鲁桓公在"泺水"（约在今山东济南）会面。随后，鲁桓公与夫人文姜进入齐国。

《齐风》收录了一首《甫田》。有人说这是妻子思念丈夫所作，有人说这就是文姜见齐襄公所作：

无田甫田，维莠骄骄。无思远人，劳心忉忉。
无田甫田，维莠桀桀。无思远人，劳心怛怛。
婉兮娈兮，总角丱兮。未几见兮，突而弁兮。

诗的大意是宽阔的田野啊不可耕种，野草长得啊十分茂密。不要挂念那远方的人，因为那会让你惆怅担忧。当年你还是个讨人喜欢的小机灵鬼，梳个小髻儿，可爱死了。这才多久不见，你就身着正装，长大成人了。

这首诗把漫长的时间融入无尽的思念中，读来感人肺腑。最后一段是这首诗的点睛之笔：虽然时隔很久，但是满脑子都是以前的记忆，怎么突然间，你就长大了呢？

见到了阔别十五年的哥哥，文姜此刻的心情大概就是诗里写的惊喜、激动又开心。

但我以为，从"总角"二字来看，这首诗并不是文姜所作，只是恰好契合了当时的情景罢了。

很快，文姜就以探亲为借口，住进了齐国王宫——她长大的地方，充满她和齐襄公回忆的地方。接下来的事，《左传》一笔带过："齐侯通焉。"

但广大老百姓才不管这一套，齐国人写了首《南山》来讽刺齐襄公和文姜。

南山崔崔，雄狐绥绥。鲁道有荡，齐子由归。既曰归止，曷又怀止？

葛屦五两，冠緌双止。鲁道有荡，齐子庸止。既曰庸止，曷又从止？

艺麻如之何？衡从其亩。取妻如之何？必告父母。既曰告止，曷又鞠止？

析薪如之何？匪斧不克。取妻如之何？匪媒不得。既曰得止，曷又极止？

"南山崔崔"，是起兴，就好像要谈一件事，总得有个话题做引子。"雄狐缓缓地走，寻求配偶"，这就是比喻了，暗示了这首诗主题的大体方向。接下来就进入正题了：鲁国的大路多宽广，这儿就是文姜出嫁的地方啊。可是你既然都出嫁有了好归宿了，为何还要眷恋这里，惹出些不三不四的事呢？

后面三段意思差不多，就是起兴和比喻有所不同，这是《诗经》常见的修辞手法。第二段首先讽刺文姜，告诫她既然出嫁就要恪守妻子的职责，不要再想着以前的事；第三段、第四段主要讽刺鲁桓公管不住文姜。全诗隐隐讽刺的就是齐襄公和文姜的畸形恋情。

几日后，文姜才从齐国王宫回到桓公身边，鲁桓公非常愤怒，可以想象，两人必然有一番争吵。《左传》记载说，"公谪之"。"谪"本义是"针对犯罪所做的判词"，《通俗文》解释"谪"为"罚罪者"，所以鲁桓公应该是历数了文姜的罪状，还惩罚了她——具体有没有动手打文姜，我们就不知道了。

但文姜并没有改过的意思：现在在齐国的土地上，你敢欺负我？那我立刻告诉我哥哥去！

过了几天，在这年的四月丙子日，齐襄公找了个理由宴请鲁桓公。鲁桓公应邀赴约——这多半也是无奈之举，谁让齐国强大呢？待鲁桓公吃得醉醺醺的，齐襄公就安排公子彭生送鲁桓公回住所。彭生抱鲁桓公上车的时候，"折其胁，公死于车"（《史记》）。鲁桓公就这样归天了。

鲁国即便再弱小，国君莫名其妙死在齐国，也必须要齐国给个说法。迫于压力，齐襄公杀了公子彭生，作为对鲁国的交代。

4. 继续荒唐

鲁桓公死后，他的嫡长子姬同即位，历史上称他为鲁庄公。那时候他才十多岁，面对这样的事，母亲还是当事人，他有什么办法呢？而且他还要完成自己父亲未竟的事——为齐襄公和周王姬主持婚礼。于是，年幼的鲁庄公就来到齐国，为自己的杀父仇人、自己的亲舅舅齐襄公和周王姬举行了婚礼。周王姬也耳闻了文姜和丈夫的事，哀叹自己所遇非人，婚后郁郁寡欢，一年之后就去世了。

文姜于是干脆长期住在齐国王宫中，和自己的哥哥继续着这段不伦不类的恋情。可她毕竟是鲁国的太后，这么长期住在齐国也不是办法，于是鲁庄公便派人去接文姜回鲁国。

文姜不得已，只能动身返回鲁国，但她内心是矛盾的：一方面留恋自己的兄长，另一方面又羞于见自己的儿子、羞于见鲁国百姓。怎么办呢？后来，她走到齐国和鲁国的交界处一个叫"禚"的地方，便说："这里既非鲁国，也非齐国，我就住在这里吧。"

鲁庄公也明白母亲的心思，就在这里为文姜建了宫殿。鲁庄公年幼，许多事还要请教太后，文姜就在这里遥控着鲁国，倒也把鲁国治理得井井有条。

但是文姜对齐襄公还是念念不忘，每年都要去齐国住一段时间。于是齐国人又以此为内容创作了一首《载驱》，嘲笑文姜和齐襄公的无耻荒淫。

> 载驱薄薄，簟笰朱鞹。鲁道有荡，齐子发夕。
> 四骊济济，垂辔濔濔。鲁道有荡，齐子岂弟。
> 汶水汤汤，行人彭彭。鲁道有荡，齐子翱翔。
> 汶水滔滔，行人儦儦。鲁道有荡，齐子游敖。

【注释】载：在这里是个发语词，没有实际含义，类似"乃""那个"。驱：策马。薄薄：拟声词，马蹄和车轮疾驰的声音。簟笰（diàn fú）：竹席制的车簾。朱鞹（kuò）：红色皮革制的车盖。有荡：平坦。发：旦。夕：暮。濔濔：柔软的样子。岂弟：快乐而心不在焉的样子。彭彭：行人众多的样子。

诗中使用了很多叠声联绵词："薄薄""济济""濔濔""汤汤""彭彭""滔滔"等等，一方面形容车马的急速奔跑，水流的湍急；另一方面也形容围观群众多，他们对着往返于齐国和禚地、忙于私会亲哥哥的文姜指指点点。文姜呢，她我行我素，才不在乎别人怎么想、怎么说呢。

清朝大儒方玉润在《诗经原始》中解释《载驱》时说道："此诗以专刺文姜为主，不必牵涉襄公，而襄公之恶自不可掩。夫人之疾驱夕发以如齐者，果谁为乎？为襄公也。夫人为襄公而如齐，则刺夫人即以刺襄公……"

禚地在今天的山东济南长清区，齐国首都临淄在今天的山东淄博，这两个地方相距几百里，在今天开车走高速也得两三小时，而当年路况一般，马车的舒适度肯定也不能跟轿车相比，文姜这么为爱奔跑，也是很辛苦的。

5. 瓜熟而代，不代则杀

姑且不论齐襄公和文姜的恋情，单就说齐襄公为了妹妹文姜杀了自己的亲妹夫、鲁国国君鲁桓公，也绝对不合适。对待一国之君尚且如此，可想而知，齐襄公会怎么对待齐国的臣民。

齐国大臣鲍叔牙见齐襄公言行多变，表里不一，政令不信，就说："君使民慢，乱将作矣。"意思是，君王役使臣民时如此轻慢，祸乱就要来了，于是他带着公子小白逃离齐国，跑到了莒国。另一位大臣管仲也嗅到了危险气息，就和大夫召忽带着公子纠逃到了鲁国。而其他留在齐国的大臣，也大多对齐襄公很不满意。

没过几年，齐襄公果然死在了"仗势欺人不讲理"上。

齐襄公十一年，也就是公元前687年，齐襄公派连称、管至父二人率兵驻守葵丘（今山东淄博临淄区北）。守边又危险又辛苦，没几个人愿意干，齐襄公为了让这两人去驻守葵丘，就允诺说："等到甜瓜再熟的时候就让你们换防。"这句话就是著名的"瓜熟而代"。

齐襄公说"瓜熟而代"就是说等上一年的意思。古人常用这种"物候"方式计时。比如我小时候，姥姥讲故事时还会说"麦芽黄了三次"之类的话，现在基本上已经听不到了。

转眼一年过去，甜瓜再次熟透，齐襄公却没有换防的意思。连称、管至父再三请求，襄公就是耍无赖，不答应。于是，连称、管至父就联合齐襄公的堂弟公孙无知[①]，密谋造反。这年冬天（前686）十二月，齐襄公在去沛丘狩猎途中，马匹受到惊吓，齐襄公从车上摔下，受了伤。公孙无知听说

---

① 公孙无知的父亲夷仲年是齐僖公同父同母的弟弟。

后,率兵袭击行宫,杀了襄公后自立为齐国国君。

至此,这段畸形的兄妹恋情,终于画上了句号。

齐襄公去世后,文姜就回到了鲁国。当时的鲁庄公只是二十来岁的小伙子,他的弟弟季友更年少,文姜便以太后身份,影响着鲁国的政治大局。

据史书记载,文姜展现出了非凡的政治智慧和强大的外交能力。她数次往返齐国和鲁国,但现在都是为了儿子和鲁国的政治大事奔波。此外,她还同莒国交好——莒国虽小,却位于齐鲁之间,地理位置非常重要。

所以,文姜虽然年少多情,与哥哥拉扯不清,并且与自己丈夫的意外死亡也有说不清道不明的干系,但是她的政治才华和爱子之心,却毋庸置疑。因此文姜死后,鲁庄公便给她定谥号为"文"。这大概有三方面的原因:

一是鲁桓公因文姜而死,后人不愿提及,所以她的谥号就没有随丈夫的"桓";二是文姜才华横溢、治国有方,鲁国的强大与她密不可分;三是鲁庄公为亲者讳,给母亲一个美好的谥号,而文姜也确实当得起这个"文"字。所以,后来的史书,也不再按照惯例称呼她为"桓姜",而统一称她为"文姜"。

在文姜的辅佐下,鲁庄公也变得冷静睿智、有勇有谋,成为列国贵族中人气颇高的政治明星。《齐风》中还有一首《猗嗟》,就是专门夸赞帅气英武、年轻有为的鲁庄公的。

> 猗嗟昌兮,颀而长兮。抑若扬兮,美目扬兮。巧趋跄兮,射则臧兮。
>
> 猗嗟名兮,美目清兮,仪既成兮,终日射侯。不出正兮,展我甥兮。
>
> 猗嗟娈兮,清扬婉兮。舞则选兮,射则贯兮。四矢反兮,以御乱兮。

【注释】猗嗟:感叹词,表示一种赞叹的口气。昌、娈:都是形容男子美好的样子。美目扬兮、美目清兮、清扬婉兮：都是后代夸赞美男子眉目清秀的经典词语。射侯：用箭射靶子。射箭是先秦六艺之一的"射礼"，既是祭祀、外交、围猎等重大活动中不可或缺的礼仪，也是彰显个人魅力，升官晋爵的绝佳机会，所以"射侯"也有"取得爵位"的意思。两汉的画像砖、画像石上，常雕刻人持箭射猴子的场景，取的就是"射侯"的谐音和其美好寓意。侯：用兽皮或者布做成的箭靶子。

这首诗夸赞了一个青春年少的射手：这个人长得真是俊美啊，身材高大、五官端正、眉清目秀。看他射箭的样子，真是很帅，而且他箭法高超，箭箭都射在靶心上。最后一句"四矢反兮，以御乱兮"是说四箭同中靶心，这样的武功抵御外敌一定没问题！

后人认为这首诗是以齐国人的视角来夸赞鲁庄公的。为什么呢？因为鲁庄公的母亲文姜是齐国人，鲁庄公是齐国国君的"外甥"，所以诗中才有"展我甥兮"的句子。

据晁福林先生考证，这首《猗嗟》极有可能写于鲁庄公二十二年（前672）。当时，鲁庄公亲自去齐国纳币求亲，齐鲁两国国君会面，射礼助兴。①这一年，鲁庄公三十四岁。在射箭场上，他箭无虚发，勇武英姿令人印象很深，因此齐国人就作了《猗嗟》歌颂他。清华简《孔子诗论》中也提到了《猗嗟》："《猗嗟》，吾喜之。"——孔子喜欢这首诗，大概更多的是因为喜欢鲁庄公这种英武的精神吧。

历史上的鲁庄公确实年少有为、英勇俊美，他射箭的水平也确实很高。鲁庄公有一张著名的宝弓，名叫"金仆姑"。在鲁、宋之间的"乘丘之战"中，鲁庄公正是用它射伤了宋国著名大将南宫长万，因此名震诸侯。

关于"金仆姑"的来历，也有一个很有趣的传说。相传鲁国有一个奴

---

① 晁福林：《孔子何以赞美〈齐风·猗嗟〉——从上博简〈诗论〉看春秋前期齐鲁关系的一桩公案》，《东岳论丛》2005年第5期，第124—131页。

仆突然消失，十来天后才回来。主人准备责罚他，他解释说自己的姑姑得道成仙，邀他去喝酒，不知不觉就过了十天，临别来还赠送了他一张宝弓，这张弓很神奇，即便不懂射箭的人用，也能箭无虚发，故而此弓就名"金仆姑"——显然，这是后人的附会，是用来形容鲁庄公武艺高强、箭法超群的。

一匡天下齐桓公

1. 国君宝座之争

公孙无知杀死了齐襄公,当上了齐国国君,但第二年春天,他在游览雍林(一作雍廪)时被当地人杀了,齐国国君的位子又空了出来。在此情形下,那些远在各诸侯国的齐国公子们,谁能先回到齐国安抚百姓,谁就能做齐国国君。消息很快传到了莒国和鲁国。鲁国率先发兵护送公子纠回国,莒国也紧随其后派兵保护公子小白回国。

公子纠的师傅管仲带兵拦截公子小白的队伍,打败了莒国的护送军队,还向公子小白射了一箭。这一箭射在小白衣服的带钩上,所以小白侥幸躲过一灾。管仲以为小白已死,就放松了警惕,不紧不慢地护送公子纠回齐国。公子小白趁此机会,日夜兼程,捷足先登,赶在公子纠的前头回到齐国,并被大臣们拥立为新君——史称齐桓公。

看到这个情况,公子纠只好暂时退回鲁国,从长计议。过了没多久,鲁国就发兵攻打齐国,要替公子纠夺回王位。结果,齐桓公胜了。鲍叔牙乘胜追击,还给鲁国写了一封软硬兼施的信:

> 子纠兄弟,弗忍诛,请鲁自杀之。召忽、管仲雠也,请得而甘心醢之。不然,将围鲁。(《史记·齐太公世家》)

《管仲射小白》画像砖（山东省石刻艺术博物馆藏）

这段话的意思是说：公子纠是我们国君的兄弟，国君不忍心杀他，请鲁国把他处理了吧。召忽、管仲是我们的仇人，请把他们交给齐国，我们要把他们剁成肉酱。要不然，齐国就要发兵攻打鲁国。

鲁国寻思，小白已经登上齐国国君的位子，没有短时间内推翻他的可能，何必为了一个落难公子而害得自己国家被围困呢？于是就把公子纠杀了，并且打算将召忽和管仲押送至齐国。

召忽看到公子纠被杀，自己又要被送到齐国受辱，不愿苟活，引颈自杀了。

而管仲则持另一种价值观，选择了做俘虏——活下去，才是最重要的，只要活下去，就有可能改变天下、施展抱负，这才是更有意义的事。在管仲看来，替谁服务不重要，能发挥自己的才干就行。

齐桓公即位后，就怒气冲冲地想要攻打鲁国，想杀了管仲，报那一箭之仇。鲍叔牙出面阻止了齐桓公，并且极力推荐齐桓公重用管仲。他说："君将治齐，即高傒与叔牙即足也。君且欲霸王，非管夷吾不可。夷吾所居国国重，不可失也。"（《史记·齐太公世家》）意思是，您如果只想把齐国治理好，那有高傒和我就够了；要是想在诸侯之中一展抱负，成为霸主，那就必须用管仲。

鲍叔牙还称赞了管仲五方面的能力：一能安抚百姓，二能管理国家，三能诚实守信，四能制定规章，五能行军打仗。这么一个全才，不用岂非可惜？

齐桓公和管仲的生死之仇，就这样被鲍叔牙化解了。齐桓公不计前嫌重用管仲，在那个士为知己者死的时代，便是对管仲有知遇之恩的人。之后，管仲辅佐齐桓公，在外交、军事、政治上为其提供智力支持，拉开了齐桓公成为春秋五霸之首的序幕。

知识拓展　士与大夫

《白虎通》说："士者，事也，任事之称也。"也就说"士"是对能任事男子的称呼。士是这样一批人：身怀绝技，但是行事低调；身份一般，却胸怀天下；狂傲自负，却一诺千金；适应着纷乱的现实，却守卫着心中的道义；为报答知己的知遇之恩，甘愿献上性命。春秋战国时期出现了大量的"士"，其中许多人的大名我们如雷贯耳。咱们前面介绍的召忽名气虽然不大，但也算得上当时士人的代表。

虽然我们常用"士大夫"指古代的官僚阶层，但士和大夫还是有区别的。一般来说，大夫有官职、有食邑，也就是有固定资产，而士没有食邑，没有固定资产，但由于没有资产的牵绊，他们反倒获得了身份的自由。因而大夫考虑问题的出发点，都是自己食邑的利益，而士考虑问题的出发点，往往是整个天下。

当然，这只是一种粗略的划分，士和大夫之间的界限并不严格、清晰。很多大夫，往往兼有士的气魄和度量；不少士在获得权势后，身居高位，成为大夫。

其实一开始，齐桓公对管仲并不是很信任。

比如他即位的第二年（前684），他就不顾管仲劝阻，发兵攻打鲁国——因为鲁国曾经保护过公子纠。这一次战争，就是《曹刿论战》中所"论"的长勺之战。结果，鲁军大胜，齐国大败。

齐桓公不死心，于六月份联合宋国二次攻打鲁国，管仲苦苦劝阻，齐桓公仍不听，结果又被鲁国出奇兵完胜。自此，齐桓公终于相信了管仲的政治、军事才能，开始对管仲言听计从。而管仲，也开始精心策划，为齐桓公称霸诸侯做准备。

什么是霸主呢？说到"霸"，就必然要说另一个词"王"。"王""霸"指的是两种治国方略和政治理想。所谓"王"，就是王道、先王之道；所谓"霸"，就是霸道。

国君在治国时，到底要实行王道还是霸道？这个问题从先秦、两汉起争论了几千年，到宋代，理学家朱熹和陈亮的"王霸之辩"达到高峰，影响非常深远。

孟子认为"王""霸"对立，以德服人就是王道，以武服人就是霸道。如果用孟子的定义看，春秋五霸都是靠武力的诸侯国了。但孟子是战国时期的人，他关于"王霸"的理念带有儒家思想的投射。《管子·霸言》说："强国众，合强攻弱以图霸；强国少，合小攻大以图王。"这句话比较能反映春秋时期的情况：如果小国多，有一个超级大国，那么大国的国君就能号令天下，此之谓"王"。比如西周时期周天子的力量远远超过其他诸侯，周天子就可以号令天下，这时候就是"王道"。如果几个大国的军事、政治、经济实力都差不多，即便其中某个国家称雄一时，也只是暂时让别的国家没法和自己争锋，不足以让别人臣服自己，这个国家就是霸主，实行的就是"霸道"。

所以，历史学家吕思勉先生在他著名的《先秦史》中，就说西周是"王道"，春秋时变成"霸道"，这"实乃事势使然，初非由于德力之优劣"。也就是说，春秋时期的称王、称霸，和国君的道德优劣没关系，主要是大势所趋。

至于后代儒家把理想中的仁政德治称为"王道",把蛮横无理、崇尚武力称为"霸道",更多的是一种政治观念的表达。如果把这套理论简单套用到春秋时期,那误会就大了。比如齐桓公虽是春秋五霸之一齐国的君主,却是典型的"遵旧典、守信义"的仁义之君。

2. 三条称霸战略

齐桓公是怎么做的呢?首先,管仲为他分析了天下的局面。

周天子基本有名无实,诸侯之间的斗争也越来越明显,几个大诸侯国实力相差不是太多,都有争霸的野心和可能。

纵观当时的几个大国,秦国还远在西北、忙于发展,晋国内乱,郑国异军突起,卫国沦为二流国家,而鲁国、宋国则一直不温不火。齐国呢?经过齐襄公的昏庸统治、公孙无知的篡位以及王位的争夺,元气大伤,虽说还算强大,但不是一家独大,不能压倒其他诸侯。

经过以上分析,管仲为齐桓公的霸王大业,规划了三条战略。

战略一:发展国内经济。

管仲对齐国进行了改革:发展工农商业,同时征收赋税;按士农工商给百姓归类,并且让百姓根据职业性质分区居住,便于管理户籍;严明刑罚,重奖重惩;任人唯才。

通过管仲的改革,齐国很快地聚积起大量财富,国力得到了大幅提升。

战略二:"尊王",即借着周天子的名义,抬高齐桓公的威望。

周天子这时候已经很惨了。

公元前682年,也就是长勺之战两年后,周庄王姬佗驾崩——周庄王就是那位被射了一箭的周桓王的儿子,在位十五年,一辈子过得穷巴巴的,甚至连死后都办不起像样的丧礼,诸侯对他也是忽略到了极致,《春秋》对他的驾崩甚至连提都没提。

周庄王死后，即位的周僖（釐）王就更没人搭理了。这时，管仲就提出要借助周天子来抬高齐桓公。

虽说周天子很落魄，但毕竟还是名义上的天子。这时候借着"尊崇天子"的名义来办事情，大家顶多说你迂腐、愚忠，但是不会和你做对。

于是齐桓公就朝拜了凄凄惨惨的周僖王。周僖王受宠若惊，对齐桓公是感恩戴德——好久都没有诸侯来朝拜周王室了。齐桓公自告奋勇地表示：自己愿意担任钦差，重建天子的威信，代行天子的职能，比如认定某个国君之位子的继承是否合法之类的。

周僖王大喜过望，因为齐桓公这样的做法，对他只有百利而无一害啊！

刚巧宋国发生内乱，宋桓公刚刚即位，国内还有人不服。于是齐桓公就带着周天子的"旨意"，请来宋国、陈国、蔡国、邾国，参加了他即位后的第一次会盟。在会盟上，齐桓公代替天子承认了宋桓公的地位——史称"北杏会盟"。自然，齐桓公成为会盟盟主。

齐桓公打着"尊崇天子"的旗号，以盟主、钦差的身份，调节诸侯的恩怨和纷争，越来越为诸侯们所信任。

自齐桓公起，会盟成了当霸主的必备手段，春秋五霸个个都用过。

战略三："攘夷"——帮助中原各国抵御周边各族对中原的攻扰。

齐桓公发展国力，尊崇周天子，最多只是成为诸侯所比较信任的对象，成为诸侯口中夸赞的人。要让诸侯们都听命于他，可太难了，因此，管仲制定了"攘夷"的政策。

公元前664年，齐桓公五十二岁的时候，山戎又一次大规模攻扰中原。山戎也叫北戎，主要在今天的山西太原附近活动，后来迁到了河北玉田县西北的无终山一带，所以也叫"无终"。

山戎这次瞄准的正是距离他们最近的燕国。燕国所在的位置，在今天的北京、河北一带。山戎把燕国打了个措手不及，差点灭了燕国。而燕国虽然和中原各国来往较少，但它是周天子的同姓宗族国，它的开国国君是周武王、周公旦的亲弟弟召公奭。于是齐桓公就亲自率军帮助燕国收复失地，还远攻山戎，一直打到了孤竹国（今河北卢龙至辽宁喀左），彻底平息了山戎的祸患。在这次漫长的远征中，齐桓公多次遇险，幸好有诸多贤能的臣子帮助，才绝处逢生。

比如有一次，军队到了大漠，没有水，大家快要渴死了。大臣隰朋说，一般蚂蚁打洞的地方都比较潮湿，找到蚂蚁洞再深挖就可见水源。按照这个方法，大家果然找到了水，救了齐桓公一命。还有一次，军队在山谷中迷了路，转了好几天都出不去。管仲出主意，说马有认路的本领，让老马走在前面带路就可出谷。齐桓公按此方法，果然带领军队出了山谷。这就是"老马识途"的出处。

齐国这次北伐足足经历了六个月，不仅平定了山戎，还收复了几百里的土地。齐桓公把这些土地全部给了燕国，告诫燕国要尽一个臣子的本分，要向天子纳贡，把燕国国君感动得不知道说什么才好。

从此以后，齐桓公获得了诸侯空前的尊重，大家已经默认齐桓公就是霸主了。可见，管仲的"攘夷"战略确实高明。

管仲为齐桓公制定的称霸三部曲，历来为人称赞。到了清代，儒学大家皮锡瑞在《经学历史·经学变古时代》中，将这一套战略总结为"尊王攘夷"四个字。从此，我们提及齐桓公和管仲的治国理念，往往就用这四个字概括。

知识拓展 管仲、齐桓公的"尊王攘夷"和郑庄公的"代天子讨不庭"、曹操的"挟天子以令诸侯"有何区别？

无论是"代天子讨不庭"还是"挟天子以令诸侯"，都是借着天子的名义来打击其他诸侯势力。而"尊王攘夷"的打击对象是戎狄，齐桓公这样做，对中原各国都有好处，也就把矛盾转化了。这是管仲高明的地方，也是齐桓公顺利成为天下共同尊崇的霸主的重要原因。

3. 投我以木瓜，报之以琼琚

齐桓公击败山戎后，声望空前，诸侯都佩服他。

公元前662年，赤狄攻打邢国。赤狄也叫"赤翟"，是春秋时狄人的一支，大体分布在今山西长治上党区北，以及晋冀豫三省交界处。而邢国，在今河北邢台。

邢国求救于齐桓公，齐桓公带兵赶走了赤狄。公元前660年，赤狄第二次大举进犯，攻打邢国、卫国。这次赤狄进兵神速，卫国几乎被灭。齐桓公又联合宋、曹等国，帮助邢、卫二国，彻底赶走了赤狄。同时，齐桓公还派兵保护卫国新任国君卫文公，并以物资帮助卫国建立新都。卫国人十分感激，写了《木瓜》一诗来赞美齐桓公，表达卫国要追随齐国的意愿。

> 投我以木瓜，报之以琼琚。匪报也，永以为好也。
> 投我以木桃，报之以琼瑶。匪报也，永以为好也。
> 投我以木李，报之以琼玖。匪报也，永以为好也。
>
> 【注释】木瓜、木桃、木李：都是植物名，表示齐国的恩惠。琼琚、琼瑶、琼玖：都是玉名，表示卫国以后要回报的决心。三段相同的"匪报也，永以为好也"，则更直白地表达了卫人心中的感激之情。

这首诗很简单，也没有什么生僻字，意思是说：我回赠你这些东西，不是为了报答你，不是为了还人情债，是为了表达我感激的心意，希望和贵国的良好关系能永远保持下去！

如果不牵扯历史背景，这首诗一般被解读为爱情诗，描写的是情人之间互相赠送礼物的情形及心情。

4. 葵丘会盟，称霸诸侯

齐桓公不仅帮燕国打败了山戎，帮邢国、卫国赶走了赤狄，让卫国重新建国，他还打算南下攻打楚国，以解救靠近楚国的蔡国等中原诸侯国。

楚国，相传是颛顼的后裔所建，商朝末年就南迁至长江以南的地区了。

西周初年，周天子御驾亲征，打败楚国，自此楚国俯首称臣，向周王室纳贡。

东周以来，周王室衰微，中原各国忙着打来打去，楚国就趁机发展起来，楚国国君更是自立为王。

"王"，可不是随随便便称的。按照周礼的爵位制度，只有周天子才可以称王，即使最高级别的诸侯国国君，也只能称"公"。楚国自称为王，这不明摆着把周天子和中原诸国不放在眼里吗？

而且楚国的发展，威胁到了与它临近的蔡国，所以齐桓公和管仲就以楚国"不来纳贡苞茅"为理由，率领中原诸国攻打楚国。

而楚国呢，也不想和中原诸国正面抗衡，于是楚成王就派来使者，承认了自己的错误，答应以后纳贡苞茅，顾全了齐国的颜面。齐国也忌惮楚国的实力，便见好就收。于是，双方在召陵（今河南漯河召陵区）结盟退兵。这暂时压制了楚国北上的势头，给中原诸国换来了一段时间的和平。

公元前651年夏，齐桓公在葵丘（今河南兰考县境内）举行会盟，鲁、宋、卫、郑、许、曹等国国君纷纷到场。周襄王还派人专程送来了胙肉。

胙肉是祭祀的时候贡献给神灵的，祭祀完会分给尊贵的人。天子赠送胙肉，那可是最高的荣誉了，意味着周天子承认了齐桓公的霸主地位，齐桓公成为春秋时期的第一位霸主。

同年的秋天，齐桓公与诸侯再次会盟于葵丘，订立了盟约。根据《孟子·告子下》的记载，这次会盟的盟约共有五条：

初命曰："诛不孝，无易树子（太子），无以妾为妻。"

再命曰:"尊贤育才,以彰有德。"三命曰:"敬老慈幼,无忘宾旅。"四命曰:"士无世官,官事无摄。取士必得,无专杀大夫。"五命曰:"无曲防,无遏籴,无有封而不告。"

这些盟约大意是说:不孝的人可以杀,国君不得轻易更换太子,不能随便把嫔妃立为正妻(王后);尊重贤德之才;尊老爱幼,有同情心,重视国际交往的使节与宾客;士不再世袭官职,职官不许自行代换,要选用合适的士人,不能随便诛杀大夫;诸侯间不危害彼此的利益,如垄断跨国水资源;不搞贸易封锁,使粮食出入受阻;如有重要封赏举措,应通告签约各国,尤其是霸主国与周王室。

在葵丘会盟时把这些内容提出来,还郑重地写入盟约,可见当时的社会子嗣不孝、妾上僭越、随意杀人、诸侯攻伐有多严重,社会有多混乱。

5. 英雄的末路

齐桓公即位三十五年后终于霸业大成,纵观他一生,九次会盟,都被推举为盟主;"尊王攘夷",给中原诸国带来了安宁。

曹操一生也以齐桓公为楷模,他在《短歌行》(其二)中称赞"齐桓之功,为霸之首。九合诸侯,一匡天下。一匡天下,不以兵车。正而不谲,其德传称",敬佩之情溢于辞藻。

但是这一切,在管仲死后就发生了变化。

齐桓公虽然雄才大略,但是也避免不了亲近小人。管仲对此也睁一眼闭一眼,知道要让国君过得稍微舒服点。

齐桓公身边有三个小人:易牙、竖刁和开方。

易牙是齐桓公的御厨,传说他辨别味道的能力天下第一,把不同河里的水混在一起,他都能辨别出来。齐桓公说遍尝天下美味,就是没有吃过人肉啥滋味,易牙听到这话,回去就把自己三岁的儿子给杀了,然后做成肉羹请齐桓公吃。这就是著名的易牙"烹子献糜"的故事。

竖刁为了能够日夜亲近齐桓公，不惜把自己阉割了进内宫服侍齐桓公。齐桓公很宠爱他，还把自己的一个儿子过继给了竖刁。

开方本来是好鹤的卫懿公的公子，齐桓公帮助卫国复国的时候，他觉得齐国国力强大，就贪图富贵来到了齐国，母亲去世时他都没回去。

这三个人深得齐桓公的宠幸。管仲临终前对齐桓公千叮咛万嘱咐，让他千万不能重用这三个人。结果齐桓公没听进去，在管仲、鲍叔牙去世后，就重用了这三个人。

就像太阳一样，再辉煌也有黄昏的时候。

公元前644年，齐桓公做了他生前最后一件大好事：在北戎攻打洛阳，周天子求助于齐桓公时，齐桓公下令让各国诸侯发兵救周王室。

公元前643年，齐桓公得了重病。他的五个儿子公子无亏、公子昭、公子潘、公子元、公子商人，各率党羽争夺国君之位。易牙、竖刁和开方各自拥立了一位公子，趁乱弄权。他们筑起了高高的宫墙，不许外人随便出入，居然把齐桓公活活饿死在了宫里。

五位公子争来斗去，齐国一片混乱，根本没人管齐桓公的死活，直到六十七天后，蛆虫从窗子里爬了出来，齐桓公的尸体才被人发现。直到那年年底，新立的齐君公子无亏才把齐桓公殓葬了。

齐桓公就这样走完了自己的一生。虽然和许多英雄一样，他的暮年也悲凉的，但他依旧是那个时代首屈一指的大英雄。

第六章

耿耿不寐，如有隐忧

《邶风》《卫风》《鄘风》

"十五国风"之《邶风》《卫风》《鄘风》，收录的都是卫国地区的诗歌作品。卫国大约在今天河南中部鹤壁、新乡一带。

邶、卫、鄘，本来是三个小诸侯国家。"三监之乱"被平定后，这三个地方合并为一，统称为卫国。那既然三国合为一国了，《诗经》的编者为何还要将这一地区的诗歌编为《邶风》《卫风》和《鄘风》呢？目前众说纷纭，莫衷一是。有些学者认为这是因为卫国地区的诗歌太多了，有三十九首，比其他"国风"的诗多出太多，所以分而编之，但是这种说法有点牵强。

更可能的原因，是"十五国风"不是按照国家而是按照地域来区分的，邶、卫、鄘虽然后来合为卫国，但编者还是按旧习惯以三个地区来划分了其诗歌。

《诗经·邶风》收录了十九首诗：《柏舟》《绿衣》《燕燕》《日月》《终风》《击鼓》《凯风》《雄雉》《匏有苦叶》《谷风》《式微》《旄丘》《简兮》《泉水》《北门》《北风》《静女》《新台》《二子乘舟》。

《诗经·卫风》收录了十首诗：《淇澳》《考槃》《硕人》《氓》《竹竿》《芄兰》《河广》《伯兮》《有狐》《木瓜》。

《诗经·鄘风》收录了十首诗：《柏舟》《墙有茨》《君子偕老》《桑中》《鹑之奔奔》《定之方中》《蝃蝀》《相鼠》《干旄》《载驰》。

中国第一位女诗人——庄姜

1. 巧笑倩兮，美目盼兮

咱们在前面讲齐国时，简单介绍过庄姜，她是齐僖公的妹妹，是齐桓公、齐襄公的亲姑姑。

"庄"意为庄严肃穆、谨慎持重——君王生前若是老成持重的，谥号一般都用"庄"字，比如鲁庄公、郑庄公、楚庄王、前后齐庄公、前后卫庄公等等。

庄姜的"庄"就是她丈夫的谥号"庄"。庄姜的丈夫即春秋初年的卫庄公。历史上有两个卫庄公，另一个生活在一百多年后，差不多和孔子同时代。

卫庄公的父亲是卫武公。卫武公英武善战、忠心耿耿。西周末年，犬戎杀了周幽王，又掳掠镐京。卫武公领兵平乱，立了大功，得到封赏，让卫国的等级从"侯爵"升成"公爵"。所以，卫国的国君，在平乱犬戎之前被称作"卫侯"，平乱之后就被称作"卫公"了。

卫武公当政时期，卫国的国力很强，没有诸侯敢小觑。都说老子英雄儿好汉，有这么厉害的父亲给国家打好底子，照理说，卫庄公应该进一步提升国力才对。但实际上，卫庄公一辈子也没什么大作为。不过，卫庄公也是影响卫国国运的重要人物，他干过两件事，值得史书写一笔。

第一件是迎娶了几个美女，生了一群斗来斗去的孩子；

第二件是他特别疼爱一个不知名的小妾所生的庶子——州吁，以至间接影响了卫国的国运，使卫国内乱纷纷，内耗严重，沦为了一个二流的国家。

卫庄公生平介绍完了，现在咱们再回来说庄姜。

卫庄公迎娶庄姜的消息传开，卫国人高兴坏了。浩浩荡荡的迎亲队伍回到卫国，大家纷纷赶来，都想一睹这位齐国公主的风采。有位不知名的诗人作了一首诗赞美庄姜和这场婚礼的隆重场面，他肯定没想到，这首诗后来竟然被誉为"千古颂美人者，无出其右"（姚际恒《诗经通论》），成为后世争相传诵的经典之作。这首诗，就是著名的《硕人》。

硕人其颀，衣锦褧衣。齐侯之子，卫侯之妻，东宫之妹，邢侯之姨，谭公维私。

手如柔荑，肤如凝脂，领如蝤蛴，齿如瓠犀，螓首蛾眉。巧笑倩兮，美目盼兮。

硕人敖敖，说于农郊。四牡有骄，朱幩镳镳，翟茀以朝。大夫夙退，无使君劳。

河水洋洋，北流活活。施罛濊濊，鳣鲔发发，葭菼揭揭。庶姜孽孽，庶士有朅。

【注释】硕人其颀：指庄姜身材高大丰满。柔荑：柔嫩的初生白茅。蝤蛴（qiú qí）：天牛的幼虫，白色细长。齿如瓠犀（hù xī）：牙齿白而整齐。瓠犀：葫芦籽。螓（qín）：一种虫，与蝉类似但较小，额头宽阔。倩：笑时脸上的酒窝。敖敖：身材高大的样子。说（shuì）：停驾休息。朱幩（fén）：马两旁用红绸缠绕做装饰。翟茀（fú）：用山鸡羽毛装饰的车子。罛（gū）：渔网。濊（huò）濊：撒网入水声。鳣鲔发发（zhān wěi bō bō）：指鱼盛多。揭揭：向上扬起的样子，形容长势旺。庶姜：陪嫁的姜氏女子。朅（qiè）：威武的样子。

领如蝤蛴（出自：《毛诗品物图考》）

这首诗第一段夸赞了庄姜尊贵的气质和身世：她是齐庄公的女儿、卫庄公的妻子、东宫太子得臣①的亲妹妹，还是邢国、谭国两个国君的小姨子。

第二段翻译过来的意思是：她的手指柔嫩如白茅幼苗，皮肤白皙光润如凝结的脂肪，脖颈长而白像蝤蛴，牙齿又白又整齐，宽阔的额头上，一对眉毛像蚕蛾的触角细细弯弯，微微一笑，脸上就露出两个浅浅的酒窝，美丽的眼睛黑白分明，顾盼流波。这二十八个字，成为中国古代文学作品描写美女的金句，三千年来难有出其右者。后世写美女的名句，或多或少都受了

---

① 这位太子死得早，庄公后禄父即位，是为僖公。

这几句话的影响。这几句话把一位美貌的少女写活了,给我们留下无尽的遐想。由此可见,庄姜当时得有多美!

其余两段描写的都是庄姜嫁给卫庄公的盛大场面,那绝对是够排场,也够热闹的。卫国人民看到这么端庄、漂亮的国君夫人,心中也欢喜不已。

2.苦闷的婚后生活

童话中,美丽的公主出嫁,"从此过上了幸福快乐的生活"。但贵族的政治婚姻,能有幸福快乐的屈指可数,庄姜和卫庄公婚后的生活就凄凄惨惨戚戚。

不幸福的原因有很多,但是毋庸置疑,一个重要原因是庄姜嫁过去好几年,都没有生育。《史记·卫康叔世家》说:"庄公五年,娶齐女为夫人,好而无子。"庄姜是正室夫人,没孩子,就意味着卫庄公没有嫡长子,这在宗法森严的时代,就等于国家没有唯一的合法继承人,每一位王子都有机会成为国家的新主人,必然会导致王子之间的争斗。大臣出于自身利益的考虑,也会押宝支持某位王子,自然而然就形成了政治团伙。这样,大家都忙着王位争夺了,国家能不衰败吗?

庄姜在婚后几年都没有孩子,卫庄公心里也毛躁,自然对庄姜冷了下来。庄姜却天真地以为,一切还有转机。她怨恨自己不争气,想努力修复他们的夫妻关系,期望一切可以回到从前。但忧愁、对命运的无奈让庄姜的情绪无处发泄,看着别的夫妻花好月圆,自己却孤独地坐在深宫中,她也只能在夜深人静的时候,轻吟浅唱《柏舟》,诉说自己的哀愁。

汎彼柏舟,亦汎其流。耿耿不寐,如有隐忧。微我无酒,以敖以游。

我心匪鉴,不可以茹。亦有兄弟,不可以据。薄言往愬,逢彼之怒。

我心匪石，不可转也。我心匪席，不可卷也。威仪棣棣，不可选也。

忧心悄悄，愠于群小。觏闵既多，受侮不少。静言思之，寤辟有摽。

日居月诸，胡迭而微？心之忧矣，如匪浣衣。静言思之，不能奋飞。

诗的第一句，用漂在水中无依无靠的柏舟自况，给全诗蒙上了一层淡淡的愁怨。接着，庄姜写道，自己因为心中郁闷而严重失眠，只能在夜深人静的时候独坐在那里，轻轻叹息。

即便如此，她也恪守着妇德。"我心匪鉴，不可以茹""我心匪石，不可转也""我心匪席，不可卷也"都是庄姜的表白。她期望卫庄公回心转意，也为夫妻的感情努力过，可结果如何呢？"薄言往愬（诉），逢彼之怒"——不但庄公冷落她，许多人也墙倒众人推，中伤她。遇上这样的事能怎么办呢？庄姜越想越难受，只恨自己不能像鸟儿一样奋起高飞，远离这些痛苦。

《邶风》中这首《柏舟》基本上可以确定就是庄姜所作。她婉转道出心中愁苦，一波三折，让人不胜唏嘘。诗中几乎没有什么生僻字，没有辞藻的渲染，语言直白、朴素、凝练，把读者一下带入苦闷的气氛中，对庄姜产生了深深的同情。

3. 古代女子的悲哀

国不可以无君，君不可以无嗣。既然庄姜无法生育，卫庄公就又迎娶了其他女子。

这一次，他迎娶的是陈国的两位公主：厉妫、戴妫。陈国在春秋时是一个小国家，大约在今天的河南东部和安徽一带，妫是国姓。

厉妫为卫庄公生了一个孩子，可惜没长大就死了。公元前750年，也就是卫庄公八年，厉妫的妹妹戴妫也生了一个孩子，取名叫"完"。这个"完"不是"完蛋"的意思，而是坚固、完好的意思。

庄姜很喜欢这个孩子，就请求卫庄公允许自己将完接到自己身边由她和戴妫一起抚养。完后被立为太子，后来还继承了大统，史称卫桓公。

完出生几年后，戴妫又生了一个孩子，取名叫晋，人们称他"公子晋"。

就在庄姜和戴妫在后宫辛辛苦苦抚养两个孩子的时候，卫庄公又喜欢上了一个女子。这个女子叫什么，历史书上没有记载，但是她生了一个扰乱了卫国太平的混世魔王——州吁。

大约公元前748年，州吁出生。

州吁比完小两岁。可能因为是庶子的原因，州吁性格乖戾，脾气暴躁——如同《红楼梦》中，贾环由于是庶出的，就处处被人低看一等，所以养成了自卑、怯懦、乖戾的性格一样。

贾环瘦瘦弱弱，长得也不好，不讨父亲喜欢。而州吁就不同了，他喜欢舞刀弄剑、领兵打仗，深得卫庄公的喜爱。或许是因子爱母，或许是因母爱子，总之，卫庄公的心都在这个不知名的宠妾和州吁身上了，也就冷落了太子和其他孩子。

母以子荣，宠妾僭位。庄姜不但被卫庄公冷落，还被宠妾欺凌，心里苦闷。《邶风》中有一首《绿衣》，《毛诗序》说这首诗是"庄姜伤己也。妾上僭，夫人失位"。

绿兮衣兮，绿衣黄里。心之忧矣，曷维其已！
绿兮衣兮，绿衣黄裳。心之忧矣，曷维其亡！
绿兮丝兮，女所治兮。我思古人，俾无訧兮！
絺兮绤兮，凄其以风。我思古人，实获我心！

这首诗字面意思很简单，诗人反复在说外面穿绿衣里面穿黄衫的事。郑玄认为，诗中的"绿衣"，是"褖衣"的误写。古代诸侯夫人参加祭祀，妻妾各有不同等级的服饰，不可以乱穿。《礼记》记载："诸侯夫人祭服之下，鞠衣为上，展衣次之，褖衣次之。众妾亦以贵贱之等服之。鞠衣黄，展衣白，褖衣黑，皆以素纱为里。"这也是说在参加祭祀的时候，诸侯夫人有不同颜色的礼服。最高等级的是黄色的"鞠衣"，其次是白色的"展衣"，最末等的是黑色的"褖衣"。

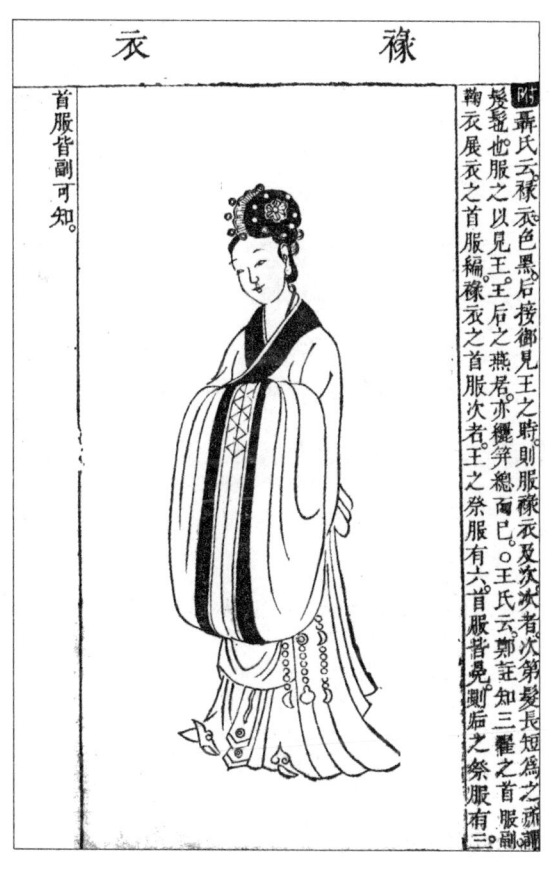

褖衣（出自：《六级图·周礼图》）

在等级森严的时代，身份不同的人，衣着也不同。特别是在重大场合，衣服的图案、颜色也依等级有所不同，尊卑一目了然。比如大家比较熟悉的清朝官员胸前的补子，图案不同，职位就不同；官帽上的顶珠，材质不同、颜色不同，职位也就不同。

所以诗中说"绿衣黄里"，其实就是庄姜用这种不合规制的衣着，暗示"妾上僭，夫人失位"的事实。历代大儒如孔颖达、朱熹、姚际恒、顾炎武等，均支持《毛诗序》、郑玄的这种说法。

但是，也有人持不同观点，比如宋代欧阳修、清代马瑞辰等，就认为郑玄把"绿衣"解释为"褖衣"，属于"曲说"，是为了证明自己观点不惜乱改经典。他们认为，《绿衣》的作者不一定是庄姜，这首诗也不是女子困于婚姻的自我哀怜之作，而应该是一首悼亡诗。清末民国以来，这种观点越来越成为主流。

上博简中有一篇《孔子诗论》，也提到了《绿衣》一诗。第十简说"《绿衣》之思"，第十六简说"《绿衣》之忧，思古人也"。从上博简的这些文字分析，《绿衣》确实更偏近悼亡诗。[①]

庄姜的遭遇是封建社会中千千万万女子不幸的缩影，但她至少生活在王公贵族之家、衣食无忧。在普通百姓家中，更多的女子不但受着心理、肉体的折磨，连最起码的生活保障都是问题。男权社会对女性的摧残，真的太严重了。

知识拓展 对同一首诗，《毛诗序》和上博简《孔子诗论》的解释为何不同？

《毛诗序》和上博简《孔子诗论》，本来就是不同的解诗系统。

《毛诗序》往往"以史证诗"，所以《诗经》中的许多诗，比如《十月之交》《雨无政》《小旻》，《毛诗序》都说是"大夫刺幽王也"，而相同的诗，上博简《孔子诗论》的解释则是"《十月》善諀言，《雨无政》《即（节）南山》皆言上之衰也"。

---

① 黄康斌：《上博楚简〈诗论〉与〈邶风·绿衣〉新探》，《黄冈师范学院学报》2007年第4期。

可见，《孔子诗论》只阐明诗之主旨，不明确对应史实——这也是今天我们理解《诗经》的主流方法。

但本书的写作初衷，是希望大家能跳出时代潮流，换一个角度看看《诗经》，同时了解这段时间的历史，因此更侧重强调"诗"的记录意义，强调《诗经》和史实之间的对应关系。故而在行文之中，本书更多的还是遵从《毛诗序》"史诗互证"的观点。

4. 最早的婉约诗人

据《毛诗笺》言，《邶风·日月》也是庄姜在被卫庄公冷落之后，抒发心中哀怨的诗作。

> 日居月诸，照临下土。乃如之人兮，逝不古处？胡能有定？宁不我顾。
> 日居月诸，下土是冒。乃如之人兮，逝不相好。胡能有定？宁不我报。
> 日居月诸，出自东方。乃如之人兮，德音无良。胡能有定？俾也可忘？
> 日居月诸，东方自出。父兮母兮，畜我不卒。胡能有定？报我不述。

【注释】日、月：古人多用日月比喻丈夫。居、诸：语气助词，没有实际意义，相当于"啊""兮"之类。定：指正常夫妇相处之道。冒：覆盖，这里指阳光普照。报：答。德音：声誉。无良：不好。俾：使。畜：养育。

诗人开篇就呐喊道：太阳月亮啊，你们的光芒照着大地，你们看见了吗？我嫁的那个人儿啊，他再也不像以前那样对我了！事情怎么变成这样了呢？他难道对我没有一点眷恋之情吗？

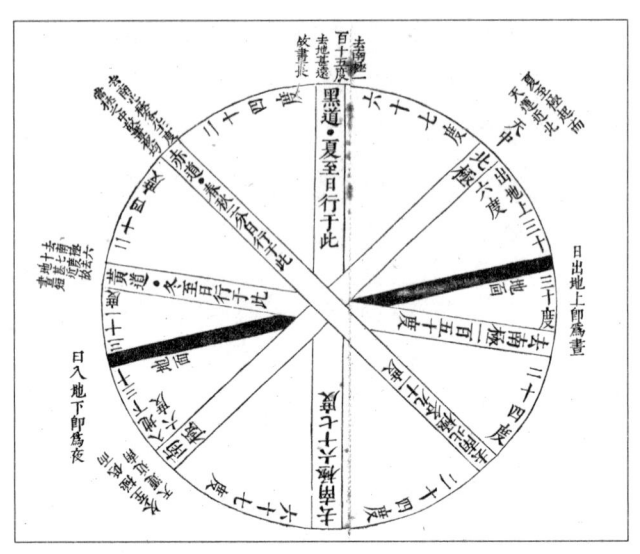

日居月诸图（出自：《七经图·诗经图》）

  诗人不直接去写哀怨，而是重点刻画了女子真实又矛盾的心理：一方面怨恨自己被丈夫抛弃；一方面担忧和丈夫还能否重修旧好。全诗共四个小节，都是同样的句式、节奏，变换了一些字词，层层递进，循环往返，令人感同身受，被认为是有记载的第一首弃妇诗。

  庄姜的愁怨，就像水一样，渗在诗歌的每一个字中，让人仿佛置身愁怨的泥潭，难以自拔。

  美丽的庄姜，一生就在哀怨中度过。或许她有个稍微好点的晚年，但是，那已经无关紧要了，她最美的青春，都留给了哀愁和孤独。

  但是，庄姜的故事，还没讲完。

州吁之乱

1. 又见夺嫡之争

转眼十多年过去了，卫庄公的三个儿子太子完、州吁以及小儿子晋，都逐渐长大成人。州吁越来越勇猛，处处讨卫庄公欢心；而太子完因为大家都宠着、捧着，所以不知天高地厚，骄傲自大，真正遇到事情时却又少了主张。

州吁喜欢领兵打仗，经常一身戎装，和将士们一起生活、作战，时间一久，就掌握了一定的兵权。

卫国北部的边境靠近太行山脉，一支东夷人活跃在那里，时不时骚扰一下卫国。于是州吁就请求庄公让自己领兵到边境攻打东夷——其实这时候的州吁也就是个十三四岁的少年。

卫庄公看自己这个儿子这么勇敢，当然很高兴，就应允了这件事。

让世子随军出征，建立军功、名望，以便巩固世子的地位，这是历代国君惯用的手段——真正打仗的是老将军，他们还会保护好世子，不让他有半点闪失。所以，除了极其特殊的情况，世子都会安然无恙返回，而且他既和军队搞好了关系，又能增加不少光辉履历。如果世子日后当上君主，起码军队是不会反对他的，这样一来，王位就坐稳了。

可州吁仅仅是个庶子。如果他去军队历练，打下根基，将来太子完登基当了国君，他要是忠心耿耿倒还罢了，要是想谋反，那不是轻而易举的事？满朝大臣都反对卫庄公这个决定，其中最坚决的就是大夫石碏。

石碏有个不成器的儿子叫石厚,从小喜欢舞枪弄棒,后来也在军队里厮混——贵族把儿子放在军队中锻炼,为儿子铺路也是屡见不鲜的事。在军队里,石厚和公子州吁一见如故。石碏一直劝儿子不要和州吁公子走得太近,但是十几岁的石厚根本没有把父亲的劝诫听进去。

石碏为了劝谏卫庄公打消让州吁带兵出征的念头,就对卫庄公讲了一通"育儿经":"我听说一个人爱自己的儿子,就一定要讲道理、教育他,千万不能溺爱他。溺爱多了,孩子必然会骄傲、奢侈、违法、放荡,这可都是走上邪路引来祸端的前兆啊。"

石碏的意思很明白:您爱儿子、为他好,总得讲究方式方法吧!卫庄公一听,有些不耐烦,但是碍着石碏德高望重,只好继续听他说完。

石碏继续说:"您要是想让州吁做太子呢,那就趁早定下来;要是不打算立州吁为太子,又让他出征,肯定要酿成祸端。受宠而不骄傲,骄傲了而能受压制,受了压制而不怨恨,有怨恨而能忍耐的人,少之又少。"

我们不得不佩服这些老政客的远见——州吁后来果然造反了。可惜卫庄公压根没听进去石碏的话,依然要让州吁领兵。

石碏一看,只好再三劝诫石厚,不要再继续和州吁亲近了,但他的话依然半点用也没有。

于是,年轻的州吁就领着自己的小跟班石厚出征北境,和东夷打了一场仗。这一仗卫国大获全胜,不仅赶跑了东夷,还俘虏了一批东夷人做奴隶。州吁从这批奴隶中精心挑了一名美女,献给了自己的父亲卫庄公。

儿子这么会来事,卫庄公很高兴:哎呀,这名东夷女子漂亮,很有异族情调。他欢欢喜喜地把这个女子收入了宫内。这名女子,史书上称她为"夷姜"。

2. 夫死从子,无子从谁?

州吁仗着父亲的宠爱和军功,越来越骄横跋扈。庄姜作为王后、长辈,难免要管教州吁。结果,州吁不仅不听,还奚落了她一顿。俗话都说后娘难当,庄姜虽然不是州吁的后娘,但是关系也不怎么样,而且其中还牵涉巨大的利益冲突。州吁有卫庄公撑腰,因而庄姜遭到白眼和侮辱是很有可能的——即使她的养子是太子,可那毕竟不是她亲生的。

庄姜受了委屈,心里大概会这样想:这孩子这么难管教,还没长大就这样,等国君百年以后,更没人约束他了,还不知道会怎么对我呢!要是我有个亲儿子就好了,就可以保护我了。

所以庄姜凄凄惨惨地又作了一首《终风》。

终风且暴,顾我则笑,谑浪笑敖,中心是悼。
终风且霾,惠然肯来,莫往莫来,悠悠我思。
终风且曀,不日有曀,寤言不寐,愿言则嚏。
曀曀其阴,虺虺其雷,寤言不寐,愿言则怀。

【注释】中心:内心。是悼:即"悼是"。悼,哀伤,惊恐。惠然肯来:惠,顾。此言爱我即可来相会。曀(yì):天阴而有风。愿言:同"愿焉""愿然",思念殷切。嚏:打喷嚏。曀曀:天气阴沉昏暗。虺(huǐ)虺:雷声。

"终风",就是整日的风。诗中第一段说:整日整夜的狂风暴雨啊,多可怕。他见了我就嘻嘻笑,又放肆又胡闹,我一夜一夜的睡不着,心中担惊受怕。四段的意思差不多,都是用狂风暴雨、阴霾的天气,比喻诗人受到他人的欺负。

朱熹的《诗集传》认为,这首诗是写"庄公之为人狂荡暴虐,庄姜盖不忍斥言之,故但以终风暴为比"。也有人认为,这是"妇女被丈夫玩弄嘲笑后遭弃的诗"。

本书还是暂从《毛诗序》及朱熹《诗集传》的说法,认为这是庄姜遭受欺负之后所作的作品。

几年后，庄姜的担心也成了事实。卫庄公身体越来越差，很快就宾天了，那一年，是公元前735年。同年，太子完即位，是为卫桓公。

3. "官二代"的想法

卫庄公一死，州吁更没人管得了了。他大肆铺张，骄奢淫逸，整天和石厚等一帮浪荡公子哥混在一起，越来越不像话。

卫桓公实在看不下去了，就把弟弟叫来训斥了一顿。结果州吁干脆离开了卫国，跑到了宋国、郑国，到处交友、玩耍。

期间，州吁结交了几个好朋友，比如咱们前文介绍过的郑国的"京城太叔"段，他比州吁年长六岁，帅气、豪爽、仗义，势力强大，是州吁崇拜的对象。

同他们一起交游的，还有在郑国当人质的宋国公子冯。公子冯的大伯是宋宣公，父亲是宋穆公。宋宣公死后，宋穆公"兄死弟及"，但怕人说闲话，就决定死后把国君之位还给宋宣公的儿子，为此，他将自己的儿子公子冯送到了郑国。

物以类聚，人以群分。郑国的叔段、卫国的州吁、宋国的公子冯三个人，都喜欢舞枪弄棒，最关键的是，他们三个都是或者将是"国君的弟弟"，所以他们成了好朋友。

三个人整天喝酒、聊天，难免一起哀叹上天不公：他们这么年轻有为，为什么只能是国君弟弟，不能成为国君呢？

当时叔段受了母亲的鼓动，开始扩大势力，准备造反。两小兄弟能不学样吗？于是州吁也联络了一帮人，准备等待合适的时机造反。

公元前722年，郑伯克段于鄢，叔段造反失败，带着儿子一起逃到了共地。而州吁继续等候时机。公元前719年，按照《春秋》的纪年，即鲁隐公四年，州吁杀了卫桓公姬完，坐上了国君的宝座。

州吁弑卫桓公的过程，史书没有详细记载，《春秋》中只有一句："州吁弑其君完。"《左传》的记载差不多，是"（鲁隐公）四年春，卫州吁弑桓公而立"。《史记·卫康叔世家》则补充了一点，写为："州吁收聚卫亡人以袭杀桓公。"据此可知，州吁是暗中聚集卫国的逃亡之徒，伺机杀害了卫桓公的。至于更具体的细节，就淹没在历史中了。这件事，史称"州吁之难"。

州吁谋杀卫桓公，自立为王，开了春秋时期谋杀国君的先例。此例一开，各诸侯国贵族造反、弑杀国君的事就频繁发生。从周平王东迁开始算起，春秋时期"弑君三十六，亡国五十二，诸侯奔走不得保其社稷者不可胜数"（《史记·太史公自序》）。

在那样一个毫无纲纪的年代，当个国君也挺不容易。

4. 燕燕于飞

卫桓公被杀，他的母亲戴妫就离开卫国，回到了娘家陈国。

戴妫晚年丧子，其悲痛可想而知，但她是个坚强的女人，肩负着国仇家恨，离开卫国，不仅是为了提防州吁，也是等待报仇的机会。她的小儿子公子晋，则逃到了邢国。

想来庄姜更难过：一是抚养多年、视如己出的卫桓公被州吁杀害；二是情同姐妹的戴妫就要回陈国。但虽然万般不舍，庄姜也知道戴妫回陈国的目的，不能不送戴妫离开。这次分开，以后还能见面吗？庄姜和戴妫都不知道。

辞别的路上，庄姜不无悲凉地唱着歌，为好姐妹送行。

燕燕于飞，差池其羽。之子于归，远送于野。瞻望弗及，泣涕如雨。

燕燕于飞，颉之颃之。之子于归，远于将之。瞻望弗及，伫立以泣。

燕燕于飞，下上其音。之子于归，远送于南。瞻望弗及，实劳我心。

仲氏任只，其心塞渊。终温且惠，淑慎其身。先君之思，以勖寡人。

【注释】差（cī）池：参差不齐的样子。颉（xié）：向上飞。颃（háng）：向下飞。将：送。伫（zhù）立：久立。任：诚实可信任。塞渊：填满内心的深处，形容心胸开阔能包容。勖（xù）：勉励。寡人：古代国君的自称，诸侯夫人也可自称寡人。

这首《燕燕》被收录在《邶风》中，号称"千古第一送别诗"。

大家知道，"燕燕"是对燕子的称呼。但是清代学者姚炳在《诗识名解》中说：单个的"燕"是燕子，成对的燕子一起飞，就称为"燕燕"。诗的开篇描写道：成对的燕子展翅飞来飞去（可惜我们两个就要分开了），我的好妹妹啊，你要回娘家去了，我把你送到城外郊野路边，一直目送你远去，直到看不见你的身影，而我眼泪纷纷，就像下着大雨。四段诗反复哀叹，用成对的燕子来比照分别后的孤单，形成明显的对比。庄姜目送戴妫远去，直到看不见人影还在迎风流泪的场景把读者也带入了送别的悲伤气氛之中。

州吁当了国君，庄姜的日子更不好过了。

但州吁这时候顾不上欺负庄姜，毕竟他是当时第一个弑君篡位的人，无论在国内百姓，还是其他诸侯看来，他的即位都是不合法的。所以，对他来说，处理来自国内外各方面的压力，是迫在眉睫的事。

5. 对外战争是转移国内矛盾的最佳手段

州吁会怎么办呢？

可能有朋友会说：对内勤政爱民，励精图治，放低姿态以求得百姓的原谅；对外在外交上下功夫，多联络大国，与其搞好关系，让它们来支持自己，再对小国家施以恩惠，时间久了，它们也就承认自己了……方法很多，貌似州吁通过种种努力，是可以改变被动的局面的。

可惜州吁不是这样的人。

他依靠武力获得了父王的欢心，结交了好友，甚至谋反成功，当上了国君。所以在他看来，还是要依靠武力解决问题，转嫁国内矛盾，解决国外舆论压力。最好的办法就是发动战争！而且用打仗来解决问题，郑国已经给做了榜样：只要武力强，打仗厉害，谁敢对你说个"不"字？"我"把反对"我"的声音都消灭了，还会有谁来反对我？

可是这么多国家，打谁呢？用什么理由来攻打呢？而且卫国不像郑国那么强大，单凭自己去攻打别的国家，胜算不是很大。于是，州吁就先计划了一番。

首先，他确立了攻打的目标——郑国。可郑国这会儿正是国力强盛的时候，并不好对付啊！

但是州吁有个特别充分的理由：郑国前阵子曾经攻打过卫国，现在卫国要报仇雪耻！

郑国为什么要打卫国呢？《左传》记载这场战争的目的是"讨公孙滑之乱也"。

大家还记得州吁结识叔段的事吗？当初，州吁正是受到叔段的鼓舞，才决心要争夺国君之位的。可是三年前，叔段却被郑庄公打败，逃到了共地，最后是死是活，史书里也没记载。叔段的儿子滑，则逃到了卫国，于是郑国发兵攻打卫国。

在州吁看来：一方面，郑国攻打过卫国；另一方面，自己和叔段是好朋友，那叔段的儿子公孙滑，不就等于自己的儿子吗？那这个仇，能不报吗？

可是郑国实力比较强，贸然攻打，卫国并没有十足的胜算。这时候，就只好邀人助拳了。邀请谁呢？州吁想到了宋国。

前文介绍过，宋国的公子冯和叔段、州吁是好朋友，所以宋国的情况，州吁也很清楚。当时，公子冯的堂哥公子与夷，即宋殇公即位不到一年，而公子冯还在郑国。

该怎么说动宋殇公和他一块儿攻打郑国呢？州吁派人给宋殇公写了一封信，信上说："君若伐郑，以除君害，君为主，敝邑以赋与陈、蔡从，则卫国之愿也。"（《左传·隐公四年》）

这封信看起来很短，但是一下就戳中了宋殇公的要害。宋殇公的王位，是他的叔叔宋穆公传给他的，而宋穆公的嫡子公子冯还在郑国，公子冯对宋殇公的王位构成了巨大威胁。

《史记》对这封信的记载和《左传》的记载略有不同，但是州吁险恶的意图更加一目了然——《史记·宋微子世家》上说："冯在郑，必为乱，可与我伐之。"

州吁因为知道公子冯和宋殇公复杂的关系，所以才不惜出卖昔日的好友公子冯，鼓动宋殇公以讨伐公子冯的名义，出兵伐郑。对此，宋殇公果断地答应了。于是宋国、卫国、陈国、蔡国组成四小国联军，浩浩荡荡地开往郑国，准备开战。

但这场仗并没有打起来，原因是双方面的：郑国方面，郑庄公正忙着骚扰周王室，还没回来，所以顾不上四小国联军；而四小国联军方面，大家也清楚郑国的厉害，知道自己实力不足，所以到了郑国东门，把东门围了五天就退兵了。

虽然仗没打起来，仇却结下了。傻乎乎的宋殇公高高兴兴地当了一回四小国联军的首领，殊不知自己已经成了替罪羊。郑国要报仇，第一个目标当然就是四小国联军的首领，所以第二年，郑庄公缓过了劲，就立刻发兵攻打宋国了。

此后，郑庄公经常找各种理由攻打宋国。五六年后，郑庄公打着"代天子讨不庭"的旗号攻打别的国家，第一个打击的对象依旧是宋国。

宋殇公在位十年（前719—前710），共发动十一场战争，大多数以失败告终。当时宋国朝中有两个大臣，即大司马孔父嘉、太宰华督。华督是宋国王室贵族、宋殇公的叔叔。孔父嘉的妻子非常漂亮,被华督看上了,华督就找借口杀害了孔父嘉,并霸占了孔父嘉的妻子。这件事惹恼了宋殇公,他打算问责于华督。结果华督一不做,二不休,把宋殇公也杀了。这就是宋殇公悲惨的一生。这里顺便说一句:孔父嘉的后人为避祸,只好逃到邻国鲁国安顿下来。历经五世之后,孔父嘉的后人中出现了一位千古伟人——孔子。

州吁想利用战争转嫁国内矛盾的目的没有达成,但是他不甘心,又在同年的秋天联合诸侯,再次发动了伐郑的战争。州吁在短时间内连续两次发动战争,穷兵黩武,使得民不聊生,于是有人写了首《击鼓》,表示对他的极度不满。

> 击鼓其镗,踊跃用兵。土国城漕,我独南行。
> 从孙子仲,平陈与宋。不我以归,忧心有忡。
> 爰居爰处?爰丧其马?于以求之?于林之下。
> "死生契阔",与子成说。执子之手,与子偕老。
> 于嗟阔兮,不我活兮。于嗟洵兮,不我信兮。
>
> 【注释】镗:鼓声。土国:在国内服土工劳役。城漕:在漕邑修筑城墙。孙子仲:当时卫国的大将,子仲是其字。王先谦根据《唐书宰相世系表》的记载,考证出孙子仲就是公孙文仲。平陈与宋:朱熹说"平,和也,合二国之好",这里的"平"应解释为调停,这句话指卫国调停陈、宋两国之间的矛盾,使他们和解,为陈、蔡、宋、卫一起攻打郑国做好准备。不我以归:不让我回来。有忡:心神不宁。爰:何处。

这首诗中流传最广的一句是"'死生契阔',与子成说。执子之手,与子偕老",现在被当成表达爱情的金句。人们认为,"契"指合,"阔"指离,"说"为通假字,通"悦",这句话的意思就是:"虽然生死离别,但是我也很开心。我要拉着你的手和你一起慢慢变老。"

但这样的解释其实脱离了《击鼓》的原文。"死生契阔""与子偕老"是"说"的内容,表达的是丈夫离开的时候,拉着妻子的手泪汪汪地做离别叮嘱:"我也不知道能不能回来,但是我希望无论生死离别,都能和你在一起慢慢变老。"放在这整首诗中来看,作者是要通过夫妻离别时悲伤的情绪来反映战争的残酷,作用类似杜甫《兵车行》中的"车辚辚,马萧萧,行人弓箭各在腰。耶娘妻子走相送,尘埃不见咸阳桥。牵衣顿足拦道哭,哭声直上干云霄"。

此外,有研究者通过数据统计,发现《左传》中的"执手"有六句是发生在君臣之间的,只有一句是发生在男女之间的。此外,如果将此句解释为士兵思念家室,与前一句士兵"于林之下"寻马的情节连接得也不自然。因此,他们认为"执子之手"描写的不是夫妻感情,而是战友情。[1]这种观点聊备一说。

民怨沸腾,州吁也极其苦恼:我也想当个好国君啊,可是我该怎么办啊?突然,州吁看到了身旁的石厚,他眼前一亮:石厚的老爹石碏可是个厉害人物,有政治经验和智慧的头脑,我为什么不咨询石碏呢?

此时的石厚已今非昔比,国君是他的铁哥们儿,他自然鱼跃龙门,成为卫国位高权重的人之一,他也需要证明给老爹看,自己当初的选择是多么正确。于是,他就去找已经拒绝上朝、在家休养的石碏。

可在石碏心中,无论州吁有多强大的武力,也是篡位的乱臣贼子,名不正言不顺,这样的人当了国君,必然导致国家的衰亡。所以石碏根本没有把衣着光鲜的儿子当一回事。

石厚见父亲还是这副倔脾气,只好变了口气,说明了来意。石碏一听,心想:好啊!你找到我这儿来了,那你这乱臣贼子的好日子就该到头了!于是,他"欣然"同意了石厚的邀请。

---

[1] 张可:《从执子之手意义探析〈诗经·邶风·击鼓〉主旨》,《汉字文化》2017年第18期,第62—63页。

6. 大义灭亲

石碏仔细为州吁分析了眼下的局面和利害关系：你现在得不到大家的认可，关键是你弑君自立，名不正言不顺。但是，如果周天子都承认你的国君身份，还有谁敢说你呢？所以，你得去朝见周天子，如果你能得到他的册封，你的国君位子就稳了。周平王去年刚驾崩，他的孙子周桓王刚刚即位，正是需要诸侯支持的时候，你前去讨封，也是对周桓王的尊重，他一定会答应你！

州吁一听：哎呀，可不是嘛！我怎么没想到呢？我这辛辛苦苦地打来打去，可不就为了让大家承认我是国君嘛！如果连周天子都承认了我的国君身份，那就没有半点问题了。找石碏果然没错！但还有个问题，我根本见不到周天子的面，怎么才能获得周天子的册封呢？

石碏说：这还不简单？你找个和咱们关系好，又能在天子面前说上话的国君，请他代为引荐，帮你疏通关系，这不就结了？陈国和咱们卫国关系一直不错，陈国国君古道热肠，现在在周天子那边势头也旺，你让他帮忙，一定没问题！

州吁茅塞顿开：果然，姜还是老的辣。于是他立刻与石厚一同前往陈国，找陈桓公代为引荐。

要不怎么说州吁只有武力没有脑子呢？他也不仔细想想，陈国和卫国到底是什么关系！

论起亲戚来，现在的陈国国君正是被州吁谋杀的卫桓公的亲舅舅！而此时卫桓公的母亲戴妫已经回到了陈国，陈桓公能不知道自己的外甥被害的事吗？

石碏眼看州吁中计去了陈国，赶紧派人送了一封信给陈桓公。《左传》中记载了这封信的内容："卫国褊小，老夫耄矣，无能为也。此二人者，实弑寡君，敢即图之。"意思是说：卫国是个小国家，我现在年纪也大了，做不了什么事了。就是州吁和石厚这两个家伙把我们的国君、您的外甥给杀了，请求您想方法把他们收拾了！

陈桓公一看，石碏是卫国老臣，在诸侯间素有威望，他这封信的意图说得很明白，看来州吁弑君的事，是千真万确的了。

于是，陈桓公就把州吁和石厚抓了起来，然后通知卫国：我把这两个乱臣贼子给抓住了，你们看怎么处置吧！

这年九月份，卫国的右宰丑来到陈国，在濮地（在今安徽亳州东南）杀了州吁。而石碏也派管家獳羊肩到陈国执行家法，把石厚杀了。

石碏为了道义，把自己的亲儿子杀了，"大义灭亲"的典故就出于此，《左传》因而称赞"石碏，纯臣也"。

算起来，州吁前后当了不到一年的国君，仅仅在公元前719年活跃了大半年，死的时候也才二十九岁。他死后得了一个很贴切的谥号：卫废公。由于卫国历史上有好几个"废公"，所以历史上一般称他为卫前废公。

州吁死后，石碏从邢国迎回公子晋。公元前718年，公子晋登上大宝之位，是为卫宣公。

7. 一段不太清晰的历史

在卫桓公当政期间，还有一段记录得不是很清晰的历史——黎侯寓卫。

《毛诗序》在《邶风·旄丘》一诗的序言中写道："《旄丘》，责卫伯也。狄人迫逐黎侯，黎侯寓于卫。卫不能修方伯连率之职，黎之臣子以责于卫也。"《毛诗序》认为《旄丘》是黎国遭受狄人的攻击，黎侯带领国人逃到卫国，黎国大臣责备卫国没能担当起方伯的责任而作的诗歌。

卫国的祖先是西周宗室，所以有方伯的身份。黎国据说是尧帝的后代，《说文》云："黎，殷诸侯国，在上党东北。"黎国本来在山西长子县一带，后来迁到河南黎阳一带，史称黎国或者黎侯国。至今黎县的特产布老虎，还被称为黎侯虎。

黎国迁徙的原因，是遭到了狄人的侵略，黎侯抵挡不住，就举国逃到了卫国。卫桓公给了他两个地方——中路、泥中安顿。《古今山川记》云：

"黎侯寓卫，以中路、泥中二邑处之。"不过，卫国并没有帮助黎侯复国，当然，这也是因为卫国实力不济，无能为力。

这段历史，在史书中的记载少得可怜，但是被同时代的"诗人"用"诗"这种形式记录了下来。村头巷尾，农闲饭余，远方的说唱诗人流浪至此，向大家诉说着黎侯寓卫的凄凉故事。

关于此事，流传下来的两首诗，都收录在《邶风》中，一首就是刚才提到的《旄丘》。

> 旄丘之葛兮，何诞之节兮。叔兮伯兮，何多日也？
> 何其处也？必有与也。何其久也？必有以也。
> 狐裘蒙戎，匪车不东。叔兮伯兮，靡所与同。
> 琐兮尾兮，流离之子。叔兮伯兮，褎如充耳。

旄丘，就是前面高后面低的土丘。黎国一遍一遍地请求卫国出兵，帮助自己复国，但是一次又一次地被拒绝了。黎国的一位大夫着急又无奈，他登上小土丘，哀叹着国破家亡的遭遇。

诗人着急地说：小山丘上葛藤缠绕，卫伯啊，怎么还不答应帮忙呢？日子可不多了啊！第二段，诗人给自己宽心、找理由：卫伯肯定是有什么原因才被牵绊住了，要不然早就帮忙了。之后，诗人顾影自怜，哀叹道：我们的衣服都快烂了，您的兵车还没有出动。我们到底是个地位低下的小国家，是寄人篱下的可怜虫。可是卫国你是方伯之国啊，对我们的哀求充耳不闻，这实在太令人生气了！整首诗情感变化起伏有致，把内心的情绪写得很丰富、很有层次。

另一首诗《式微》也非常有名，并以其晓畅易懂、简洁明了的语言特色成为许多文学爱好者熟悉并喜欢的诗作：

> 式微，式微，胡不归？微君之故，胡为乎中露！

式微,式微,胡不归?微君之躬,胡为乎泥中!

【注释】式:语气助词,没有实际意义。微:黄昏、天快黑了。微君之故:"微",若非。

据《毛诗序》说,这首诗描写的是黎侯待在卫国比较安逸,不想复国了,黎国大夫着急了,就劝黎侯要振作,想着早点回故乡的事。

诗人用发问、抱怨的语气直接说:"天都快黑了啊,你怎么还不回家?要不是因为你,我干吗待在中路邑、泥中邑啊?"整首诗语义十分明白,用发问的形式明确表达了自己的不满。其句子短促,简洁明了,读来朗朗上口。

知识拓展 胡为乎泥中?

《世说新语》记载,汉末大儒郑玄学识渊博,家中文风鼎盛,连婢女们都饱读诗书,一时为人所称赞。有一次,婢女甲某件事没做对,郑玄准备打她一顿,结果这个婢女不断为自己抗辩。郑玄大怒,让人把她扔到泥里。就在这时,婢女乙来了,她远远看见婢女甲站在泥中,就与婢女甲有了一段精妙绝伦的对话。

婢女乙问:"胡为乎泥中?"——你为什么在泥中?

婢女甲答:"薄言往愬,逢彼之怒。"——我刚才去跟他说话,恰好碰上他生气发怒!

大家看出其中的趣处了吧?这两个聪慧的婢女所说的话,都是《诗经》中的句子。"胡为乎泥中"就出自《式微》一诗,婢女乙巧妙地把"泥中"这个地名说成"稀泥中";而"薄言往愬,逢彼之怒",则出自《柏舟》,是庄姜哀叹自己与丈夫感情淡漠的诗作,放在这里也非常贴切。

《诗经》中两首诗的两个句子,被婢女引用,不仅契合场景,而且语义通畅,浑然天成,让人不得不佩服两个婢女的机灵。

荒唐的卫宣公

1. 庶母变王后

卫宣公即位这一年，干了三件大事。

第一件事，是冒天下之大不韪，把自己的庶母夷姜，扶为自己的王后。第二件事，是立他和夷姜所生的儿子公子伋为太子。

夷姜，大家还有印象吗？就是当初州吁献给卫庄公的东夷俘虏，后来成了卫庄公的妾，是公子晋的庶母。彼时卫庄公病入膏肓，每况愈下，州吁和公子完争夺王位，斗得你死我活，整个卫国乱糟糟的。

此时还是公子的卫宣公就"烝于夷姜"，两人甚至还悄悄地生了一个孩子，取名叫"急"（《史记》写作"伋"）。虽然历史书上王子私会庶母的事屡见不鲜，但史书明文记载的头一例，就是公子晋和夷姜之事。周礼宗族制有森严的等级，这件事情在当时可以说是突破了道德的底线。

女子怀胎十月，身体变化非常大，但卫国宫廷竟然没人发现，其混乱可见一斑。

卫庄公死后，公子晋的大哥公子完顺利即位，是为卫桓公。卫桓公在位十四年，公子晋在卫国过得还算舒坦，期间，他与夷姜又生了一个孩子，取名叫"黔牟"。后来，卫桓公被州吁杀害，公子晋逃到邢国，一年多后，他被迎回卫国，成了国君。

公子晋终于熬出头了，他不顾万般阻力，坚决要立夷姜为国君夫人。

卫国的大臣们当然不答应了，但在男权社会下，人们是不会怪罪男人好色的，而是认为当年"年少无知"的公子晋会做出违背人伦的事，责任肯定在夷姜，有人就写了一首《匏有苦叶》讽刺她。

> 匏有苦叶，济有深涉。深则厉，浅则揭。
> 有瀰济盈，有鷕雉鸣。济盈不濡轨，雉鸣求其牡。
> 雍雍鸣雁，旭日始旦。士如归妻，迨冰未泮。
> 招招舟子，人涉卬否。人涉卬否，卬须我友。
>
> 【注释】匏（páo）：匏瓜，俗称葫芦。古人渡河时，将多个葫芦拴于腰上，人就可以浮于水上。苦：就是枯，叶子黄了，意味着瓜熟了。涉：徒步过河。厉：连衣渡水。揭（qì）：撩起下衣。轨：车轴的两端。牡：雄性。迨（dài）：趁。泮（pàn）：消融。卬（áng）：我。须：等待。

这首诗有两个比较关键的文化意象。

第一个意象是"匏"。我们中国古人的婚礼中有一个仪式叫"合卺"：将一个葫芦切两半，但是葫芦的蒂还连着，新娘新郎各自用一半葫芦来饮酒，表示此后就成为一体。这个仪式后来演化为"喝交杯酒"。所以本诗用葫芦来起兴，代表男女关系。

第二个意象是"雍雍鸣雁"。中国人结婚之前，男方要向女方下聘礼，女方收下聘礼，就代表着男女双方婚姻契约的达成。因此，古人对聘礼十分讲究。在春秋时期，大雁是必不可少的聘礼，因为古人认为，大雁会根据季节南来北往，非常"守信"，所以用大雁做聘礼，寓意男女双方要"守信"，女方收了聘礼，就不可以反悔了。后来，人们也用具有类似"德行"的雉鸡来代替大雁做聘礼。

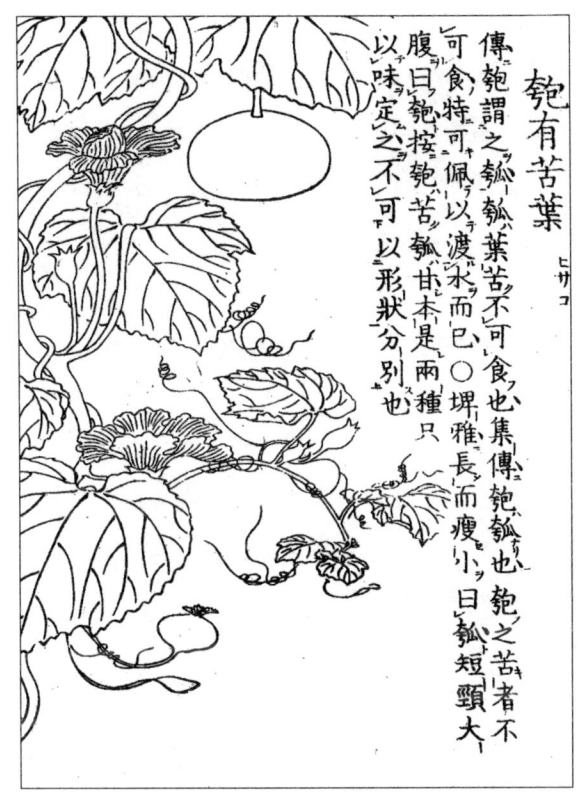

匏有苦叶（出自：《毛诗品物图考》）

理解了匏和大雁的文化含义，我们再来看这首诗的主旨。第一段说"匏有苦叶"，意思是葫芦可以摘了，比喻男女嫁娶的时间到了。又说，你赶紧渡河过来吧——我们在前面多次提到，"渡河"这个文化意象在《诗经》中也多次出现过，一般也和男女感情有关。

诗的第二段说一只雌雉向雄雉发出了求偶的信号，雌雉就喻指夷姜，雄雉则喻指卫宣公。第三段，诗人又用"雍雍鸣雁"来引出婚姻中双方最重要的品质——守信用，"迨冰未泮"指的就是大雁守信飞回来的时间。这两段是卫国人民对夷姜赤裸裸的讽刺：你嫁给了庄公，就应该坚守妇人之礼，好好侍奉卫庄公才是，怎么能主动勾引公子晋呢？最后一段，诗人用一个女子不随便上别人的船，来比喻有人还是能够坚守承诺的。

不论夷姜和卫宣公谁先主动，总之，他们就是突破了伦理、宗法在一起了，最后，夷姜还被立为国君夫人，他们早年所生的大儿子公子伋也被立为了太子。《史记·卫康叔世家》记载："宣公爱夫人夷姜，夷姜生子伋，以为太子，而令右公子傅之。"这是说，卫宣公立公子伋为太子，还让右公子来做太子伋的老师，来教导他。

> **知识拓展　左公子、右公子是什么职位？**

左公子、右公子不是官职，杜预注释《左传》说："左右媵之子，因以为号。"就是说左、右公子就是左、右夫人所生的孩子。唐代孔颖达进一步解释说，左公子和右公子都是卫宣公的兄弟。总之，我们知道这个右公子在卫国有比较大的影响，是老牌贵族就可以了。

2. 筑台纳媳

大儿子伋顺利当上了太子，卫宣公就开始给儿子物色儿媳，最后决定为他求娶齐国国君齐僖公的女儿、庄姜的侄女宣姜。最终，两国商议妥帖，卫国的迎亲队伍前往齐国迎娶宣姜了。

从齐国回卫国的首都朝歌，要经过淇水，卫国迎亲的队伍在淇水边停了下来，宣姜看到水上矗立着一座恢宏的宫殿，想着自己将在这里开始新的生活，心里充满了期待：未来的夫君是什么的样呢？可是，她还不知道，这一切都是卫宣公精心策划的阴谋。

晚上，进入宣姜房门的不是一名翩翩美少年，而是一个肥头大耳的中年男子！这个人不是别人，正是卫宣公。此前，他看到了年轻、漂亮的宣姜，就起了霸占的念头，于是把太子伋派去宋国，而他则在这个空当将宣姜迎回了卫国。

卫国上上下下很快就都知道了这件荒唐事，有人便因此写了首《新台》。

新台有泚，河水沵沵。燕婉之求，蘧篨不鲜。
新台有洒，河水浼浼。燕婉之求，蘧篨不殄。
鱼网之设，鸿则离之。燕婉之求，得此戚施！

【注释】新台：指卫宣公在淇水之上新建造的宫殿。有泚（cǐ）：即"泚泚"，鲜明的样子。沵沵、浼（měi）浼：都是指水盛大的样子。不鲜、不殄（tiǎn）：指不美。燕婉：柔和美好的样子。蘧篨（qú chú）、戚施：蟾蜍。在古代，人们把蟾蜍分得很细，把不能俯视的蟾蜍称为"蘧篨"，不能仰视的称为"戚施"。"蘧篨"和"戚施"常用来指丑陋、身材变形的人。洒（cuǐ）：高峻的样子。

这首诗里用"蘧篨"和"戚施"指代卫宣公。从宣姜的角度来看，这场婚姻本来是"燕婉之求"，结果推门进来就扑向她的居然是名肥胖中年男子——其实卫宣公这时也就三十多岁不到四十的样子，不至于是一个身材畸形的老头子，但其与宣姜想象中的美少年相差太大，也就觉得他与癞蛤蟆没什么区别了。当宣姜得知这个人竟然是自己未婚夫的父亲、自己的准公公，得多难以接受啊！厌恶之情自然油然而生。

3. 女之耽兮，不可说也

至于太子伋，《史记》说，卫宣公"更为太子娶他女"——给他重新娶了一个媳妇。

这件事就这么过去了。即使宣姜贵为公主，她也只是政治联姻的工具而已，在王权利益面前，一个小女子的幸福，又算得了什么呢？甚至宣姜的父亲齐僖公，也默认了这件事，宣姜也就只好屈服于现实了。

《论语》说"君子之德风，小人之德草，草上之风必偃"，一个国家统治者的行为、喜好会影响到整个国家的风气。后世评价《卫风》多为靡靡之音、淫乱之声，一般认为就是从卫宣时期公开始的，比如这首被认为是百姓讽刺卫宣公的《氓》。

　　氓之蚩蚩，抱布贸丝。匪来贸丝，来即我谋。送子涉淇，至于顿丘。匪我愆期，子无良媒。将子无怒，秋以为期。
　　乘彼垝垣，以望复关。不见复关，泣涕涟涟。既见复关，载笑载言。尔卜尔筮，体无咎言。以尔车来，以我贿迁。
　　桑之未落，其叶沃若。于嗟鸠兮，无食桑葚。于嗟女兮，无与士耽。士之耽兮，犹可说也。女之耽兮，不可说也。
　　桑之落矣，其黄而陨。自我徂尔，三岁食贫。淇水汤汤，渐车帷裳。女也不爽，士贰其行。士也罔极，二三其德。
　　三岁为妇，靡室劳矣。夙兴夜寐，靡有朝矣。言既遂矣，至于暴矣。兄弟不知，咥其笑矣。静言思之，躬自悼矣。
　　及尔偕老，老使我怨。淇则有岸，隰则有泮。总角之宴，言笑晏晏。信誓旦旦，不思其反。反是不思，亦已焉哉！

　　氓，是指流亡的百姓，这里可能是指一个丧失土地流亡到卫国的人。男子抱着布币来买丝，实际是向女子求亲，女子答应了。几年之后，男子厌弃了女子，女子十分伤心，开始反思这段婚姻，最终决定离开男子，回到娘家。
　　关于这首诗，《毛诗序》认为是刺时之作："宣公之时，礼义消亡，淫风大行。男女无别，遂相奔诱，华落色衰，复相背弃。或乃困而自悔，丧其妃耦，故序其事以风焉。"也就是说，因为卫宣公破坏了礼义道德，导致礼义消亡，卫国淫风大盛。男女没有距离，互相引诱，等年老色衰时，又互相背弃。所以当时的人们就写诗记录了这个社会现象。
　　《氓》中"桑之未落，其叶沃若。于嗟鸠兮，无食桑葚。于嗟女兮，无与士耽。士之耽兮，犹可说也。女之耽兮，不可说也"是流传千古的名句。
　　诗人告诫女子说：斑鸠贪恋美味的桑葚就会醉，爱情对女孩就像桑葚对斑鸠，千万不能沉迷。不要轻易和男子在一起，男子容易从爱情中跳出来，女子往往难以自拔，最终受伤难过。因为这句话，这首诗往往被认为是一首弃妇诗。

诗中虽然没有直接说明这首诗是不是卫宣公时期的作品，但是其中反映的男女自由恋爱、结合，而后女方被抛弃的事实，和《毛诗序》的理解是一致的。

4. 死心眼的傻兄弟啊！

很快，宣姜就给卫宣公生了两个儿子。

大儿子取名叫寿，大概是希望孩子长命百岁；小儿子取名叫朔，可能是初一生的。这两个孩子被托付给左公子进行教育。这位左公子，名叫"洩"，和右公子一样，也是卫国的贵族。

这两个孩子虽然是一个母亲生的，一个老师教的，但禀性完全不同。公子寿孝顺、听话，跟随左公子学习了各种礼仪知识，所以很有德行；公子朔任性、心胸狭隘，心眼也很多，无论左公子怎么教育，都没有用。

宣姜既漂亮，又生了两个公子，所以特别受宠。慢慢地，她的风头盖过了年老色衰的夷姜。夷姜没有宣姜那样的娘家做靠山，又已年老色衰，卫宣公就对她失去了兴趣。

最终，夷姜在冰冷的宫廷中孤独地死去了。对此，《史记》只说了一句："太子伋母死。"《左传》记载为："夷姜缢。""缢"，就是上吊自杀。好端端的，夷姜为什么要上吊自尽呢？她的儿子伋可是太子——最有可能的，就是夷姜在后宫斗争中失败了。

夷姜死后，宣姜当上了国君夫人，她下一步要做的，就是帮自己的儿子争夺太子之位。

《史记》记载："宣公正夫人与朔，共谗恶太子伋。"也就说宣姜和公子朔造谣中伤太子伋。

卫宣公听了宣姜和公子朔的话，十分讨厌太子伋，竟然安排了一场谋杀，要对自己的亲儿子下手。

知识拓展　为什么有人会相信谣言？

《韩非子》中有个"三人成虎"的故事，很能说明这个问题。传说魏国有个大臣叫庞恭，要被派到别的国家做人质。临行前他就猜到，自己走后肯定会有人造谣中伤自己，于是就提前给魏王打预防针。庞恭问魏王：假如有人告诉你街上有只老虎，你信不？魏王说：哎呀，这怎么可能呢？庞恭说要是有两个人、三个人都跑来给你说这件事，那你信吗？魏王说：哎呀，那我就动摇了，就相信了。庞恭说：对呀！街上不可能有老虎，可是说的人多了，您就信了。我现在要去别的国家，一走好多年，肯定有人会说我坏话，说得多了你就信了，那我怎么办？魏王保证说：怎么可能呢？我不会信的。

后来，果然不出庞恭所料，有人说他的坏话了。开始，魏王不信，时间久了，魏王也就信了。历史上这样的故事和例子非常多。所以，胡适说："做学问要在不疑处有疑，待人要在有疑处不疑。"真是至理箴言。

卫宣公派太子伋出使齐国，同时命杀手埋伏在卫、齐边界的莘地。可怜的太子伋被蒙在鼓里，什么都不知道。他随身携带的白旄，正是卫宣公事先对杀手交代过的信号：在约定的时间内出现，手里拿着白旄的人，就是杀手要杀的人。

卫宣公以为自己计划得天衣无缝，没想到这事被宣姜的大儿子公子寿给知道了。

公子寿得知这个消息后急忙去找太子伋，想阻止哥哥出使齐国、免得白白送命。可公子寿来晚了一步，太子伋已经出发了。

公子寿立刻去追赶太子伋，一直追到淇水上才终于追上太子伋的船。在船上，公子寿告诉了哥哥实情："您可千万别去齐国了，父王派你去齐国,其实是一个陷阱,目的是要杀了你!"

这可怎么办呢?太子伋犯难了:如果选择观念层面的追求真相,那父亲要杀我,我得逃;如果选择为人处世层面的道德行为,那虽然父亲要杀我,我也得孝顺。

最终,"求善、当孝子"的标准战胜了"求真、不能杀我"的标准。太子伋说:"逆父命求生,不可。"(《史记·卫康叔世家》)

太子伋不愿做个"不孝子",但问题是,要是他都不存在了,谁来当孝子呢?

太子伋死守"孝",可以说是到了愚蠢的地步。这从之前卫宣公抢他的未婚妻,他默不作声,就可以看出一些端倪。这大概和他成长的环境有很大关系:他小时候被人贴上"野种"的标签,被立为太子后就更加在乎自己是不是一个别人眼里、口里"品行好"的人,这反而束缚了他,让他变得教条、懦弱。

> **知识拓展** "观念层面的追求真相"和"为人处世层面的道德行为"的界限

"观念层面的追求真相"是我们说的"真假判断",也就是"求真"问题;"为人处世层面的道德行为",是我们说的"价值判断",也就是"求善"问题。从太子伋的遭遇中,我们不难发现:在正常的情况下,要先做到"求真",在此基础上才可以"求善"。

如果我们不了解真相,就会没有"善恶"标准。缺乏了"真相"的基础,"善恶"的标准就成了空中楼阁。比如,无论是在历史上,还是现实生活中,如果某人是"有道德"的"好人",我们往往会认为,这个人说的话一定会是"真话"。如果某人"品行差",无论这个人说的话多么正确,也很难得到大家的认可。

因为缺乏"求真"的基础,所以人们常说的各种"处世智慧",经常是自相矛盾的。比如,"忠臣不事二主"与"良禽择木而栖""识时务者为俊杰";"威武不能屈"与"好汉不吃眼前亏";"士可杀不可辱"与"大丈夫能屈能伸";等等。

在具体的某个事件中,我们该以什么为标准呢?价值是多元的,如何抉择,不是我们这本书能回答的。但可以肯定的是,在日常生活中学会关注真相,加强逻辑、理性的训练,在我们面对选择时,一定会有所帮助。

太子伋打算英勇赴难,公子寿没办法,就先把哥哥灌醉,又拿走了出使的白旄,抢先到了齐、卫边界。杀手一看:哎呀,一个衣着华贵、拿着白旄的公子来了,这不是太子伋还能是谁?于是二话不说,上去就把"太子"给杀了。

可怜的公子寿,他也不想想:你这个傻哥哥已经抱定了要死的决心了,又怎么能逃离这个阴谋呢?你现在白白地代他死去,又有什么意义呢?

太子伋酒醒后,发现白旄不见了,顿时明白了一切。他立刻动身前往齐卫、边界。也许在那里,他看到了弟弟的尸体,不知他心里是什么滋味,也许是悔恨,也许是无可奈何的愤怒、自责,他大声说:"我之求也,此何罪?请杀我乎!"(《左传》)于是,他也被杀了。

卫国人民知道了这件事,哭得稀里哗啦:这么好的两位公子就这么死了,太可惜!太可怜了!于是有卫国人作了一首《二子乘舟》,来怀念人品好得有点呆的两位公子:

二子乘舟,泛泛其景。愿言思子,中心养养。
二子乘舟,泛泛其逝。愿言思子,不瑕有害?
【注释】泛泛:船漂浮的样子。景:通"憬",远行。愿:思念。言:通"焉"。养养:忧思不安的样子。不瑕:表示揣测、怀疑的语气。瑕:就是无的意思。

第一段说，两位公子一起坐船，去出使远方（齐国）。每当我想起这件事啊，我心里就难受得厉害！第二段说，两位公子一起坐船，去出使远方。莫非他们有灾难？多么希望他们没有灾殃祸害啊！

这首诗简短明快，但是每次读起来，想起这段故事，都让人有说不出的惋惜和哀叹。

就在太子伋和公子寿死后的第二年，公元前700年的冬天，卫宣公也结束了他不断突破周礼伦理底线的一生。

《鄘风》中有一首《鹑之奔奔》，字里行间充满了对卫宣公的厌恶、鄙夷：

鹑之奔奔，鹊之彊彊。人之无良，我以为兄。
鹊之彊彊，鹑之奔奔。人之无良，我以为君。

【注释】鹑：鹌鹑。鹊：喜鹊。奔奔、彊（qiáng）彊：形容鹌鹑成双成对跳跃、喜鹊成双成对飞舞的样子。兄：兄长。这里指宗族之长。

诗人哀叹道：鹌鹑都能成对地跳，喜鹊也能成对地飞。（连禽兽都有固定的配偶）这个人的行为却如此糟糕。然而，我却不得已，还要把这种人叫长兄，还得奉他为国君。

由于诗人说"我以为兄""我以为君"，对卫宣公充满了厌恶之情，清代学者魏源、方玉润、王先谦、方节等都认为这首诗的作者极有可能是左公子洩或者右公子职。

卫宣公的家庭生活混乱不堪，治国也没有什么建树。他在位一共十九年，期间，卫国没打过胜仗，却常装样子，跟着其他国家出兵，其参与的两次规模比较大的战争一是卫宣公刚即位那年，即公元前718年，卫国因郑国报复四小国联盟被打了一顿，还被邺人趁机攻打了。二是公元前707年，跟随周桓王，联合陈、蔡等国家，和郑庄公打了一仗，此即前文所说的"繻葛之战"，结果联军不堪一击。

除此之外，卫国还参与了若干次小战争。对国君来说，出兵只是一句话的事，他自己也不用上前线，但对卫国老百姓而言，这却很"要命"：一旦举兵，老百姓就得放弃农活，跟着军队四处跑。留下的干体力活的，就只有家中的妇女老幼了。而面对一屋子老弱寡幼，妻子一个人如何撑得住？于是，卫国女子们哀声四起，纷纷传唱《雄雉》，期盼自己出征的丈夫能早日回来。

> 雄雉于飞，泄泄其羽。我之怀矣，自诒伊阻。
> 雄雉于飞，下上其音。展矣君子，实劳我心。
> 瞻彼日月，悠悠我思。道之云远，曷云能来？
> 百尔君子，不知德行！不忮不求，何用不臧！
>
> 【注释】泄（yì）泄：鼓翅飞翔的样子。怀：因思念而忧伤。自诒（yí）：自己给自己。阻：忧愁、苦恼。云：语气助词。曷：何，此处指何时。百：所有的。忮（zhì）：贪慕。

前两段都用"雄雉"来起兴说：雄雉在眼前拍着翅膀飞啊飞，不由得就想起了自己远征的丈夫。既看不到丈夫的身影，也听不到丈夫的音讯，心里的思念转为不安。第三段，眼看日月交替、时间流逝，妻子不禁发出追问：丈夫什么时候才能回来呢？最后一段，妻子语气一转，哀伤于丈夫生于乱世，希望他平安周全。"不忮不求，何用不臧"，意思是说：丈夫他不贪慕美名，不求利，为何让他横遭祸殃！

这首诗通过一个女子的口吻，表达对丈夫的牵挂，但是从中我们可以看出出征的辛苦和战争的无情。

知识拓展　春秋时期军队的兵从哪里来？

春秋时期，中原各国使用的还是"兵农合一"的兵制：老百姓平时种田，到了要打仗的时候，就变农为兵，前去征战。汉代学者刘劭将这种军制概括为"居则以田，警则以战"，宋代叶适则说这是"寓兵于农"。这都是对"兵农合一"制度的准确总结。

在土地分配方面，春秋早期用的还是井田制，也就是把土地分为九份，像个"井"字，中间是公家的田地——公田，四周则是自己的私田。老百姓得先忙完公田的活儿，才能去干自家的活计。

"兵农合一"的兵役制度之下，一旦打仗，男子都得去参军，田地荒芜、夫妻离散必不可免。

井田之法（出自：《六经图·周礼图》）

那个荒唐的时代

齐襄公的外甥

公元前699年,卫宣公死后,公子朔如愿以偿地坐上了国君宝座,后世称他为卫惠公。

朝中群臣对卫惠王多有不满,其中最为不满的就是太子伋的老师右公子、公子寿的老师左公子。这两位老牌贵族位高权重,一直筹划着推翻卫惠公——他与太子伋、公子寿的死脱不了干系。

卫惠公这时还不到十五岁,如何斗得过那些老牌政客?既然在卫国的贵族中找不到强有力的支持,那他就只能依靠母亲宣姜的家族。

卫惠公即位的第二年,公元前698年,他的外公齐僖公过世,亲舅舅吕诸儿即位,就是咱们介绍过的齐襄公。于是,趁着祝贺新君登基的机会,卫惠公傍上了舅舅齐襄公这座强有力的靠山——齐襄公爽快地答应帮外甥巩固政权。

可是怎么帮呢?想稳固卫惠公的王位,最佳的选择是在卫国朝堂上培养、扶植支持卫惠公的政治力量,来制衡左、右公子等老牌贵族。齐襄公和卫惠公在卫国新贵族里瞄来瞄去,最终选中了公子顽(史书称之为昭伯)。

公子顽是卫宣公的庶子、卫惠公的兄弟,因为是庶出,所以并没有资格参与争夺王位的斗争。但他虽然年轻,羽翼未丰满,目前尚不能直接和老牌贵族抗衡,身份却在那里摆着——国君的亲弟弟,稍微加以扶植,他日后必然能够成为实权派人物。

于是齐襄公就主动拉拢、扶植公子顽，并且做了一个让人大跌眼镜的决定：把齐国的一位公主嫁给公子顽！

可能有朋友会说，春秋时期，各国通过联姻结成联盟，难道不是很常见的吗？这话没错，可齐襄公安排的和公子顽联姻的公主，不是别人，正是自己的亲姐姐、齐僖公的大女儿、太子伋曾经的未婚妻、卫宣公的正夫人、卫公子寿和卫惠公朔的亲生母亲——宣姜！

宣姜虽然不是公子顽的亲生母亲，但她后来成了卫宣公的正夫人，在礼法上，她就是公子顽的嫡母。公子顽娶宣姜，就是不折不扣的"庶子烝母"。不知宣姜对齐襄公的这个安排有何感想？按照宣姜十五岁嫁给卫宣公来算，此时宣姜至少已经三十五岁了。面对那些既是后辈又是平辈的人，她该怎么称呼？又怎么面对自己的亲儿子卫惠公朔呢？她是该按照血缘关系叫他儿子呢，还是随着新丈夫公子顽，叫他一声兄弟呢？

关于公子顽，史书没有明确告诉我们他当时到底多大年纪。但是根据史料记载，公子顽和宣姜婚后生了三个儿子、两个女儿，三个儿子后来都被立为卫国国君了。史书上没有他和宣姜成婚前婚姻、儿女的记载，所以他很有可能出生在太子伋之后、卫宣公登基之前，和宣姜成婚时年纪在二十五到三十岁之间。当然，这也是笔者的推测，实际情况，我们也无法知道。

> **知识拓展　卫惠公为何不选拔人才，培植自己的势力？**

春秋时期还没有科举制，无法有效从平民中选拔杰出人才，大臣的职位都是世袭的，参与朝政的不是国君的亲戚，就是国君的朋友，或者其先祖是国家大臣。

所以新君即位，放眼一看，朝中大臣们，不是叔伯就是兄弟，满眼都是熟人。比如周代建国，周武王成了天子，在朝辅政的两名大臣周公旦、召公奭都是他的亲兄弟；再比如前文介绍的郑桓公，他也是周朝的大司徒，周幽王的亲叔叔。

后世小说故事中会有国君出门考察民情，发现一位樵夫或渔翁其实是隐士高人、治国奇才，就礼贤下士，让其封侯拜相的事情，这在现实中少之又少。现实中，所谓的隐士其实往往也是贵族的后裔，只是暂时隐居而已，比如左右刘邦立太子的商山四皓。

可以说，春秋时期绝对是一个拼爹、拼祖宗的时代。朝中大臣背后都有一个硬邦邦的家族，而普通人恐怕连受教育的资格都没有。

宣姜这辈子，成为父子三人的"媳妇"，确实太尴尬了。被这乱糟糟的关系搞得眼花缭乱的卫国人，为嘲笑宣姜秽乱宫廷，写了《君子偕老》讽刺她。

> 君子偕老，副笄六珈。委委佗佗，如山如河，象服是宜。子之不淑，云如之何！
>
> 玼兮玼兮，其之翟也。鬒发如云，不屑髢也；玉之瑱也，象之揥也，扬且之皙也。胡然而天也！胡然而帝也！
>
> 瑳兮瑳兮，其之展也，蒙彼绉絺，是绁袢也。子之清扬，扬且之颜也。展如之人兮，邦之媛也！
>
> 【注释】副：王后首饰。珈（jiā）：副笄上的玉饰，走路会摇动，又称"步摇"。委委佗（tuó）佗：形容举止从容，步态、仪容优美。鬒（zhěn）：头发密而黑。髢（tì）：假发做的髻。瑱（tiàn）：即"充耳"，垂于两鬓的玉饰。扬：形容颜色明丽。绉絺（zhòu chī）：精细的葛布。绁袢（xiè pàn）：内衣。

朱熹在《诗集序》中说："今宣姜之不善乃如此，虽有是服，亦将如之何哉！言不称也。"后人多从此说。

诗用"君子偕老"这个意象起兴，说：宣姜啊，不是说要和自己的丈夫白头到老吗？怎么就这么快就忘了自己的誓言啊！随后，诗歌用美丽的外貌、华贵的衣服、雍容的姿态，反衬宣姜内在的丑陋、淫乱的行为，认为她实在不配穿这么漂亮的衣服。一句"子之不淑"，可谓骂到了点子上。不过这首诗艺术水平相对一般，对后世的影响没有前文所介绍的几篇那么大。

但是正如前文所说，宣姜虽生在帝王家，身份尊贵，她的婚姻也只是诸侯国用来外交的手段罢了，至于她自身的幸福，是没人关心的。

史书记载，公子顽和宣姜结婚后，生了好几个孩子，分别是公孙申、公孙煋、许穆夫人、宋桓夫人、齐子。有人作诗讽刺说：

> 墙有茨，不可埽也。中冓之言，不可道也！所可道也，言之丑也！
>
> 墙有茨，不可襄也。中冓之言，不可详也！所可详也，言之长也！
>
> 墙有茨，不可束也。中冓之言，不可读也！所可读也，言之辱也！

【注释】墙有茨：墙头上有带刺的草。茨：蒺藜。埽（sǎo）：扫。中冓（gòu）：指宫闱。襄：去除。详：细说。束：这里指打扫干净。读：宣扬。

第一段说，墙头上长了带刺的草，却"不可埽也"。为什么呢？因为这就像宫中有龌龊事儿一样，是不能张扬的，一旦张扬，就是丑事啊！第二、三段意思相似，但是语气层层递进，把"丑""长""辱"放在句末，表明了诗人对这种丑闻的憎恶，厌恶的情绪非常明显。

这些年，齐、卫两国宫廷，可真是够混乱的，不用说，这件事自然也沦为了诸侯的笑柄，卫国很长一段时间都抬不起头来。

齐襄公做主把姐姐宣姜嫁给公子顽，确实有效地拉拢了公子顽。不过短时间内，公子顽还没能发展成为足以平衡卫国朝局的政治力量。

墙有茨（出自：《毛诗品物图考》）

公元前697年，周桓王姬林驾崩。此后，姬林的儿子姬佗即位，是为周庄王。可怜周桓王一心想让周王室变得强大，但是天不遂人愿，他一直没有成功，反倒在与郑庄公之战中，吃了一个大败仗，更降低了周王室的威信。

从周桓王打那次败仗开始，诸侯基本就不把周天子放在眼里了。很多诸侯国改朝换代、废立国君都不再汇报于周天子，楚国国君甚至公开称自己为"楚王"，也只有几个宗亲国还碍于血统关系，对周天子还有点尊敬。周天子基本名存实亡。

周庄王上台，就更没有威信了，诸侯们之间的斗争也愈演愈烈。公元前696年，诸侯间又开始了一场多国大战。从正月开始，鲁国和卫、宋、陈、蔡会盟，攻打郑国，这一打就打了半年多。《春秋》记载道：

（鲁桓公）十有六年春正月，公会宋公、蔡侯、卫侯于曹。夏四月，公会宋公、卫侯、陈侯、蔡侯伐郑。秋七月，公至自伐郑。

卫国本不想参战，但是出于政治考虑又不得不打。于是卫被拖着跑来跑去，耗费了不少精力，国内百姓怨声载道。

这年冬天，左公子、右公子等老牌贵族趁机把卫惠公朔赶下了台，把太子伋的亲弟弟公子黔牟迎回卫国，请他做了国君。卫惠公朔逃往齐国投奔舅舅，暂时安顿了下来。

卫国重生记

1. 重登宝座

公子黔牟做国君的这几年，卫国基本没有什么大事发生，卫国老百姓也稍微喘了口气。或许有朋友会问：卫惠公朔逃到了齐国，难道不给他舅舅齐襄公告状吗？齐襄公难道不帮他亲外甥要回卫国吗？

齐襄公是有这个打算的，不过他正忙着别的事：他先向周天子求亲，又把妹夫鲁桓公喊来主持婚礼，趁此机会与亲妹妹文姜厮混，最后干脆派人暗杀了鲁桓公，又不得不处理其后事。齐襄公太忙了，暂时没空管外甥的事儿。

所以卫惠公朔也就只能在齐国无所事事。直到公元前689年，卫惠公朔逃到齐国已经有七八年之久了，齐襄公才终于想起了自己的外甥还流亡在齐国，又估摸着当年布下的棋子——昭伯公子顽的政治势力也发展差不多了，便联合了宋、陈、蔡几个小国家，找借口攻打卫国，要替外甥夺回卫国国君的位子。

由于卫国这几年休养生息，国力稍有好转，加上左、右公子领兵奋力抵抗，所以这一仗前前后后打了小半年，一直打到第二年春天。卫国实在撑不住了，就向周天子求救。周天子也真仗义，派了军队来增援卫君黔牟。

可毕竟大势已去，周天子派兵来救援也无济于事。公元前688年春，齐襄公和卫惠公朔攻入卫国首都，杀了左公子洩、右公子职，并流放了卫君黔牟。别的国家都不敢接纳黔牟，他只好逃到了周天子的都城洛邑。

于是，苦等八年的卫惠公终于重新执掌大权，再次坐上了卫国国君的宝座。

2. 把鹤当宠物养的雅人

十八年后，公元前669年的一天，背着间接害死两个亲哥哥骂名的卫惠公朔悄无声息地死去了。新国君即位——他是卫惠公朔的儿子，史称卫懿公。

卫懿公在历史上出名的原因很特殊，他既没什么好名声也不算有坏名声，既不残暴也不好色，他出名是因为他特别喜欢养宠物。他的宠物不是狗、马，而是鹤。

说来这也是极为风雅的爱好了。当时的河南水草丰茂、气候湿润，鹤也较多，所以卫懿公让臣民进贡一些漂亮的鹤，还是可以的。

卫懿公给鹤吃精致的食物，派专人伺候鹤，把鹤的羽毛梳得干净光滑。《左传·闵公二年》说："卫懿公好鹤，鹤有乘轩者。"轩，是曲辕、带有藩蔽（围挡）的车，大夫以上的官员才可以乘坐。"乘轩"不能直接理解为"给鹤坐车"，而是说给鹤的待遇很高，"以卿之秩宠之，以卿之禄食之也"（汪中《述学》）。

清代学者王端履觉得卫懿公这么爱鹤有点匪夷所思，所以把"鹤"解释为"鹤邑的人"。鹤邑是当年卫国的首都，即今天的河南鹤壁，也就是说卫懿公宠爱的是一位鹤邑的美人。但这种解释没有根据，《左传》中没有用"鹤"来指代"鹤邑人"的用法。

总之，卫懿公对鹤的喜爱远远超出了对臣子百姓的关心喜爱。

从卫庄公开始，卫国的国君就没有几个是亲政爱民，努力发展国力的。面对这样一群荒唐的国君，卫国人民还能说什么呢？《鄘风》中有一首诗《相鼠》就是对这几代无道卫君赤裸裸的咒骂。

相鼠有皮，人而无仪。人而无仪，不死何为？

相鼠有齿，人而无止。人而无止，不死何俟？

相鼠有体，人而无礼。人而无礼，胡不遄死！

【注释】相：看。何为：即为何，做什么。止：节制，用礼仪约束自己的行为。俟（sì）：等待。遄（chuán）：快，迅速。

这首诗中虽然个别生僻字不好理解，但文辞直白：你们就跟老鼠一样！不，不对，你们连老鼠都不如！你看那老鼠还有皮、有牙齿、有毛发，还有点遮羞和文饰的东西，可你们呢？你们连这些基本的东西都没有！你们没有仪态、举止粗鲁，做事丝毫不顾礼义廉耻，没有半点羞耻心，拿老鼠和你们比都辱没了老鼠。像你们这样的人，不死还在等什么？最后一段最后一句"胡不遄死！"翻译过来就是：你怎么还不快去死！——咒骂得十分直接。

为什么用老鼠来比喻卫国国君呢？原因有二：第一，老鼠让人憎恶，所谓"老鼠过街人人喊打"；第二，老鼠是啮齿类动物，有时候会用后腿站起来，前面两个爪子则搭在一起，看起来就像人拱手作揖一样，所谓"拱手而立"——韩愈写过一首诗，其中就有一句"相鼠拱而立"。所以《相鼠》用老鼠起兴，就是咒骂那些荒唐的卫国国君：连人人憎恶的老鼠都知道拱手作揖有点礼貌，你们却连它们都不如啊！

卫懿公在位的时候，天下并不太平。诸侯之间的兼并战越来越多，诸侯国内的政治斗争也越来越严重。此时，最强大的齐国在管仲的建议下通过"尊王攘夷"的战略，确立了春秋霸主的地位。

这中间，齐、卫还发生了一次战争，卫国大败，只好承认齐国的霸主地位。卫国从一个方伯之国，沦落为二流国家，唯齐桓公马首是瞻，实在有点可怜。

但是卫懿公并不在乎这些，他在乎的，是他那些可爱的鹤大夫是否吃得好，是否住得好，其余什么大国小国，都可抛诸脑后。齐国虽为中原霸主，但是并没有欺负其他诸侯国。对包括卫国在内的中原各国而言，真正要命的是夷、狄、犬戎的侵扰。比如卫国北边的邻居邢国，就屡遭北狄的侵犯。

公元前662年，狄人大举南侵中原。邢国边境很快失守，狄人一路向南，烧杀抢掠。最后，在管仲的建议下，齐桓公派兵帮助邢国赶走了狄人。但狄人没有善罢甘休，很快就发起了第二次侵扰：公元前660年，狄人再次南侵。他们这次的攻击更为凶悍，先以"闪电战"的方式围困住了邢国国都，又继续南下攻打卫国。

卫懿公要组织军队打仗，可国人不愿意，他们说："使鹤，鹤实有禄位，余焉能战！"（《左传·闵公二年》）意思是：你让鹤去打吧！鹤们都有官职，我们怎么能去呢？

卫懿公没有办法，只好把自己的玉玦和国君的箭分别赏赐给了石祁子和甯庄子两位将军，请他们赶紧领兵守卫国家。他自己则安顿好夫人，亲自奔赴前线督战。最后，卫、狄在荥泽大战，卫军一触即散，溃不成军。

卫懿公还算有骨气，他不愿意丢弃卫国的军旗，最终被狄人所杀。据《吕氏春秋》记载，狄人杀死卫懿公，分食其肉，吃得只剩下一个肝脏了。

随卫懿公一起出征的太史华龙滑和礼孔，也被狄人俘虏。太史华龙滑施计逃回卫国国都，告诉大家卫懿公已经阵亡，并且带回一个可怕的消息："狄人太过凶猛，咱们没法抵御了！"卫人一听，纷纷逃亡，整个朝歌一片哭声。

是夜，卫人在撤离到黄河边时又被狄人追上。两军交战，卫师大败，被狄人所屠。眼看卫人就要被杀尽了，南边突然杀出来一支军队，奋力冲进狄人的队伍。剩下的卫军看到援军，立刻士气重燃，双方联手反攻，最终打败了狄人，卫国剩下的百姓得以保全。

卫懿公的"鹤大夫"怎么样了呢？

狄人攻进朝歌的宫殿，看到一只只肥美的鹤穿着华美的衣服，正优雅地走来走去，他们哈哈大笑，把这些鹤全部抓来吃了。

3. 爱国女诗人——许穆夫人

卫人大逃亡的时候能遇上援军，多亏了寄居在宋国的卫国公子申和宋国国君宋桓公的夫人，这两人是兄妹，都是宣姜和公子顽的孩子。

击退狄人之后，宋桓公在黄河边安抚溃散的卫国百姓，帮助大家渡过黄河。经此一役，逃出卫国国都活下来的卫国老百姓只有七百三十人了，再加上卫国南部共、滕两地的民众，卫国一共也就五千多人了（《左传·闵公二年》）。

这点人对于堂堂一个大国来说，实在是少得可怜。但是卫国香火不能断灭啊！于是大家就拥立公子申为国君，在野外造草庵，暂时寄居在漕地（今河南滑县旧县城东），史称"庐于漕"。

这一年是公元前660年。公子申即位后就是卫戴公。可惜卫戴公悲伤过度，不到一年就去世了。公元前659年，公子申的弟弟公子燬从齐国赶回卫国，大家又拥立公子燬为卫国的新国君，即卫文公。

公子申的妹妹许穆夫人，听闻自己的母国蒙受大难，不顾许国人的阻拦，不远百里，坐着马车日夜兼程跑到齐桓公那里大声哭诉，请求齐桓公帮助卫国复国。她写了一首非常凄惨的《载驰》，诉说自己祖国的不幸和她心中的哀愁。

　　载驰载驱，归唁卫侯。驱马悠悠，言至于漕。大夫跋涉，我心则忧。
　　既不我嘉，不能旋反。视尔不臧，我思不远。既不我嘉，不能旋济。视尔不臧，我思不閟。
　　陟彼阿丘，言采其虻。女子善怀，亦各有行。许人尤之，众稚且狂。
　　我行其野，芃芃其麦。控于大邦，谁因谁极？大夫君子，无我有尤。百尔所思，不如我所之。

【注释】载：语气助词，即"乃"。驰、驱：唐代学者孔颖达认为"走马谓之驰，策马谓之驱"。这里均指快马加鞭。唁（yàn）：慰问死者家属。既：都，尽。不我嘉：不赞同我。旋反：回归。不远：切实可行。閟（bì）：闭塞不通。陟（zhì）：登。蝱（méng）：贝母，可以治疗忧郁。行：道理。众：既。控：赴告。因：依靠。极：至，此处指来救援。尤：过错。所之：所往。

第一段中，许穆夫人讲述了自己骑着马，快速赶路，打算回母国吊唁，结果许国的大夫前来阻止的事。大概是觉得女子抛头露面不是很好，许国想用外交手段来解决此事，不希望贵为国君夫人的许穆夫人出面。

可是许穆夫人怎么想的呢？她沉痛地道出了自己的心声："自己思念母国。母国有难，自己的心多么沉重难过！"她表示自己"不能旋反""不能旋济"——她不愿意回许国，她要救自己的母国。

一方面，她对许国只说不做的行为感到气愤；另一方面，她又对母国的命运感到担忧。卫国都要灭亡了，自己怎么能置身事外？所以，许穆夫人在诗的最后一段说："你们这些大夫国君们，哪里知道我的焦急和担忧？你们在那里讨论、考虑上百次，也不如我亲自跑一趟有用！"

许穆夫人贵为许国国君夫人，生活优渥，子女绕膝，有着正常的婚姻、家庭生活，她的一切都是非常幸福的。按说这时候，她已经是"许国人"，顶多算"卫裔"，可以不必亲自为卫国之事奔波的。但从这首诗中，人们能看出她对母邦的爱国之心和毅然决然的救国行动。她性格坚毅刚烈，爱憎分明，做事干脆利落，可以说是巾帼不让须眉！因此后来，许穆夫人被称为"我国第一位爱国女诗人"。

4. 重生的卫国

在齐国的朝堂之上，许穆夫人声泪俱下，对母国的爱溢于言表，令人动容。她对狄人的控诉,想来也是陈词激昂,言语铿锵!

齐桓公被深深地打动了,他决定帮助卫国复国。

齐国具体怎么帮助卫国的呢?首先,当然是派兵保护幸存的卫国老弱。齐桓公派了军队去漕地,把卫国遗民和卫文公都保护起来,并且给他们提供了衣服食物以及其他必备生活品。《左传·闵公二年》记载:

> 齐侯使公子无亏率车三百乘,甲士三千人以戍曹。归公乘马,祭服五称,牛羊豕鸡狗皆三百,与门材。归夫人鱼轩,重锦三十两。

紧接着,齐国又帮卫国建立都城。

在春秋时代,一个国家最重要的两个的标志就是宗庙与土地。土地是物质层面的标志,宗庙则是精神层面的标志。只要还有嫡系后人祭祀祖先,哪怕只剩十个人,这个国家就算还没有灭亡,就还可以复国。要是祖先的牌位没了,嫡系乃至旁亲的后人都没了,祖先不能再享受子孙后代的香火祭祀,那就是"断了香火",这个国家也就算完了。

所以,春秋年间,虽然许多国家都有外敌入侵,把国君赶跑的事情发生,但是过不了多久就又复国了,原因就是祭祀的香火还在延续。

大家还记得郑国的"发家史"吗?他们原来的封地在陕西,后来搬到了河南。他们放弃了原来的土地、放弃了原来的庄稼,连国土都换了,可是他们还是郑国!这在我们今天看来不可思议,但是在当时,只要"宗庙祭祀"还在延续,国家就可以继续存在。

因此尽管卫国国都被毁,国人惨遭屠杀,只剩下五千来人,可是只要他们还有祖先牌位,后人还能祭祀祖先,就不能算灭国。而齐桓公要帮卫国复国,就必须要帮卫国重新建立宗庙,找一个可以安安稳稳祭祀祖先的地方。这就得建立新都。

知识拓展　宗庙与土地

中国古代建筑中有两个重要的概念:"左宗右社"与"宗庙社稷"。

"左宗右社"是指在都城王宫前要有两座建筑,左边的是宗庙——用来祭祀祖先的,右边的是土地庙——用来祭祀土地神的。

一个国家最重要的两个象征,就是宗庙和土地,因此我们往往用"宗庙社稷"这四个字表示国家。宗庙就是祭祀祖先的庙宇;社是土地神;稷是谷神。把宗庙放在土地、粮食之前,可见祖先祭祀在当时人们心中是多么重要。

经过勘测,卫国新都最终选在了楚丘(今河南滑县东)。《鄘风》中的《定之方中》记录的就是卫国在楚丘建都的故事。

> 定之方中,作于楚宫。揆之以日,作于楚室。树之榛栗,椅桐梓漆,爰伐琴瑟。
>
> 升彼虚矣,以望楚矣。望楚与堂,景山与京。降观于桑。卜云其吉,终然允臧。
>
> 灵雨既零,命彼倌人。星言夙驾,说于桑田。匪直也人,秉心塞渊,𫘧牝三千。

【注释】树:种植。榛栗:榛树和栗树,果食可供祭祀之用。椅桐梓漆:四种树名,都可供建筑及制作家具、乐器用。虚:大丘。堂:即堂邑。景山:远山。京:高山。允臧:确实好。灵雨:好雨。零:雨徐徐降下。星:披星,指早行。说:通"税",停车。匪:彼。秉心塞渊:指卫文公心地善良。秉心:居心。塞:诚实。渊:深沉。

第一段中,"定之方中,作于楚宫",意思是定室星出现在天中,我们就开始营造楚宫了。"定"指二十八星宿中北方七宿的"室宿",也叫"营室星"。"楚宫"不是楚国的宫殿,而是指卫国新都城楚丘的王宫。"揆之以日,作于楚室"和"定之方中,作于楚宫"的含义差不多,两句是互文。"揆",就是计算、度量的意思,"揆之以日"指的是用表竿测量法来定方向。

这首诗第二段则讲了卫文公的英明领导。他在建造新都之前,多次详细勘察地形,又占卜请示神灵,最终确定了新都建造的具体位置。第三段歌颂卫文公不但努力建宫殿,还不忘让大家照顾农田,以百姓生息为第一。最后的"匪直也人,秉心塞渊,骙牝三千"是夸赞卫文公的,说卫文公实在是朴素无华的人,胸怀广大,政治英明,所以卫国各方面都发展得很快,"各种马都有了三千多匹"。

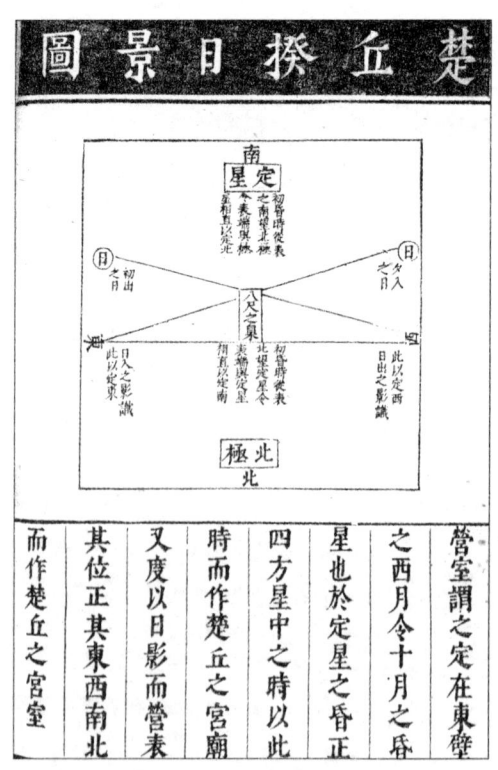

定之方中(出自:《七经图·诗经图》)

都说大灾之后必有贤人。卫国遭受了灭顶之灾，之后，卫文公和老百姓同甘共苦，亲自下地干活，亲自建造都城，勤勉宽和，深得百姓爱戴，的确比前面几代君主强多了。

《定之方中》全诗采用铺陈手法记录卫国建都之事，其中"秉心塞渊"是对卫文公的直接夸赞，所以这四个字也是这首诗的"诗眼"。

知识拓展　中国古代营建宫殿为什么要"定之方中"

朱熹在《诗集传》中说："定，北方之宿，营室星也。此星昏而正中，夏正十月也。于是时可以营制宫室，故谓之营室。"就是说在农历十月以后，一颗名为"定"的星宿会在黄昏时候出现在天空正南方，这叫"方中"。这时候适合营造宫室，即"营室"。

人们建造房屋首先要定向，古代科技不够发达，定向最常用的方法，就是看天上的恒星。定星出现在天中，和北极星连成一条线时，正南正北两个方向就可以确定了，人们就可以据此来确定营造宫室的朝向了。十月刚好是农闲时间，天气也冷热适中，这会儿建造房屋，各方面条件都比较合适。

卫文公确实是位不错的政治家。他在卫国大难之后勇于承担、励精图治，大力发展农业、商业、手工业，教化百姓，还能任人唯贤、任人唯能，据《左传·闵公三年》载："卫文公大布之衣，大帛之冠，务材、训农、通商、惠工、敬教、劝学、授方、任能。元年革车三十乘，季年乃三百乘。"

政治清明，老百姓休养生息，卫国呈现出一派和谐发展、生机蓬勃的景象，史称"文公中兴"。

卫国老百姓感激带领大家走出低谷的卫文公，又作了一首《干旄》来赞颂他，说在他的领导之下，卫国政治清明、朝纲有纪，朝中臣子都十分贤明。

孑孑干旄，在浚之郊。素丝纰之，良马四之。彼姝者子，何以畀之？

孑孑干旟，在浚之都。素丝组之，良马五之。彼姝者子，何以予之？

孑孑干旌，在浚之城。素丝祝之，良马六之。彼姝者子，何以告之？

【注释】孑（jié）孑：形容旗帜挂在高杆上，十分显眼的样子。干旄：用牛尾巴装饰旗杆，表示威仪。浚：地名，在今河南浚县，在当时属于卫国的城邑。素丝、良马：都是用来聘请贤者的礼物。纰（pí）、组：束丝之法。畀（bì）、予、告：都是给予的意思。都：近郊。祝：厚积之状，堆集貌。

旄在春秋时期是礼节的象征，这首诗用干旄起兴，表示卫文公礼贤下士，能以厚礼聘请贤能的人才治国安邦。诗中的"彼姝者子，何以畀之""彼姝者子，何以予之""彼姝者子，何以告之"就是"那个贤能之士啊，该拿什么送给您呢？"的意思。

关于这首诗的主旨，据张树波《国风集说》统计，有十三种不同的理解，其中最有影响力的就是《毛诗序》的"赞颂卫文公说"、朱熹《诗集传》的"卫大夫访贤说"，以及现代学者所持的"男恋女情诗说"三种。本文从《毛诗序》及朱熹的观点。

《卫风》中还有一首《木瓜》，是卫国人对帮助他们复国的齐桓公的唱诵、赞美。这首诗我们已经在《齐风》那章介绍过了，此处不再赘述。

虽然卫文公努力治国，但狄人的侵扰让卫国元气大伤，哪是短短几年就可以恢复的？古代学者谈起卫国的这一段历史，总是不胜唏嘘。

值得注意的是，卫庄公死后，卫文公之前，卫国前后更换了五个半国君：卫桓公、卫前废公州吁、卫宣公、卫惠公朔、卫君黔牟（半个）和卫懿公。在此期间，卫国越来越衰败、混乱，历史上称之为卫国的"五世之乱"。

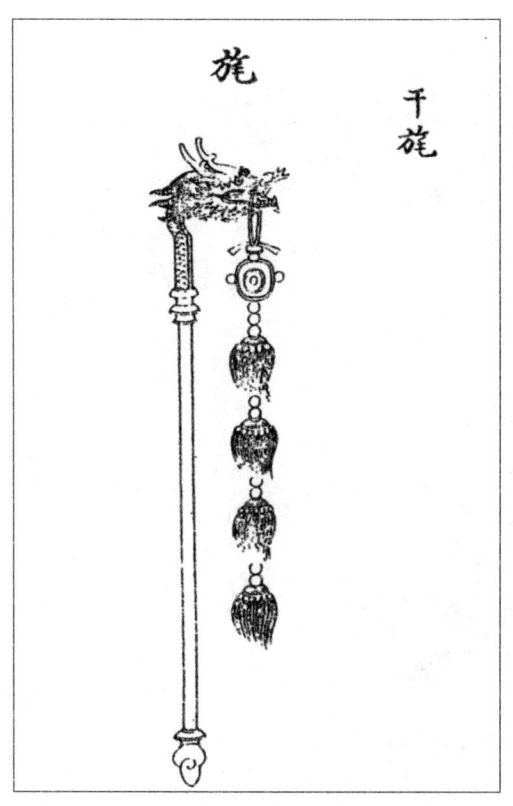

干旄（出自：《诗经疏义会通》）

可笑的是，古代一些儒生把"五世之乱"的原因归咎到庄姜身上。在这些儒生看来：庄姜若能生个太子，卫庄公就不会宠溺庶子州吁，也就没有后来的州吁弑君篡位等一系列的问题了。这种言论，实在毫无道理。

知识拓展　为什么卫君黔牟只算半个国君且没有谥号？

谥号一般是王位继任者给先王追封的。卫君黔牟虽然夺了卫惠公的王位，当了八年卫国国君，但后来又被卫惠公联合齐国推翻。在卫惠公看来，黔牟只是乱臣贼子，怎么能给黔牟追封谥号呢？所以黔牟没有谥号，史书也只称黔牟为"卫君黔牟"。

《唐风图·羔裘》（南宋 马和之绘 辽宁省博物馆藏）

第七章
予美亡此,谁与?独处

《唐风》

"十五国风"之《唐风》，收录的是晋国地区的诗歌作品。

《唐风》为何收录的是晋国的诗歌呢？

西周初，周武王克商建周，第二年就驾崩了，周成王即位。周成王即位的时候还很年幼，便以周公旦为摄政大臣。

周成王和自己的弟弟叔虞一起玩时，拿了一片桐树叶，把它剪成玉圭的样子，开玩笑说，我把唐地封给你。结果周公旦就真请周成王分封叔虞到唐地，周成王说那只是自己的玩笑，但是周公旦说天子金口玉言，不能反悔，于是叔虞就被封到了唐尧故地——唐，爵位为侯。这就是"桐叶封弟"的故事。

叔虞去世后，其子燮父即位，把唐的国号改为"晋"。至于为何更改国号，目前有两说。一说是燮父治理晋水，因水为名，改国号为晋；另一说是唐叔虞善射，而晋的金文写法像箭插在靶子上，故而唐改名为晋。所以，唐就是晋国的古称。

晋国在春秋初年陷入内乱，时间长达六十多年，后来内乱逐渐平息，还在晋文公时期成为春秋五霸之一。春秋末年，晋国的赵、魏、韩三大家族瓜分了晋国的土地，晋君仅有绛、曲沃，反朝于三家。周威烈王二十三年（前403），周天子正式承认三家为诸侯。史学界遂以"三家分晋"作为春秋和战国的分界点。

晋国的统治区域大致包括今天的山西省南部，汾水流域一带。《唐风》收录的就是这些地方的诗歌。

《诗经·唐风》收录有《蟋蟀》《山有枢》《扬之水》《椒聊》《绸缪》《杕杜》《羔裘》《鸨羽》《无衣》《有杕之杜》《葛生》《采苓》等十二首诗。

六十七年"成大事"

1. 小宗与大宗本末倒置

晋国是老牌诸侯国，地盘大，国力也算强盛，在东周初年却默默无闻，没有快速称霸，主要和晋国一段六十多年的内乱有关。这段历史，还得从晋穆侯说起。

晋穆侯做国君的时候，西周还没灭亡，那时候的周天子是周幽王的父亲周宣王。

晋穆侯很有威望，也比较强势，所以晋穆侯在位的时候，晋国还算太平。可是公元前785年，晋穆侯一死，晋国就开始乱了。

十二岁的太子姬仇本应即位，可他年龄小，没什么能力，他的叔叔、晋穆侯的弟弟殇叔趁机叛乱，赶走姬仇，自立为君，霸占了君位两年左右。公元前780年，已经长大的姬仇杀了殇叔，成功夺回王位，当上国君，史称晋文侯。在这场平乱复位的战斗中，晋文侯的弟弟公子成师立下大功，成了位高权重的大贵族。

晋文侯在位时，帮着周幽王反击犬戎，又保护周平王东迁，所以在平王东迁后得到了大片土地和爵位的赏赐。

公元前746年，晋文侯姬仇去世。公元前745年，姬仇的儿子姬伯即位，是为晋昭侯。姬伯看到自己的叔叔成师位高权重，又有复国的大功，担心自己无法驾驭，于是就把晋国的城邑曲沃封给叔叔做食邑，把叔叔"请"出了晋国国都。

姬伯没有想到，他这个决定正是晋国六十多年内乱灾难的源头。

曲沃，在今天是山西临汾市下属的一个县，在当时却是仅次于晋国国都的一座大城邑。所以姬成师，也被称为曲沃桓叔，在当时也是一号著名人物。

他当然知道侄子把自己封到曲沃的原因，所以心中非常不平——当年，是我努力帮助你父亲回国复位，这么多年来一直东征西战，可你刚刚即位，就将我赶出国都，这么做，实在是忘恩负义！

这时候的曲沃桓叔已经五十八岁了，政治经验相当丰富，他隐忍不发，着手布局下一盘大棋。他效仿周文王大行仁义之道，没两年，曲沃桓叔的"仁政"之名远播诸侯，曲沃也成了仁义之都，人们争相传诵，都想迁居曲沃。《史记·晋世家》记载说：

> （曲沃桓叔）好德，晋国之众皆附焉。君子曰："晋之乱其在曲沃矣，末大于本而得民心，不乱何待？！"

明眼人一眼就能看出，这是个危险的信号。为此，他们还作了一首《椒聊》以作警示。

> 椒聊之实，蕃衍盈升。彼其之子，硕大无朋。椒聊且，远条且！
> 椒聊之实，蕃衍盈匊。彼其之子，硕大且笃。椒聊且，远条且。

【注释】椒聊：花椒。《毛传》曰："椒聊，椒也。"花椒结果，籽粒繁多，古人认为这是"多子多福"的象征，所以赋予花椒吉祥的寓意。比如皇后的寝室称为"椒房"，就是取"多子"之意。蕃衍：繁多。无朋：无与伦比。且：按照马瑞辰先生的注解，音同"拘"，是语气助词。远条：长的枝条,指花椒香气远闻。匊:同"掬",形容花椒果实多,捧满双手。

这首诗用花椒起兴,说花椒的果实很多啊,装满了容器。它的后代健康繁盛,没什么可以相比。花椒的树枝修长,花椒的香气远远的就可以闻到。整首诗用花椒暗喻曲沃桓叔的后代影响深远,认为曲沃桓叔大行仁义,后代子孙必将昌盛,恐怕晋国未来的主人将变为曲沃桓叔这一支了。

晋国的大宗国君、太子这一脉,政治水平一般,子孙也不昌盛;而小宗曲沃桓叔这一支脉却子孙兴盛、德政广被。本末倒置,晋国的内乱就要开始了。

2. 君位争夺开始了

六年过去了,曲沃桓叔收买人心的政策取得了一定的成效。晋昭侯姬伯相形见绌:政治管理不行,经济发展不行,军事力量也不行,口碑德行更是远不能和曲沃桓叔相比。晋国的很多老百姓和贵族,自然心向曲沃。

当曲沃桓叔的势力发展壮大之后,他野心家的面目就逐步暴露出来。除了收买人心,他还扩大军备,扩建城池。到后来,曲沃城的面积,居然大过了晋国国都。

公元前739年,曲沃桓叔联系了在晋国朝中的一批大臣,打算里应外合,发动叛乱。一个叫潘父的大臣,趁乱杀死了晋昭侯,大开国都城门,迎接曲沃桓叔。

《唐风》中的《扬之水》,就和这件事有关。

> 扬之水,白石凿凿。素衣朱襮,从子于沃。既见君子,云何不乐?
> 扬之水,白石皓皓。素衣朱绣,从子于鹄。既见君子,云何其忧?
> 扬之水,白石粼粼。我闻有命,不敢以告人。

【注释】扬之水：悠扬缓慢的流水。凿凿：鲜明貌。襮（bó）：衣领。沃、鹄：都是属于曲沃桓叔治下地名。朱绣：红色的刺绣。此处指衣领上的绣纹。命：命令、指示。

这首诗用流淌缓慢的水流和水底的白石起兴，比喻表面平静，实际将有大的政治斗争发生的情形。其大意是说，平静的水面下有白石，曲沃桓叔好像要穿诸侯的朝服了啊，我现在见到国君您，好担忧啊。诗中的"我闻有命，不敢以告人"，意思是：到底该不该直接说出（曲沃桓叔要夺权的）秘密呢？

看来，曲沃代翼（即晋国首都翼城，在今山西临汾翼城）的野心，这首诗的作者也有耳闻。有感于即将到来的政治风波，作者陷入了两难的境地：一方面，从客观角度看，晋人纷纷归附曲沃，如果桓叔做了国君，晋国的老百姓会很幸福；另一方面，晋昭侯是正牌国君，曲沃桓叔的做法无论如何都是不合礼制的。

所以写这首诗的作者，可能是暗示晋昭侯，希望他能听懂自己的意思。可惜，晋昭侯没有理解其良苦用心。更可能的是，晋昭侯听懂了，但他没有阻止悲剧发生的能力。

晋昭侯被潘父杀死后，曲沃桓叔高高兴兴地打算进驻晋国首都翼城，却没想到遭到了国都内大宗贵族的死命抵抗！曲沃桓叔只好退回曲沃，而弑君的潘父也被大宗贵族杀了。

大宗贵族立晋昭侯的儿子为国君，史称晋孝侯。

公元前732年，曲沃桓叔去世。他的儿子姬鳝，史称曲沃庄伯，不仅继承了父亲的爵位，还继承了他未完的心愿——取代晋国大宗。

3. 三代人的"奋斗"

只要还有一口气在，曲沃庄伯就要实现父亲的遗愿。他前后对晋国国都发起了两次攻击：

第一次在公元前725年，也就是晋孝侯十六年。曲沃庄伯攻进翼城，杀死了晋孝侯。但是大宗的贵族们团结一气，又把曲沃庄伯赶回了曲沃，然后立了晋孝侯的儿子为国君，史称晋鄂侯。

第二次在公元前718年。曲沃庄伯联合了郑国、邢国，甚至取得了周桓王的支持，以王命讨伐晋侯。这次他差点就成功了，没想到周桓王突然改了主意，改而支持晋国大宗贵族，并且立了晋鄂侯的儿子为国君，是为晋哀侯。

曲沃庄伯又气又恨，过两年就病死了，他的儿子曲沃武公登上了历史舞台。

曲沃武公为实现自己爷爷曲沃桓叔、父亲曲沃庄伯的遗愿，时刻准备着再次起兵攻打晋国国都，消灭大宗贵族——其实这时候，祖辈的仇恨多半已经淡化，支持他起兵的动力主要是那诱人的晋国国君之位。

曲沃武公的"大业"也比较曲折，他一共经历了三次大规模的行动：

第一次行动在公元前710年，曲沃武公和晋哀侯大战，晋哀侯的战车被卡在树林里，曲沃武公便俘虏并杀害了晋哀侯。晋国大宗贵族只好立晋哀侯的儿子为国君，新君年纪太小，史称晋小子侯。

根据《左传》的记载，第二次行动在公元前705年，曲沃武公以见面叙旧言好、联络感情为由，将晋小子侯诱骗出国都，趁机杀了晋小子侯！这是严重的背信弃义的行为。周桓王为此很生气，于公元前704年春派虢仲领兵攻打曲沃武公。曲沃武公战败，只好回到曲沃，坚守不出。

曲沃武公对同宗亲族下黑手，就连未成年的国君都不放过，晋国人认为，要么是曲沃武公身边缺乏贤人，要么就是曲沃武公远贤拒谏，否则他怎么会做出这样无道的事情呢？于是，晋国人就四处传唱一首诗，讽刺曲沃武公不顾手足之情，伤害亲族，不听贤臣纳谏，一意孤行。

有杕之杜，生于道左。彼君子兮，噬肯适我？中心好之，曷饮食之?

有杕之杜,生于道周。彼君子兮,噬肯来游?中心好之,曷饮食之?

【注释】有杕(dì)之杜,生于道左:一棵棠梨树孤孤单单地长在路旁。有:虚词。杕:孤独生长的一棵树。杜:棠梨树。噬:语气助词;一说同"曷",即何时。适:悦。曷:何时。周:右。

这首《有杕之杜》借助一个大夫的口吻,用孤单生长的杜梨树警诫曲沃武公:你看你现在都成什么样了?可怜兮兮,没有一个亲戚。为什么还不听我劝?何时来与我共饮一杯(听我的劝阻)呢?言下之意是:如果你继续残害同族,只会落得亲戚无存,形单影只。

4. 终于成功代翼

对于晋国大宗贵族来说,晋小子侯被杀,晋国就得赶紧立一个新君。可是晋小子侯年纪还小,根本没孩子,怎么办?晋国人只好立晋小子侯的叔叔、晋哀侯的弟弟为国君,史称晋侯缗。

晋侯缗当了二十八年的晋国国君,也算过了些好日子。他为什么可以当这么久的国君呢?是曲沃武公突然变得仁慈了吗?当然不是。曲沃武公总结了经验教训,发现他和老爸两次功败垂成,都和周天子有关。曲沃武公知道,即便自己战胜了大宗、杀了国君,只要周天子不支持,自己的合法性还是会备受质疑。所以他决定改变战略:等到天子不再那么多管闲事,等到自己的实力足够强大,再重新出手!就让晋侯缗多活几年吧!

这一等,就是二十七年!

这二十七年之间,周天子势力严重衰微。山戎、北狄不断侵扰中原各诸侯国,令各诸侯国疲于应付。卫国、郑国内乱,唯有齐国出现了齐桓公那样的英雄人物。

二十七年之后，是公元前679年，这时候齐国称霸的格局已经初步形成，北杏会盟也是两年前的事了。此时当周天子的，是周桓王的孙子周僖王，周王畿的生活已十分困苦。

曲沃武公知道，自己苦苦等待的机会终于到来了。

公元前679年，曲沃武公又一次发动战争，这一次，他直接杀死了晋侯缗，控制了国都翼城。此时，大宗贵族架不住这么久的折腾，已无力反抗。而吸取了此前的教训，曲沃武公派大臣向周僖王献上了各种奇珍异宝、美女金银，并且用非常谦卑的姿态讨好周僖王。出使的大臣不辱使命，态度和善、言辞谦卑，把周僖王奉承得舒舒服服的，以便在天子这里为曲沃武公讨一个合法的名分。

《唐风》中收录了一首《无衣》，据《毛诗序》和朱熹《诗集传》的解释，这首诗是一位被曲沃武公派去贿赂周天子的大夫所作的。

岂曰无衣？七兮。不如子之衣，安且吉兮。
岂曰无衣？六兮。不如子之衣，安且燠兮。
【注释】燠（yù）：暖。

诗的第一段的大意是：难道说我没有朝服吗？不是的，我有七节之衣。可是，我自己做的朝服哪里有您赏赐的好呢？您赏赐的朝服穿起来，又舒服又好！第二段是这位大夫为表明谦卑的态度，自降身份而说的：难道我没有朝服吗？不是的，我有六节之衣。可是我自己做的哪里有您赏赐的好呢？您赏赐的穿起来，那是又舒服又暖和！

讨要衣服只是象征：穿上自己做的朝服等于非法自封；要是天子能赏赐朝服，不就等于承认了自己的合法地位吗？如果抛开这个文化背景，这首诗的主旨也就不甚明晰，比如有人将其解释为"纪念亡妻"的作品。

知识拓展　为什么《无衣》中的衣服用"七""六"而不是别的数字表示？

根据《周礼·春官·大宗伯》记载，周天子有九种封授官职的仪式，分别对应九类职位，这被称作九仪：

以九仪之命，正邦国之位。一命受职，再命受服，三命受位，四命受器，五命赐则，六命赐官，七命赐国，八命作牧，九命作伯。

假如小明十分幸运，从一个普通的士人，一步一步成为周朝等级最高的贵族，接受了天子的九仪之礼。那么，天子封赏他的过程就如下所示：

最低一级的叫"受（授）职"，是说经周天子封授，小明有了最基本的从政资格。

二级叫"受（授）服"，是说周天子赏赐了小明一套祭祀的衣服，从此他就有资格参加重大祭祀，身份成为上士了。

三级叫"受（授）位"，是说周天子给小明封了实际的官职，小明可以在诸侯国当下大夫了。

四级叫"受（授）器"，是说周天子赏赐了小明一套祭器，小明有了自己祭祀的权利，职位已相当于诸侯国的上大夫了。

五级叫"赐则"。所谓"则"就是"地未成国之名"，即还没有被封给诸侯的土地。比如西周初年的山东一带，在被封给吕尚之前，就被称作"则"。小明接受了周天子封赏的土地，但名义上他还是大夫，不是诸侯。

六级叫"赐官"。就是说小明在自己的封地可以任免官员，有了人事任免和分封权，类似一个诸侯了（但是名义上还不是诸侯）。他可以担任周天子的卿士，在天子朝堂、京畿之地任职为官了！

七级叫"赐国"。就是说周天子正式封赏小明为诸侯国国君，从此小明可以拥有国都和封号，修建宗庙，祭祀祖先。

八级叫"作牧"。"牧"就是管理的意思。这一级赏赐的是特权。

比如已经是诸侯国国君的小明，在某次事件中立了大功，周天子封赏小明为"牧"，小明就有权力讨伐别的诸侯国。

九级叫"作伯"。就是所谓的"方伯"，小明成为一方诸侯之长，类似于某一大片区域的总管。春秋五霸的本质，就是诸侯之长。

从士人到诸侯之长，一共有九个级别。魏晋时期的九品中正制，之所以定为"九品"，就是脱胎于此。九仪制度中，每一个级别都有相对应的服饰，称作"某节之衣"。理解了这个，就明白《无衣》一诗中所说的"七兮""六兮"即"七节之衣""六节之衣"，代表的是曲沃武公渴望得到的第六、第七级职位、爵位了。

5. 兴、亡，百姓苦

晋侯缗是晋国大宗的最后一位国君。在他之后，晋国的国君就成了曲沃桓叔这一支的了。晋国这场历时长久的内乱，最终以曲沃武公完成了对晋国形式上的统一告终。

周僖王欣然接受了曲沃武公送给他的贿赂：周天子名存实亡，已经没落至此，还有人来寻求封讨，这也是很荣耀的事啊。于是，他郑重地封赐曲沃武公，承认曲沃武公为晋国合法国君。从此，曲沃武公光明正大地进入"国君"之列——这一年后，史书中不再叫他"曲沃武公"，而称他为"晋武公"了。

从晋昭侯把叔叔曲沃桓公封到曲沃那一年（前745）开始，一直到晋武公成功获得天子封赐（前679），晋国内乱持续了六十七年。在此期间，大宗小宗忙着斗争，老百姓也无法休养生息，晋国百姓苦不堪言。《鸨羽》就是在晋国内乱的背景下创作的，其中句句血泪，都是老百姓无奈的哭诉。

肃肃鸨羽，集于苞栩。王事靡盬，不能蓺稷黍，父母何怙？悠悠苍天，曷其有所？

肃肃鸨翼，集于苞棘。王事靡盬，不能蓺黍稷，父母何食？悠悠苍天，曷其有极？

肃肃鸨行，集于苞桑，王事靡盬，不能蓺稻粱，父母何尝？悠悠苍天，曷其有常？

【注释】鸨（bǎo）：一种鸟，比大雁略大，不善飞，善走善泳。肃肃：鸟拍打翅膀的声音。据说鸨鸟站不稳，落在树枝上，就得不停地拍打翅膀保持平衡。苞栩（xǔ）、苞棘、苞桑：都是生长茂密的树。王事：国家摊派的差役。靡：没有。盬（gǔ）：停止。蓺（yì）：种植。怙（hù）：依靠。所：处所。行（háng）：原指"翅根"，这里引申为鸟翅。常：正常。

诗用不断活动、不能稳定的鸨鸟来比喻百姓生活不能稳定，不断有事，颠沛流离。这王室战争没有尽头，不能停止，严重耽误了我种庄稼！我不种庄稼，父母吃什么啊？！天哪天哪，什么时候才能恢复正常？诗中三段的意思都差不多，不断重复，一唱三叹，十分真切地表现了战乱下百姓生存的艰难。

曲沃桓叔和他的儿子、孙子用六十七年完成了"大事"，但说到底，这是贵族们为了自己的私欲而争权夺势，最受苦的还是老百姓。就像元代张养浩在散曲《山坡羊·潼关怀古》中哀叹的一样："兴，百姓苦；亡，百姓苦。"

齿牙为祸

1. 晋无公族

晋武公受到天子封赐,成了名正言顺的诸侯。

两年后,即公元前677年,晋武公驾崩,完成了他的使命。他的儿子太子诡诸继承了晋国君位,史称晋献公。

晋献公即位没多久,亲信士芳就劝谏说:"故晋之群公子多,不诛,乱且起!"(《史记·晋世家》)意思是现在您虽然是国君,可是潜在的危险还在。除了老的贵族们对您不服气之外,还有您的兄弟们,他们也都有可能有样学样,不除掉他们恐怕还有祸乱!

原来,自晋武公当上晋国国君,晋国的新都就定在了曲沃。现在,晋献公虽然当上了国君,可是在故都翼城,还有些大宗的贵族依然认为晋献公名不正、言不顺;曲沃的一些贵族也仗着自己有战功,瞧不起刚刚即位的晋献公。

于是,在公元前669年,晋献公对晋国的王室贵族进行了大屠杀。就算许多人逃到了他国,他依旧不放过,要么派兵攻打这些人所在的国家,要么派杀手暗杀这些人。最后,晋国的王室贵族几乎全部被杀,只留下了晋献公的少数亲信及其夫人、孩子。从此,"(晋献公)无蓄群公子,晋无公族"。

晋国没有了公族,那么朝中的大事谁来决断,朝中的重要职位谁来担任呢？只能由外姓大夫顶上。所以，晋国的外姓势力就越来越强大。这些异姓卿大夫逐渐把控朝政，形成韩、赵、魏、知、范、中行六卿专权，最终，赵、韩、魏三家崛起，势力逐渐超过晋君。至公元前433年，晋君仅有绛、曲沃两地，其他土地被三家瓜分殆尽。公元前403年，周天子正式承认赵、韩、魏为诸侯。这就是"三家分晋"。这件事也成为春秋、战国之间的分界线。所以说，晋献公屠杀公族的做法间接决定了晋国后来分裂的命运。

晋献公为了坐稳国君的宝座，屠杀了宗族亲戚。这场屠杀后，晋国修建了一个新的都城——绛（今山西翼城东南）。之后，晋献公又将目光放到晋国之外，着力开拓疆土。

晋国位于山西，地处中原的边缘。晋国的北面、西面、东面的邻居，不是戎人就是狄人，所以晋献公对外攻伐戎狄正好响应了诸侯霸主齐桓公"攘夷"的倡议，因而中原国家没人反对。晋献公不但攻打山戎、北狄，还攻打比自己弱小的邻国。据《韩非子·难二》记载，晋献公在位二十六年，但是战绩累累，功业惊人："献公并国十七，服国三十八，战十有二胜。"

当然，这里的"国"，不仅仅指中原诸侯国，戎狄也被算在内。据统计，晋献公西伐骊戎、北征狄人，灭霍（在今山西霍州西南）、魏（在今山西芮城北）、耿（在今山西河津东南）、虞（在今山西平陆北）、北虢（在今河南三门峡东南），又先后兼并了山西中部、南部许多国家，还向西扩张至陕西境内，向南占据了山西、陕西、河南三省的要塞，从地处汾河流域的中等诸侯国，一跃发展为地跨晋、陕、豫的一流大国。《史记·晋世家》记载："当此时，晋强，西有河西，秦与接境，北边翟（狄），东至河内。"

客观地说，晋献公的征伐，扩大了晋国的国土面积，为晋国后来成为春秋强国奠定了基础，但是他的功业，是用老百姓的生命换来的。

一场战争中，无论是对战胜国而言，还是对战败国而言，无辜的老百姓总是最大的受害者。成千上万的士兵死亡背后是成千上万的家庭残缺。妻子没有了丈夫、孩子没有了父亲、长者没有了儿子，他们的生活如何过下去？

晋国当时就是这种悲惨的情况。荒坟一座连一座，坟前来祭拜的都是老弱病残、女子小儿。《葛生》就是在这个背景下创作的诗作，描写的是一个女子祭拜自己亲爱的丈夫的情形。可惜无论多么恩爱，终究人鬼相隔，再也不能在一起了。

>葛生蒙楚，蔹蔓于野。予美亡此，谁与？独处。
>葛生蒙棘，蔹蔓于域。予美亡此，谁与？独息。
>角枕粲兮，锦衾烂兮。予美亡此，谁与？独旦。
>夏之日，冬之夜。百岁之后，归于其居。
>冬之夜，夏之日。百岁之后，归于其室。

【注释】葛：葛藤，藤本植物。蒙：覆盖。楚：荆条。蔹（liǎn）：一种藤蔓植物。蔓：在这里做动词用，枝藤蔓延的意思。予美：我的爱人。亡此：不在人世间。域：指墓地。角枕：死者用的以兽骨做装饰的枕头。锦衾：装殓死者用的锦做的被子。

葛藤生长茂盛，覆盖住了树木；蔹草也很茂盛，蔓延至这一片荒野。这暗示这处坟茔荒芜，杂草丛生，奠定了全诗的悲怆气氛。"谁与？独处"，简单的四个字构成一个简短的设问，"与""处"两个仄声字收尾，一下子就把诗人心中的哀凉和凄惨表达了出来，更把死者生前征战惨死，死后孤独长眠的悲惨表现得淋漓尽致：我的爱人啊，你就埋葬在这里。谁和你一起呢？你一个人在这里！

这首诗前两段基本是一个意思。第三段的"角枕粲兮，锦衾烂兮"用角枕、锦衾这两样入殓物品的灿烂美丽，来反衬死者的凄惨孤独：人孤独地埋在那里，陪葬品再好又有什么用呢？

最后两段，诗人说："等到我熬完这些日子，就到地下和你相会，到地下和你睡在一起，陪伴你。"《西厢记》中那句"生不能同衾死同穴"明显受到了这首诗的影响。后代许多悼亡诗，诸如潘岳、苏东坡的悼亡诗词，也都或多或少从《葛生》一诗汲取了灵感。

2. 骊姬之乱

一般来说，新君登基后就要根据嫡长子继承制确立下一任国君的人选，将其立为世子，以防止儿子们互相征伐、争夺君位。但是实际上，由于各种原因，废长立幼、废嫡立庶等情况经常出现，所以国君的儿子之间的争斗屡见不鲜。

晋献公生有三子一女。最初，他纳了父亲的妾齐姜，生了长子申生和女儿穆姬（后来嫁给了秦穆公）。后来，他又娶了晋国大夫狐突的两个女儿大戎狐姬和小戎子，分别生下公子重耳和公子夷吾。一开始，晋献公选立的太子是嫡长子申生。申生的母亲早丧，他从小养成了拘谨、谦逊的性格，温良孝顺，德行宽厚，又是嫡长子，所以他成为太子是名正言顺的，没有什么人反对，大家都很拥护他。

但是，随着时间的逐渐推移，这一切就发生了变化。

那里，晋献公打败了骊戎。骊戎有两位貌若天仙的公主——骊姬和她的妹妹，晋献公便纳二人为妾。很快，骊姬姐妹二人各为晋献公生了一个孩子：公子奚齐和公子卓子。后来，晋献公就打算立骊姬为后宫正室夫人。

那时候，人们非常敬重神明，凡是大事，一定要先占卜再做决策。立国君夫人涉及王宫安宁，所以晋献公就让人进行占卜。负责占卜的官员叫作太卜。太卜分别用龟卜和占筮两种方法预测"立骊姬为夫人"这件事的吉凶。没想到，两种方式得到的答案不同：龟卜显示的结果是凶，占筮显示的结果是吉。怎么办呢？

晋献公说，既然占筮都说吉了，那就是吉利的！乌龟能知道什么呢？

卜人劝谏说："筮短龟长，不如从长。且其繇曰：'专之渝，攘公之羭。一薰一莸，十年尚犹有臭。'必不可！"（《左传·僖公四年》）卜人的意思是说，和占筮比起来，龟卜更加灵验，不如按照灵验的来。再说占卜的兆辞说："过分专宠会生变乱，会夺去您的牡羊（指申生）。香草和臭草放在一起，过了十年还会有臭味。"晋献公不听，依旧册封了骊姬为正室夫人——其实他早就做了决定，让人占卜只是为了走形式，堵住悠悠众口，因而他当然只相信和自己想法一样的结果了。别说占筮的结果和他想的一样，就算占筮的结果也是凶，晋献公也一样能找到理由，立骊姬为正室夫人。

> **知识拓展　"占卜"是什么？**
>
> 我们常说"占卜"，但其实"占"和"卜"是不同的。
>
> "卜"的起源非常古老。人们用火烧灼乌龟腹甲、兽骨，再观察裂纹，根据裂纹的形状、走向，判断吉凶，之后还把要占问的事、判断结果，乃至最后的应验情况，刻在龟甲和兽骨上，这些内容就是卜辞。我们今天所见的甲骨文，就都是当时的卜辞。"占"又叫作"占筮"，起源相对较晚。人们将蓍草根据一系列规则进行排列组合，最后得出几组数字，再根据这些数字的变化得出一个答案。
>
> 占筮的方法出现之后，贵族涉及大事，往往两种方法都用，以求多一重保障。倘若两种方法得到的答案相左，人们习惯上还是认为古老的龟卜更加准确。

3. 重新立个太子

爱屋及乌，晋献公越来越喜欢奚齐。渐渐的，他有了让奚齐做太子的念头。但是晋献公知道，废长立幼、废嫡立庶，往往会造成国家动乱。而且太子申生深得民心，大家都很拥戴他，贸然废掉申生，恐怕会引起内乱。

奚齐的母亲骊姬比晋献公更为迫切，但是一时间她也没有什么好办法。

当时的贵族豢养着一些优伶，为贵族提供乐舞、戏谑的游乐活动。其中，以演奏音乐为主的叫"伶"，表演乐舞的叫"倡优"，演滑稽戏的叫"俳优"。俳优通常是侏儒，但头脑灵活、反应敏捷。晋国王宫中就有一个名叫"施"的俳优非常机灵，骊姬对他吐露了心思。

优施虽然是个滑稽戏小丑，但是也很有政治手腕。他为骊姬分析："挡在奚齐面前的，有三位公子。一个是太子申生，他品行很好，又是储君，一定要杀掉。公子重耳和公子夷吾这两个人也素有贤名，在朝中很有威望。如果想让公子奚齐做太子，那么就得让晋献公厌恶这三位公子，你要做的就是离间晋献公与他们几个的父子关系！"

骊姬恍然大悟，立刻买通了朝中一些官员，开始实行离间计划。这些人就找了一个冠冕堂皇的理由劝说晋献公，这正中晋献公下怀，于是他找来太子申生、公子重耳和公子夷吾，对他们说："你们看，咱们晋国啊，有三个城邑十分要紧。一个是曲沃，那是咱们这一支发家的地方，祖先牌位也在那里；一个是蒲邑（今山西永济蒲州），靠近强大的秦国；一个是屈邑（今山西吉县），和狄人相邻。这三个城邑哪一个出了事都不行。但派别人去管理我又不放心，只有派最亲密的人去我才安心。"

三位公子一听就明白了，这是让他们去管理这三个城邑啊。父王有命，做儿子的怎么能不听从呢？何况这一番话很有道理，根本无法反驳。于是三个公子就欣然受命，太子申生去了曲沃，公子重耳去了蒲邑，公子夷吾去了屈邑。这一年，是公元前665年。

三位公子走了，晋献公身边就只有心爱的奚齐了。军国大事都让公子奚齐占了先机，自然，后面改立奚齐为太子的理由就更充分了。

太子申生去了曲沃，晋献公就在曲沃修建城池，做申生的食邑。

大夫士蒍，就是那位劝谏晋献公屠杀公族的老政客，看到这情况，叹了一口气说："太子申生的储君之位有危险了，国君恐怕想要另立太子啊！"他分析说："太子，是未来的国君，哪里有必要给他封个食邑呢？分封食邑，是对待一般公子的做法。"于是他就劝太子：您赶紧逃走吧！可是太子申生一根筋，并没有听从士蒍的建议。

公元前660年，狄人大举进攻中原，攻克了邢国、攻克了卫国，杀了爱好养鹤的卫懿公。齐桓公号召诸侯共同抵御狄人，晋献公就下令让太子申生领兵出征。晋国大夫里克非常不赞同此举,他质问晋献公为什么要让太子去那么危险的地方,晋献公却含糊其词地反问里克:"我有这么多儿子,你说我该让谁做太子呢?"申生明明还是太子,晋献公却问"让谁做太子",他心中所想不言自明:申生打胜仗当然好,如果打了败仗,刚好被狄人杀了,就能给奚齐让出位子了。

但是这一次,申生打了胜仗,健健康康、爽爽朗朗地活着回来了。经此一役,太子申生人气大涨,大家更爱戴他了。

4. 祸从愚中来

晋献公不禁有点犯愁,到底该怎么办呢?他安慰骊姬说:"放心,我还是想让奚齐做国君。"

骊姬听到晋献公这样说,心花怒放,可是她要表现出一副深明大义的样子来。她哭泣着对晋献公说:"太子已经是申生了,这事大家都知道了。而且他多次带兵打了胜仗,老百姓喜欢他喜欢得不得了,都去依附他。您要是因为我的缘故废了太子申生而立奚齐,那就太不值当了啊!要是您真的要这么做,我宁愿一死!"骊姬演戏功夫了得,晋献公更爱她了。

但狐狸尾巴是藏不住的,《史记·晋世家》说:"骊姬详(佯)誉太子,而阴令人谮恶太子,而欲立其子。"意思是,骊姬假意夸赞太子申生,实际却暗地里唆使下人在晋献公面前说太子的坏话。不仅如此,她还设下了一个巨大的阴谋。

晋献公二十一年,即公元前656年,申生、重耳、夷吾回到晋国国都绛城拜见父亲。骊姬就趁机设下了圈套。她告诉申生,说自己梦见了他的母亲齐姜,希望他去祭拜一下生母。申生是个孝子,听了这话之后,深信不疑,就去曲沃的祖庙祭拜了自己的母亲。那时候,祭祀时用的肉被称为"胙"。祭祀后,胙肉要带回来分给大家,谁的地位高、与谁更亲近,就给谁给得多。尤其是国君祭天、祭祖所用的胙肉,封赏给谁,那就是谁的荣耀。比如齐桓公葵丘会盟时,周天子就把胙肉赏赐给了齐桓公。再比如,孔子离开鲁国,就是因为鲁国国君祭祀后故意没分胙肉给他。

太子申生祭祀完母亲,就把胙肉带回来,准备献给父亲晋献公。巧的是,晋献公刚好外出打猎,不在宫中。申生也没多想,把胙肉留在宫中后就走了。

骊姬一看,大好时机到来了!她给胙肉撒上毒药,然后静等好戏上演。几天后,晋献公回来,厨师献上胙肉做的肉汤。晋献公刚准备吃,骊姬就阻止说:"大王啊,这胙肉来自远方,要先检测一下才可以吃。"结果,"祭地,地坟;与犬,犬毙;与小臣,小臣以后毙"——把肉汤泼在地上,地面竟然隆起了;把肉汤喂狗,狗吃了就死了;又把肉拿给侍御的阉官,阉官吃了也死了。

晋献公还不知道到底发生了什么事,骊姬就在一旁哭诉:"哎呀,太子怎么忍心这么做啊?"经骊姬一提醒,晋献公想起来了:对啊,这肉是太子申生送来的啊,难道他要毒死我不成?

骊姬继续哭诉:"太子对亲生父亲都这样,更不要说对别人了,原来他是这么狠心的一个人啊!大王您都已经年老了,难道太子不能再等一等,非要这么快就把您杀了吗?"骊姬所说,句句直指要害,最关键的是提到了晋献公最在意的权力——她没说赶紧去调查这是怎么回事,却处处暗示:太子是想早点当国君,这才下毒的。

晋献公的疑心多重啊!他为了自己的利益,不惜把所有的亲戚都杀死。和自己的权力比起来,亲生儿子又算得了什么?只要对自己的大权有威胁,就要清除!

唐代史学家司马贞在《史记索隐》中评价道:"献公昏惑,太子罹殃。"就是说献公是被骊姬欺骗,昏了头,而倒霉的就是太子申生。

晋献公越想越气,骊姬还在旁边继续演戏。

她说:"太子所以然者,不过以妾及奚齐之故。妾原子母辟之他国,若早自杀,毋徒使母子为太子所鱼肉也。始君欲废之,妾犹恨之;至于今,妾殊自失于此。"意思是：太子这样，肯定是因为我和奚齐。我们母子好可怜啊，我们还是逃到别的国家算了，要不我就自杀，免得以后被太子当作鱼肉宰割。当初您说要废太子，我还觉得不忍心，现在看来，是我错了！

骊姬说的这些话，记录在《史记·晋世家》中。虽然不知道这些话有几成真几成假，但这简直就是挑拨离间、含沙射影、恶意中伤、伪善讨巧的范本。

太子申生听说了这件事，也了解父亲的脾气，于是赶紧逃离国都，回到曲沃。

晋献公一看，太子居然跑了！这分明是做贼心虚！于是下令处死太子，还把太子的老师杜原款给杀了。

有人对申生说："你如果申辩，国君一定会查清楚的！"申生回答："父王没有骊姬就吃不好，睡不好。要是我把真相说了，骊姬一定会获罪。父亲已经年老，我又不能使他快乐。"那人继续劝说："既然这样，你不如逃到别的国家？"申生却说："父王没有查明我的罪行，我背负着杀父的恶名，哪个国家愿意收留我呢？"最终，孝顺、怯弱、敦厚、善良的太子申生，在曲沃城自杀了。

公子重耳、夷吾呢？骊姬害怕他们戳穿自己的阴谋，就又向晋献公进谗言："太子下毒这件事，两位公子肯定也知道。"重耳和夷吾知道此事后，分别逃往自己的封地蒲邑和屈邑，在那里组织军队力量，准备自保。

晋献公年老昏聩，认为这两个儿子不辞而别，一定也有阴谋。一气之下，他直接发兵攻打亲儿子。重耳不愿意抵抗，逃到了母族大戎——狄人的一支；夷吾则抵抗了一阵子，最终，他也抵抗不住，逃到了梁国（今陕西韩城地区附近）。

晋献公听信骊姬的谗言，害得太子申生自杀、二位公子流亡，这实在太可悲了。对此，晋国人民怎么看得下去？他们写了一首《采苓》到处传唱，讽刺晋献公昏庸，不辨是非，听信谗言，导致国乱子散，同时劝告世人：千万别走晋献公的老路，不要轻信那些小人的谗言。

采苓采苓，首阳之巅。人之为言，苟亦无信。舍旃舍旃，苟亦无然。人之为言，胡得焉？

　　采苦采苦，首阳之下。人之为言，苟亦无与。舍旃舍旃，苟亦无然。人之为言，胡得焉？

　　采葑采葑，首阳之东。人之为言，苟亦无从。舍旃舍旃，苟亦无然。人之为言，胡得焉？

　　【注释】苓：又名大苦、黄药子、木药子等，味道很苦。首阳：即首阳山，在山西省境内，也叫雷首山。为言：伪言，假话。苟：确实。亦：语气助词。无：勿，不要。舍旃（zhān）：即"舍之焉"，舍弃吧。"旃"是"之焉"的合音字。苦：又名荼苦、苦菜，味苦，能吃。与：许可，赞许。葑：芜菁，是一种野菜，味道略苦。

　　这首诗用"采苓""采苦""采葑"起兴，用这些味苦的中草药或者野菜来比喻听信谗言的下场是"自讨苦吃"。第一段的意思是说：采摘大苦啊，在首阳山。有人爱造谣言啊，可千万别相信。舍弃吧舍弃吧，流言蜚语不可靠。那些爱造谣的人，最终能得到什么呢？三段的大意差不多，都是劝诫人不要轻易听信谗言。正如诗中所说，"人之为言，胡得焉"，胡扯造谣的人，能得到什么，又能有什么好下场呢？

　　造谣中伤三位公子的骊姬，也确实没有什么好下场。公元前651年，晋献公病危，临终前念念不忘奚齐，于是把国事和奚齐一并托付给大臣荀息——就是当年建议假道伐虢、送礼给虞国国君的谋臣。这年九月，晋献公宾天。荀息按照晋献公的遗愿，立奚齐为国君。可是骊姬和奚齐惑主乱政的行为，让晋国的大臣都非常不满，晋献公还没下葬，奚齐和骊姬就被中大夫里克杀死在守丧的灵棚内了。奚齐只当了不到一个月的国君。

　　荀息就只好再立骊姬的妹妹所生的公子卓子为国君。不到一个月，公子卓子也被里克杀了。荀息觉得自己没能完成晋献公托孤的重任，愧而自杀了。这下，晋国又陷入了无君、内乱的局面。

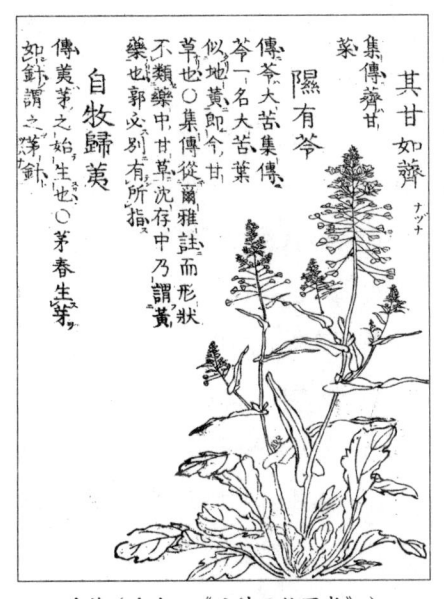
采荼（出自：《毛诗品物图考》）

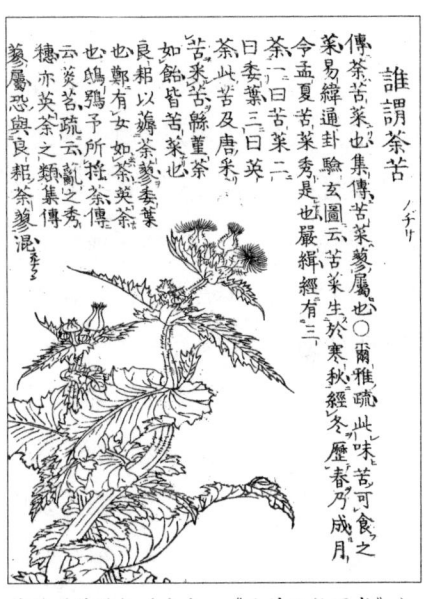
采苦（荼苦）（出自：《毛诗品物图考》）

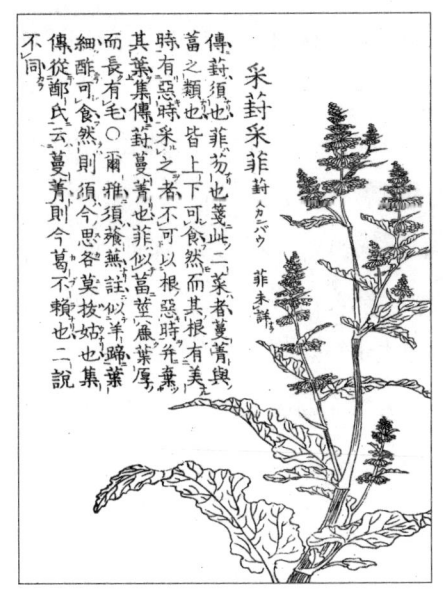
采葑（出自：《毛诗品物图考》）

后来，在秦国的帮助下，公子夷吾先回到晋国做了国君，史称晋惠公。而公子重耳，则被迫"周游列国"去了——他出奔在外十九年，先后到过狄、卫、齐、曹、宋、郑、楚和秦等国。这些国家，有的对他好，有的对

253

他不好。狄国是重耳的母家，所以对他很好，还给了他两个妻子。他在狄国待了十二年，因为被晋惠公派人暗杀他，不得不离开了。重耳沿着黄河南岸向东走，先到了卫国。当时卫国是卫文公在位，刚刚复国，国力衰弱，也不愿意多惹麻烦，所以对重耳一般。重耳于是由卫入齐。齐国当时是齐桓公在位，齐桓公厚待重耳，送了他八十匹马，还把齐国宗室女子嫁给他。之后，重耳到了曹国，但曹国的国君曹共公居然偷窥重耳洗澡，原因是他听说重耳有生理缺陷，肋骨不是一条一条的，而是两块骨头板，所以想看个究竟，结果与重耳结下仇恨，最终引来杀身之祸。重耳到宋国，宋襄公因要以仁义赢天下，所以也礼遇重耳。而重耳到郑国时，郑文公甚至都不愿意花钱招待他，说"逃亡的公子多了，我都要招待吗"，并催重耳赶快离开郑国。楚国正在发展的势头上，国力强盛，所以重耳到楚国时，楚成王以国君之礼厚待重耳，赠给他很多东西。最后，秦国的秦穆公把重耳接到秦国，把两个女儿嫁给他，最终还帮他做了晋国国君。重耳当上国君的时候，已是六十二岁的老人了。

重耳忍辱负重、大器晚成，是励志的典范。而直到晋文公重耳当上了国君，晋国的二次内乱才算画上了句号。

想当初，晋献公屠杀公族，就是为了保证自己和后代对晋国的统治长长久久。可惜他没想到，杀光所有公族，没人来跟他抢国君之位，晋国的内乱也不会终结。他肯定也不会想到，再次挑起内乱的人就是他自己。如果他当年听了卜人的话，没有册立骊姬为夫人，晋国的历史也许就不一样了。可惜的是，历史没有"如果"。

第八章

所谓伊人，在水一方

《秦风》

"十五国风"之《秦风》，收录的是秦国地区的诗歌作品。

秦人的历史相当古老，根据《史记》记载，秦人的祖先还帮大禹治过水。但是，秦人崛起的路并不顺畅。一直到西周末东周初，因抗击犬戎、护送王室东迁有功，秦人才被周平王封为诸侯。而在此之前，秦人的先祖顶多算个有食邑的大夫。

此后，秦国在历代君主的努力下，征伐犬戎，收复失地，最终建立了一个像样的国家。在秦穆公手中，秦国发展为仅次于齐、晋、楚等国的实力强国，成为春秋五霸之一。

春秋时期，秦国的领土主要在今天的陕西、甘肃一带。《秦风》收录的就是这一带的诗歌。

《诗经·秦风》共收录十首作品，大多作于西周末年、春秋初期。它们分别为：《车邻》《驷驖》《小戎》《蒹葭》《终南》《黄鸟》《晨风》《无衣》《渭阳》《权舆》。

艰难的崛起之路

1.秦人的起源

据《史记·秦本纪》记载，秦人是颛顼帝的后代，属于东夷族。秦人的嬴姓祖先在历史上也参与过许多重大事件，立下了赫赫功劳。

在舜帝的时候，秦人的祖先伯益（有的书上写作"伯翳"，也叫"大费"）因为擅长畜牧和狩猎，被舜帝任命为虞人，掌管草木鸟兽，同时被舜帝赐姓"嬴"。后来，伯益因帮助大禹治水，立了大功，还被选为禹的继承人。禹死后，禹的儿子启自己继承了王位，伯益与启斗争失败被杀（一说因为伯益推辞，所以启才被选为继承人）。

几百年后，伯益的后人费昌背离夏朝，投靠了商汤，为商汤驾车，跟着商汤打败了暴虐的夏桀，成为商朝的开国功臣。

《史记·秦本纪》记载："秦之先为嬴姓，其后分封，以国为姓，有徐氏、郯氏、黄氏、终黎氏、运奄氏、菟裘氏、将梁氏、黄氏、江氏、脩鱼氏、白冥氏、蜚廉氏、秦氏。"从文献和出土材料来看，这些嬴姓部落基本都在东方，所以钱穆先生在《国史大纲》中说："秦之先世本在东方，为殷诸侯"。

到了商朝末年，嬴姓中的一支被商王派去镇守西陲。这支族人的领袖，叫中潏。当然，商朝统治的范围比较小，主要在黄河中下游流域，故而所谓的"镇守西陲",可能也就是镇守今天的陕西一带。①

中潏死后,其子飞廉(《史记》作"蜚廉")继续镇守西陲。飞廉"善走",是个"飞毛腿",他生了一个力大无穷的儿子,名叫"恶来"。飞廉和恶来,都是商朝末年的重要大臣——《秦本纪》说"父子俱以材力事殷纣"。在小说《封神演义》中,这父子俩被塑造成弄权的奸臣,死后被姜子牙封为"冰消瓦解神"。

在真实的历史上,秦人先祖也确实效忠于殷商。商纣无道,周人领袖姬昌自立为王,其子姬发率兵攻打朝歌,而周人的地盘在西边,姬发想要进攻朝歌、攻打商纣,自然就要过飞廉、恶来这一关。

当时,飞廉奉命出使,恶来在与周人的大战中战死了。只是接下来的情况,传统文献的记录相互矛盾。清华简《系年》第三章记录的这一段历史是:"飞(廉)东逃于商盍(盖)氏。成王伐商盍(盖),杀飞(廉),西迁商盍(盖)之民于邾,以御奴之戎,是秦先人。"②

前文说过,嬴姓部落在东方。周人灭商后,飞廉就逃到了其中的"奄国",也就是《史记》中的"运奄氏"部落——运奄氏的主要活动范围大约在今山东曲阜一带,实际统治区域跟后来的鲁国大体一致。

没过两年,周武王姬发病死,年幼的周成王即位,周朝爆发了"三监之乱",飞廉和他的嬴姓兄弟部落,正是"三监之乱"的主要的策动者、参与者。

很快,"三监之乱"被周公旦平定。周成王将周公的长子伯禽封到原来奄国所在的区域,建立鲁国,统治"商奄之民",并把奄国国君迁往薄姑(也作"莆姑""亳姑",故地位于今山东博兴东南)看管起来。

根据清华简《系年》的记载来看。奄国百姓被西迁到"邾"这个地方,以抵御西戎。"邾"就是《尚书·禹贡》所言雍州的"朱圉"、《汉

---

① 林建鸣:《秦史稿》,中国人民大学出版社,1981年,第23—24页。
② 李学勤:《清华简关于秦人始源的重要发现》,《光明日报》2011年9月8日。

书·地理志》所说的天水郡冀县的"朱圉",即今天的甘肃甘谷西南一带。

这里,就成为后世秦人的发源地。

到了西周中期,嬴姓一族逐步繁衍壮大,其中一支出了一位史上有名的驭车高手——造父。造父为当时的周天子周穆王驾八骏之车,据说能日行千里。因为驾车技术一流,造父被封为大夫,食邑在赵地,成为后来的赵国的祖先。所以,赵国和秦国算是有亲戚关系的,他们是同一个祖先。

嬴姓的另一支,有位叫"非子"的领袖,善于养马。于是,周天子就命他在汧(qiān)水、渭水(今陕西省扶风县、眉县一带)替王室养马。公元前905年,周孝王封非子于秦邑(今甘肃张家川东),允许他在此地营建宫室,延续嬴姓祭祀。此次册封,是嬴姓一族的大事件——非子成为上大夫,嬴姓人总算有了出头之日。

非子姓嬴,封于秦,从此就以"秦嬴"为号。自此,"秦"才以一个类国家名号的形式出现在历史之中。秦嬴(非子)的族人和后人,则被称为"秦人"。

秦人就在甘肃一带逐渐发展壮大。西周末期"宣王中兴"的时候,秦人领袖秦仲攻伐西戎,结果被戎所杀。之后,秦仲的儿子嬴其(祺)即位,为父报仇,讨伐西戎,得胜归来,被周宣王封为"西垂大夫"。至此,秦也还只是大夫之国,还不是诸侯国。

到了西周末年,犬戎攻打王畿,周幽王点燃烽火求救,秦人军队是为数不多的勤王军队之一。后来周平王东迁,秦人又派兵保护周平王,立下大功,正式被封为诸侯。参与这一系列大事件的秦人领袖,就是被后世称作秦襄公的嬴开。

既然周天子封秦襄公为诸侯,就该封他相应的土地吧?可是周平王只把被犬戎占领的大片土地"赏"给了秦人。《史记·秦本纪》记载:

> 周避犬戎难,东徙洛邑,(秦)襄公以兵送周平王。平王封襄公为诸侯,赐之岐以西之地。曰:"戎无道,侵夺我岐、

丰之地，秦能攻逐戎，即有其地。"与誓，封爵之。

大片土地被犬戎夺走，周平王无力收回，却将这些土地封给了秦襄公，还说：只要你能将这些土地收回来，就是你的国土——好大一张空头支票！可是没想到的是，彪悍的秦人竟然真的收复了那片土地，并以此为基础，逐渐东扩，五百多年后，居然统一了六国，建立了中国历史上第一个封建王朝。

这，也是个奇迹。

2. 秦襄公立国

秦襄公，算是秦国（诸侯国）真正的开国之君。

尽管周平王只开了一张空头支票，但是至少在名义上给了秦国"诸侯"的名分。从此，秦国和其他诸侯国平起平坐了。所以，秦襄公被封为诸侯之后，立刻和其他诸侯国互通使者，行享聘之礼，并且在西畤祭祀了上天。《史记·封禅书》记载说：

秦襄公既侯，居西垂，自以为主少皞（一作少昊）之神，作西畤，祠白帝，其牲骝（骝）驹、黄牛、羝（dī）羊各一云。

秦人居住在西垂之地，供奉西方天帝少皞。他们建造了祭天的西畤①，用黑鬣黑尾巴的红马驹、黄牛、公羊各一只的太牢大礼祭祀天帝少皞，以庆贺秦正式立国：从此我们秦国也是诸侯国了，您得保佑我们啊！

秦武公所铸祭祀祖先用的乐器上记录了先祖秦襄公被周王"赏宅受

---

① 根据甘肃礼县西山遗址发现的畤祭遗址，考古学家推断秦襄公所立西畤可能就在西山遗址。

国"之事,以及文公、静公、宪公三代治国兴邦的业绩,表示自己要继续虔诚地祭祀祖先和天帝以求得秦人的福祉。

秦国举国欢庆。秦襄公为此还举行了一次狩猎活动,以振奋人心。在狩猎大会上,秦襄公挽弓跨马,雄姿英发,就有人用诗的形式热情洋溢地赞美了秦襄公狩猎时的英姿,并把它到处传唱,这就是收录在《秦风》之中的《驷驖》。

秦公镈(宝鸡青铜器博物院藏)

  驷驖孔阜,六辔在手。公之媚子,从公于狩。
  奉时辰牡,辰牡孔硕。公曰左之,舍拔则获。
  游于北园,四马既闲。輶车鸾镳,载猃歇骄。

【注释】驷:四匹马拉的马车。驖(tiě):形容马匹很健硕,肤色乌黑,就像铁一样。孔:特别。阜(fù):肥大、强壮。辔:马缰绳。奉:供奉,这里指北园的兽官将群兽驱赶出来,供君来射。时:是,此。辰牡:指五岁的公兽。左之:向左追赶。舍拔:放箭。获:获得猎物。闲:安闲。輶(yóu)车:田猎所用的轻便的车。车:轻便的小车。鸾镳(biāo):马嚼子两边挂着的清脆铃铛。猃、骄:都是体型瘦长的猎犬。

第一段大意是说:四匹骏马健硕无比,黑得像铁,六根缰绳紧握手中。国君喜欢的那些人啊,都跟着他出来打猎。这一段并没有直接写秦襄公,而是对秦襄公的马匹、随扈进行了描写。写马匹的健硕时连用"驷""驖""孔""阜"四个字,一下把秦襄公的雄姿衬托了出来。

第二段刻画了秦襄公狩猎的场景。"公曰左之,舍拔则获"是非常生动的一笔：秦襄公坐在马车上，急急忙忙追赶猎物。猎物左右腾挪跳跃闪躲，秦襄公紧盯着猎物喊："左边！"随从应声左拐，果然就追赶到了猎物。

最后一段描写的则是：秦襄公打猎完毕之后，四匹马在那里悠闲地休息。秦襄公坐上一辆轻便的小车四处闲逛，一路铃响。车上一同载着的，还有两只猎犬。

这首诗描写狩猎场景，有详有略，有主有次，有铺垫有重点，读完这首诗，一场完整、热闹的狩猎活动就浮现在读者的眼前了。

知识拓展　石鼓文与《驷驖》

唐朝初年，陕西宝鸡凤翔府陈仓境内发现了十座石鼓，上面用古老的秦国大篆刻了十首诗，这些文字就被称作石鼓文，也叫籀文，是中国最早的石刻汉字。这些石鼓被康有为誉为"中华第一古物"，现存北京故宫博物院。石鼓上的十首诗和《秦风·驷驖》的行文类似，描写的是秦王打猎的场面，只是具体是哪一位秦王，历来众说纷纭。明代杨慎、清代全祖望、近代郭沫若等人，都认为这是秦襄公时期的诗作石刻。1955年，郭沫若在《石鼓文研究》一文中提到，石鼓文"内容与襄公八年护送平王东迁和建畤的史实相合，石鼓应是襄公时代之遗物"。之后，张光远在《先秦石鼓存诗考简说》等文中，进一步认为石鼓产生于襄公十年，诗歌作者是太史由。

当然，这只是最为通行的说法。还有观点认为石鼓文是秦文公、秦德公、秦穆公、秦献公、秦惠文王时期的。还有人，比如欧阳修，则认为石鼓文应该是周文王时期的产物。再如清末王闿运等人，则认为石鼓文是汉晋时期的。不过目前学界仍是"主秦说"。

石鼓（复制品，陕西历史博物馆藏）

3. 三千年前的"老好人"

庆祝完建国，秦襄公就把目标对准了自己的那片封地。要想将这片土地收回来，秦国必须不断壮大自己，打败犬戎。

最初几年，秦国均以失败而告终。犬戎行动迅速、聚散不定，并且作战经验丰富，占据西周故土渭河平原后，更是实力大增。不过，秦襄公毫不气馁，连年向犬戎发动进攻。

公元前766年，秦襄公长期的努力终于获得了回报。他这次攻伐犬戎，一路顺利，并乘胜追击，攻打到了长安一带。原来生活在犬戎统治下的西周遗民和贵族，看到秦襄公打败犬戎，都非常高兴。但是高兴之余，故都人民的优越感又来了，一位贵族作了一首《终南》，以"老好人"的身份夸赞秦襄公——你收复了失地，大家都欢迎你——但又处处暗暗"劝诫"秦襄公：你不要骄傲、不要自大。

终南何有？有条有梅。君子至止，锦衣狐裘。颜如渥丹，其君也哉？

终南何有？有纪有堂。君子至止，黻衣绣裳。佩玉将将，寿考不忘。

【注释】终南：即终南山，也叫"南山"，是狭义的秦岭自武功东至蓝田这一段的总称，包括翠华山、圭峰山、南五台、骊山等。西周的都城丰、镐就在终南山脚下，所以终南山是西周都城的地标。条：楸树。梅：梅树，一说楠树。渥（wò）：涂抹。丹：朱砂，在古时候常常用作化妆材料和颜料。其：将来。哉：表疑问。纪："杞"的假借字，即杞树。堂："棠"的假借字，指棠梨树。黻（fú）：指古代礼服上黑青相间的花纹。将将：拟声词，佩玉互相碰撞的声音。寿考不忘：即寿考不亡，长寿不结束，是上古时期祝寿、祝福的常用语。

诗人开篇用西周都城"地标"终南山来起兴，暗指自己身份——我们曾经是首都人民。第一段的大意是：终南山有啥？有条树、梅树，啥都有！秦襄公您来了，穿着锦衣狐裘等漂亮衣服。您的气色真好啊，就好像涂了朱砂在脸上。您大概就是我们的新君吧？最后一句"其君也哉"，就是"大概会是君主吧"的意思，一方面表示承认秦襄公是君主，另一方面又还有点不确定，隐含的意思是：你爱民有德，我们就奉你为君主；反之，你能不能坐稳宝座还不好说呢。

第一段绵里藏针，第二段则语气稍微缓和，大意是说：终南山啊，地方宽阔，什么都有。您穿着漂亮的诸侯官服来了，走起路来佩玉叮叮当当的很好听啊。我们祝福您万寿无疆！

可周朝遗民对秦襄公的讽刺、劝诫和祝福都没有起到什么作用。因为秦襄公在打胜这场仗之后，很快就去世了。犬戎趁机反扑，又把岐山一带夺了回去。

4. 秦文公的文明工程

秦襄公死后，他的儿子即位，是为秦文公。秦文公一生杀伐不多，他在位期间着重发展国内经济，秦国在他手里变得富足、强盛，开始了文明化进程，其中有四大标志性事件。

第一件，迁都汧、渭之会。公元前763年，也就是秦文公即位后的第四年，他率兵到了汧、渭两河的交汇处（在今陕西宝鸡陈仓区）。这里水清草肥、气候温和，还是秦国先祖秦嬴当年的封地。秦文公很想在这里居住，于是命人占卜，占卜的结果非常吉利，他就下令在这里营建新的都城。直至公元前716年离世，秦文公在这里居住了四十六年，秦国也终于在渭河平原站稳了脚跟。

从历史文献资料中，我们经常会看到"迁都"的记载：夏人迁都十三次；商人八次；周人更是一路迁徙。迁徙、迁都一般是为了躲避灾荒，或者图谋更大发展，比如考古学家发现，夏商周三代迁都很可能与铸造青铜礼器兵器等需要使用铜矿、锡矿有关。而秦人迁都一方面是为避离犬戎，另一方面也是为扩张势力。秦人的迁都自秦文公起，从西垂逐步向东方迁移。秦文公刚即位时住在西垂宫——据王国维等学者考证，西垂宫在今天甘肃西南的礼县一带，地处边陲，山势崎岖。四年后，他东迁到汧、渭之会，在今陕西宝鸡，秦国势力明显东扩，生存环境更好，对未来的发展更为有利了。

第二件，建造鄜（fū）畤。"鄜"是地名，即鄜衍。"畤"指"祭祀天地五帝的场所"。营建了新都后，公元前756年，秦文公又在今陕西洛川附近建造了祭坛。为什么建在这里？据《史记》记载，秦文公梦到黄蛇从天而降，蛇口所在之处，正是鄜衍这个地方。有学者考证，"鄜"的古文字形去掉"邑"字旁就是"麃"，指麋鹿，在当时是帝位、政权的象征。白帝是秦人的保护神，白帝的化身是蛇，秦文公可能梦到了蛇咬鹿，所以大肆扩建鄜畤，欲逐鹿天下，以应天命。

第三件，设立史官记录历史。这是一个伟大的举动，这一年，是秦文公十三年,即公元前753年。自此,秦国步入了有信史的文明时代。

第四件,开始制定自己的刑法(前746)。

综上所述,我们可以看出,给秦文公的谥号为"文",还是非常贴切的。

知识拓展　秦"髦(旄)头"军来源的传说

《史记》记载,秦文公二十七年(前739),秦文公建造宫室,需要很大的木料。当时雍南山上有一棵特别大的梓树,匠人们觉得可以用它做大殿的大梁。可是匠人们根本砍不动这棵树,而且每次砍树都会风雨大作、电闪雷鸣。

这一天,匠人们又白费了一天工夫,无功而返。其中一人因为受伤,当晚就睡在了山上。到了半夜,他突然听到有人说话,仔细一听,原来是大梓树树神和一个山鬼在对话。山鬼说:明天估计还要来砍你吧?树神说:他们能奈我何?山鬼冷笑着说:要是他们用红线把你缠绕起来,再披头散发地砍伐,你有什么办法?树神被戳中要害,闭口不言了。

第二天,这名受伤的匠人就把这件事告诉了其他匠人。匠人们便先用红线把这棵大梓树缠起来,然后再披头散发地砍树。大树果然被砍倒了,树身里跳出一头青牛,一路跑入了丰水中。后来青牛浮上水面,士兵们围攻它,却没人能降伏它。在慌乱之中,一名士兵摔倒在地上,等他再骑上马的时候,头发已经散乱,披在肩上。没想到青牛见此,非常害怕,潜入水中再也没有上来。

原来连鬼神都害怕这种披头散发的样子!此后,在君王大驾出宫等重大场合中,秦国均设置"髦(旄)头"军,专门负责在队伍之前驱邪开路。这个习俗,秦、汉、魏、晋均有传承。后来,髦头军逐渐演变为武士戴熊冠为帝王仪仗开路。其源头,就来于此。

5. 苦难练就品质

经过多年的励精图治，休养生息，秦国的国力强了不少。秦文公做好了打一次大仗的准备！

秦文公十六年，即公元前750年，秦文公率兵攻打犬戎，这次秦人彻底收回了岐山一带，并把岐山以东的地方献给了东周王室。这件事他做得很得民心，当时天下的诸侯们对他赞不绝口。

秦国的建国不容易啊，他们的土地，全部是凭着一刀一枪，一点一滴夺来的，这是其他诸侯国都不能比的。

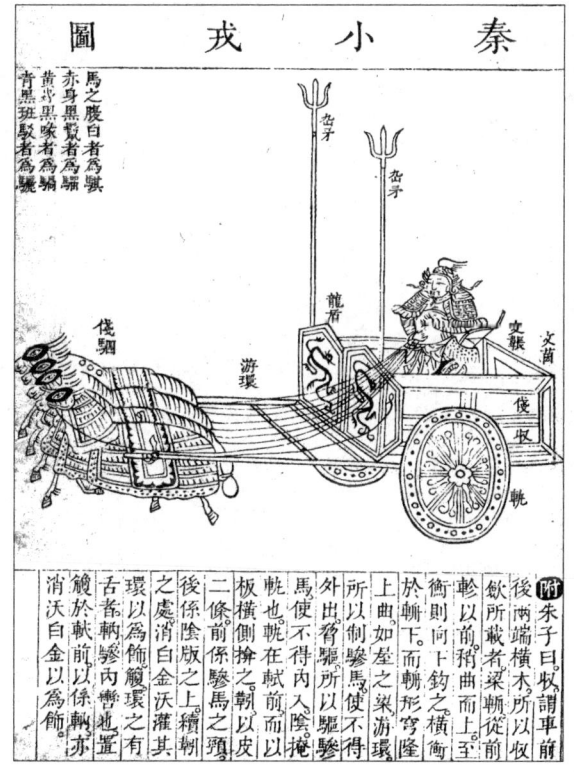

秦小戎图（出自：《六经图·诗经图》）

苦难磨炼意志，秦国人民的英勇，也是其他诸侯国所不能比的。在面对残酷的现实、努力收复西周失地的时候，秦国上下能够同敌忾忾，团结一致。《秦风》中有一首《小戎》，就反映了秦国人民在收复封地这件事上毅然决然的态度。

　　小戎俴收，五楘梁辀。游环胁驱，阴靷鋈续。文茵畅毂，驾我骐馵。言念君子，温其如玉。在其板屋，乱我心曲。
　　四牡孔阜，六辔在手。骐駵是中，騧骊是骖。龙盾之合，鋈以觼軜。言念君子，温其在邑。方何为期，胡然我念之。
　　俴驷孔群，厹矛鋈錞。蒙伐有苑，虎韔镂膺。交韔二弓，竹闭绲縢。言念君子，载寝载兴。厌厌良人，秩秩德音。

【注释】小戎：士兵乘的车子。俴（jiàn）：指车后面的板比较浅。五楘（mù）梁辀（zhōu）：古时马车上有一根弯曲的车辕，上面有五处要用皮条箍牢。楘：皮革做的箍。梁辀：即曲辕。游环：收束缰绳的能活动的环。阴：车轼前的横板。靷：引车前行的皮带或绳索。鋈续：以白铜制成的靷端作环相接处。文茵（yīn）：指有花纹的车子坐垫。骐馵（zhù）：青黑相间的马叫骐，左后足是白蹄子的马叫馵。板屋：指活动的板房，这里代指丈夫。心曲：心灵深处。駵（liú）：同骝，红黑色的马。騧骊（guā lí）：身体浅黄而嘴黑的马叫"騧"，黑色的马叫"骊"。觼（jué）：有舌的环。軜（nà）：骖马靠里的辔。邑：郡邑，家乡。胡然：为什么。俴驷：不披甲的四匹马。厹（qiú）矛：三棱刃的矛。錞（duì）：矛端。伐：通"瞂"，中等大小的盾。有苑：花纹貌。虎韔（shàng）：虎皮做的弓套。镂膺：金饰弓套的正面。交韔二弓：两张弓交错插于弓套中。竹闭绲縢（gǔn téng）：用绳子将竹闭捆扎在需要校正的弓上。竹闭：竹制的校正弓弩的工具。厌厌：安静柔和貌。秩秩：懂礼节有教养。

诗歌第一段通过描写战车的华丽来赞美丈夫的英姿：小小的兵车浅浅

的车厢，丈夫就站在那一辆兵车上。那辆兵车真威武，五道皮条箍住车辕，游动的车环都系得稳稳当当。垫褥纹美车毂长，躯体青黑蹄子白的骏马十分雄壮。我的夫君啊，温和如玉多贤良。他现在住在板房里，让我心乱如麻情难忘。 第二、第三段则是通过赞美战马的健硕、配套兵器的整齐，层层递进，来描写出征时军队的雄壮，丈夫的威武，进而怀念自己的丈夫，表达对丈夫的思念和仰慕。

这首诗非常能体现秦人的特点。

男儿从军参战，为国效劳，这是进取的最佳途径，而秦人攻打犬戎，收复被占领的土地，这是举国的梦想。所以作诗的那位女子，眼中所见、心中所想，都是秦国军人和丈夫一身戎装的威武样子。在她心目中，丈夫是个勇敢的男子汉，他驾着战车，征讨犬戎，为国出力，受到国人的称赞。和其他"送夫出征"诗一样，诗人描写了对丈夫的思念。不同的是，在讨伐犬戎这样的"国家大事"面前，诗人没有哭哭啼啼的哀怨，而是充满赞美、仰慕的鼓舞，秦人女子的坚强和秦人尚武的民风，可见一斑。可以说，艰苦的生活环境，造就了秦人的性格。

秦文公在位五十年，秦国在他手中向前迈出了相当大的一步，为日后的崛起奠定了雄厚的基础。

西戎霸主秦穆公

1. 宝鸡的传说

秦国的立国过程十分艰辛,他们的崛起之路一样坎坷。

在春秋初年的争霸大战中,其他诸侯国纷纷登台亮相,今天你把天子射一箭,明天我把某国打一顿,乱哄哄的你方唱罢我登场。而秦国这时候正忙着在广袤的土地上驱逐犬戎,争夺他们的土地。

秦武公死后,他的弟弟秦德公即位,把秦国的国都搬到了雍城(今陕西凤翔县附近)。秦德公有三个儿子,每个儿子都当了国君:老大是秦宣公,老二是秦成公,老三是秦穆公。不像中原诸侯国国君被杀,国君的儿子们为争夺王位你死我活的情况时有发生,秦穆公的两个哥哥都是自然死亡,他们的儿子年幼,治理国家的能力远不及秦穆公,所以公元前659年,秦穆公顺利继承了王位。

这时候中原各国正乱着呢。

狄人进犯中原,邢国被包围,卫国被灭国。晋国已有内乱的苗头——太子申生离开都城,被安排去旧都驻守,后来又被送去打仗。郑国的郑文公派大臣高克去了边境就不闻不问了。鲁国大内乱,大臣庆父勾结王后,把鲁闵公给杀了。齐国的诸侯霸主地位基本得到了公认,但是齐桓公也因此忙于"维护和平",东奔西走,到处打仗。

这些事,都发生在秦穆公上台前后一两年,这让刚刚即位的秦穆公有了万丈雄心——就像一个武林高手看到一群人打得热火朝天，恨不得立刻参与进去过几招。当他看到齐桓公成为诸侯霸主时，秦穆公也萌发了称霸中原的念头。

秦穆公刚即位的那年，就牛刀小试，亲自领兵讨伐在茅津（今山西平陆西南）一带的戎人部落。这一仗秦国大胜，给年轻的秦穆公鼓了不少劲儿。但是在那个时候，人们都很迷信，只有强大的武力，没有神灵的庇佑、上天的认可，贸然争霸中原，能成功吗？对此，秦穆公多多少少有点担心。就在这时，一个好消息传来，秦国国都附近的陈仓（今陕西宝鸡戴家湾一带）出现了祥瑞，秦穆公觉得，这预示着秦国称霸是未来的必然。这是怎么回事呢？

据《列异传》记载，陈仓有个农夫在地里挖出一个怪物——像羊不是羊，像猪又不是猪，想杀也杀不死。谁都不认识这怪物是个啥玩意儿，于是农夫就打算把它献给秦穆公。在去国都的路上，农夫遇到一男一女两个小童子，两个小童子笑嘻嘻地问农夫：你知道这是什么东西吗？农夫自然不知道。小童子就说了：这个怪东西啊，叫媪、媪述，一般生活在地下，专门吃死人的脑子，用普通的办法，比如刀砍、斧剁是杀不死它的，但把柏树枝插到它的头上，它就死了！

农夫正惊愕的时候，这个媪突然张口说人话了：这两个童子叫"陈宝"，抓住雄的可以称王天下，抓住雌的可以称霸诸侯！农夫一听，立刻放弃媪去抓这两个童子。两个童子纵身一跃，化为两只野鸡飞到树林中了。农夫急忙搜寻，最终在陈仓山北面的山坡上找到了那只雌陈宝，雄的陈宝则不知所终了。雌陈宝被逮住后，化为一尊石像。

秦穆公听到了这个消息，异常高兴，立刻下令修建祠堂祭祀雌陈宝化身的石像。由于陈宝是鸡的样子，所以陈仓附近发现陈宝的城邑就被称为"宝鸡"——这就是今天陕西宝鸡市名字的由来。"得雌者霸"，在秦穆公看来，这件事预兆着秦国他日一定可以称霸。

> **知识拓展　陈宝真的存在吗？它究竟是什么？**

历史上还真有陈宝的存在。有关陈宝的最早记载，在《史记·封禅书》中："作鄜畤以后九年，文公获若石云，于陈仓北阪城祠之。某神或岁不至，或岁数来，来也常以夜，光辉若流星，从东南来集于祠城，则若雄鸡，声音殷云，野鸡夜雊。"根据这段记载，我们可以得知，得到陈宝的是秦文公，而非秦穆公，时间在文公十九年。后世《列异传》《太平广记》《东周列国志》里得宝的具体过程和生动细节则是小说家的加工。

那么，陈宝到底是什么？王国维认为陈宝是一种古玉；吴郁芳《"陈宝"考》认为陈宝是秦先人所制的鸡形祀神偶像；李世义、李凌霄则认为秦人来自崇拜玄鸟的东方民族，陈宝正是鸟图腾崇拜的反映。但是，我们不能忽视《封禅书》中描述的有关陈宝的特征：陈宝是夜晚来的，并且来的时候"光辉若流星"，引来了群鸡鸣叫。由此，我们认为，这可能是陨石降落的奇特场景。当代学者辛怡华在《"若石"考》一文中，也通过各种资料考辨，认为陈宝极有可能就是一块天降陨石。

其实无论陈宝是古玉、陨石，还是鸡形祭祀偶像、鸟图腾，得陈宝神话的产生、流传都体现了秦文公、秦穆公称霸诸侯的愿望和决心。

2. 建立智囊团

公元前656年，秦穆公在即位的第四年，开始了称霸诸侯的第一步：结盟以壮大实力。

挡在秦国面前的，首先是强大的晋国，因而是秦国首先要结盟的对象。于是，秦穆公派人向晋国提亲。

此时，晋国正处在严重的内乱之中。太子申生自杀，公子重耳和公子夷吾都逃到了别的国家,晋国一片混乱。晋献公已经到了晚年,没有什么战斗精力了,为避免和秦国打仗,也愿意和秦国结成亲家。晋献公把自己的女儿嫁给了秦穆公,她是公子重耳的妹妹、公子夷吾的姐姐,后被称为穆姬。此后,秦国、晋国多次结亲,成为好几代的亲家,这就是我们常说的"秦晋之好"。

只有结盟伙伴不行,还必须有贤人辅助。秦穆公的这次联姻,不仅让他娶了一位漂亮的公主,给他带来了强大的盟友,还让他意外地获得了一位杰出的人才,此人才之于秦穆公的意义,就如管仲之于齐桓公。

当初,晋国假道灭虢,消灭了虢国和虞国。这两个国家的贵族、大夫便沦为了晋国的奴隶,其中有一位叫百里奚的虞国大夫,被当作穆姬的陪嫁奴隶,和其他奴隶、嫁妆一起送往秦国。可百里奚找了个机会,偷偷溜走,南下逃到了楚国。秦穆公派人查点嫁妆清单,发现少了一个百里奚。近臣一听"百里奚"的名字,就对秦穆公说:这可是人才啊,一定得找到他。于是秦穆公便派人追查百里奚的行踪,得知其在楚国后,就派人前去楚国买下他。楚国人并不知道百里奚的才能,同意秦人用五张黑色公羊的皮(当时贩卖奴隶的价格)把百里奚赎回,所以后人也称百里奚为五羖(gǔ)大夫。

此时的百里奚已经七十多岁,他到了秦国,立刻被秦穆公奉为上宾。秦穆公向百里奚请教治国之道,百里奚滔滔不绝地谈了三天,秦穆公一听,每一句都是治国良言,大喜过望,就拜百里奚为相,请他执掌国政。百里奚便向秦穆公推荐了另外一位贤人——蹇叔。

蹇叔善于洞察事态走向,基于对各国政治、地理、风土人情的了解,他可以对许多事情做出准确的判断。比如,百里奚潦倒的时候,蹇叔便认为他是个人才,时常接济他,二人成为朋友。后来百里奚想去齐国做官,被蹇叔阻止,果然,齐国的公孙无知当上国君没多久就被杀了,祸及近臣。百里奚想以养牛的本领去投靠周王子颓,又被蹇叔阻止了,没过多久,周天子都城内乱,百里奚免于一难。再后来,百里奚打算去虞国做官,蹇叔再次劝他别去,但这次百里奚没有听从蹇叔的意见,执意前去。结果,百里奚去了没多久，虞国就被灭国，百里奚成了俘虏。

百里奚把蹇叔的过往一说，秦穆公大为佩服：这么厉害的人，我当然要重用！于是重金聘蹇叔为上大夫。后来，百里奚和蹇叔二人为秦国的发展壮大做出了突出贡献。

> **知识拓展　伯乐与九方皋**
>
> 秦穆公求贤若渴，不仅四处寻找百里奚、蹇叔这样能治国安邦的人才，还到处寻找各类有奇异本领的人。比如我们所熟知的擅长相马的伯乐，就是秦穆公手下的奇人异士。
>
> 后来伯乐年纪大了，秦穆公希望伯乐再推荐一位相马高手。伯乐说，我的儿孙们都没有相马的本领，但是我有个好朋友叫作九方皋，是相马的奇才，您可以请他为您找千里马。秦穆公就重金聘请九方皋为他寻找千里宝马。
>
> 很快，九方皋就回来了，告诉秦穆公说自己相中了一匹千里马。秦穆公赶紧问：是什么样的啊？九方皋回答说：是一匹黄色的母马。结果，秦穆公一看，那明明是一匹黑色的公马。秦穆公十分失望，就责怪伯乐说：伯乐啊，你这朋友连颜色和公母都分不清，这可怎么相马啊？谁知伯乐一听就说：天哪，想不到九方皋相马的本领已经登峰造极，可以通过外形看内在了！九方皋太厉害了。秦穆公听伯乐这么一说，就试了试那匹黑马，果然是一匹不可多得的宝马良驹。现在咱们常说的"九方皋相马"，就是这么一回事。中华人民共和国成立后，大画家徐悲鸿还以"九方皋相马"为题材，创作了一幅大型国画，成为画坛的精品。

3. 好人有好报

在百里奚、蹇叔的帮助下，秦穆公励精图治，壮大国内经济和军事实力。精心准备了四五年之后，他终于等到了一个好机会。

公元前651年，也就是齐桓公葵丘会盟的那一年，秦穆公即位的第九年，晋献公结束了他多疑、猜忌、残忍的一生。一个月后，公子奚齐和骊姬被杀，没多久，公子卓子也被杀，晋国没了国君，朝局大乱。这时候，公子重耳和公子夷吾流亡在外，谁先回到晋国，谁就可以成为国君。秦穆公一看，机会来了，只要自己出兵帮助一位公子回国，那么秦国就是晋国的大恩人，必有利于秦国的发展。可是选哪一位公子呢？

刚好，公子夷吾跑来请求秦穆公帮助自己，并且主动说："只要秦国帮我当上国君，我愿意把晋国黄河以西的八座城池献给秦国，作为报答。"秦穆公一听，这很合自己的心思，而且他征求身边大臣们的意见，大家都认为夷吾不如重耳有名望，更利于控制。于是秦穆公就派百里奚带领人马护送公子夷吾回国，扶持他当了国君，这就是晋惠公。

可公子夷吾当上国君之后，"八座城池"的许诺就被他抛之脑后了。秦穆公十分生气，有点后悔扶持这么个不信守诺言的小人。更让秦穆公生气的事还在后头。公元前647年，晋国大旱，饥民遍地。晋国来秦国借粮食，秦穆公本着"国君人品不好，但是晋国老百姓无罪"的仁义想法，借了粮食给晋国。《史记·秦本纪》记载："以船漕车转，自雍相望至绛。"就是说运送粮食的车船，从秦国都城雍城，一直延绵到晋国都城绛城。秦穆公不记前仇，借出粮食，按说晋惠公应该感激才是，但第二年发生的事再一次告诉人们：人品低劣的人是没有下限的。

公元前646年冬天，秦国大旱，粮食歉收，而原来储备的粮食都接济了晋国，所以秦国陷入了饥荒。秦穆公于是派人去收成很好的晋国借粮，但是晋国的反应是什么呢？晋惠公竟然和大臣商议：何不趁着秦国饥荒大乱的时候，攻伐秦国呢？议定之后，他亲率大军，攻打秦国。

晋国这种恩将仇报的做法，让秦国举国上下十分气愤。兔子急了还咬人呢，更何况是彪悍的秦国人民。于是，公元前645年，在秦穆公的带领下，秦国和晋国在韩原（今山西稷山西）展开一场大战，史称"韩原之战"。

战况异常激烈。晋惠公败退,车子陷在泥中拔不出来,秦穆公见状,立刻朝晋惠公奔了过去,眼看就冲到晋惠公跟前了,一队晋国士兵却杀了出来,把秦穆公团团围住。秦穆公奋力作战,左右突围,身受重伤。

根据《吕氏春秋》的记载,在这危急关头,三百名光着膀子、散发披肩的野人冲出来,死命保护着秦穆公。这些人就像"死士"一样,奋不顾身、毫无畏惧,最终不仅把秦穆公救了出去,还转败为胜,活捉了晋献公!

野人,指的是从事农业生产的奴隶。这三百个野人从哪里来的?原来,有一次,秦穆公丢了一匹千里马,命人四处追查,最后发现马被这三百个野人捉住,宰了吃了。官员要处罚这些人,但是秦穆公知道,这些野人生活得不容易,要不然也不会这么多人分食一匹马了。他不但没有处罚这些人,还赏赐这些人一人一碗酒,说:"国君不应该因为畜生而伤人。我听说吃了千里马的肉不喝酒,对身体不好,你们便把这酒喝了吧!"野人们非常感激秦穆公,这一次听说秦穆公打仗,就主动请缨,来到战场上。他们不是正规军,所以连像样的盔甲都没有,但他们看见秦穆公有危险,就赤手空拳跑出来,拼死冲上前,救了秦穆公的性命。

秦国打了胜仗,秦穆公决定要用晋惠公祭天。他的夫人穆姬带着她和穆公的儿子太子䓨、公子宏和女儿简璧,身穿丧服,站在柴火上要自焚。她哭哭啼啼地为弟弟求情,求丈夫不要杀了弟弟。周天子也派人来求情说:"晋国和我是同姓。"秦穆公顾及夫人,也出于政治全局的考虑,便和晋惠公盟誓,把晋惠公放了回去。晋惠公这次比较知趣,回去后按照约定,把黄河以西的五座城池给了秦国,还把自己的儿子圉送到秦国当人质。接下来的几年,晋惠公就没做什么出格的事了。

4. 最亲不过是舅舅

公元前637年,背信弃义的晋惠公夷吾去世。夷吾在秦国做人质的儿子公子圉害怕国君之位被别人夺去,就悄悄逃回晋国,当上了国君,这就是晋怀公。

秦穆公得知消息后，非常气愤：他用仁义之心对待晋惠公父子，可是这两人都不讲道义。于是，他就想扶持自己的大舅子重耳做晋国的国君。

重耳名声很好，重信义，但他已经在外逃亡十几年，此时正在楚国。秦穆公把重耳接到秦国，把自己的两个女儿嫁给重耳，又派人通知晋国，说他打算把重耳送回去当国君。重耳素有贤名，所以晋国人也非常乐意迎请他回国。

此时，秦穆公的妻子、重耳的妹妹穆姬已经去世好几年了。所以当穆姬和秦穆公所生的太子嬴䓨见到舅舅重耳时，就像见到母亲一样，对重耳十分亲近。重耳返回晋国时，嬴䓨一直把重耳送到渭河边上。因景生情，他越发思念母亲，不禁失声痛哭，甥舅二人离别的场面十分感人。为此，嬴䓨还作了一首《渭阳》，被收录在《秦风》之中。

> 我送舅氏，曰至渭阳。何以赠之？路车乘黄。
> 我送舅氏，悠悠我思。何以赠之？琼瑰玉佩。
> 【注释】路车：即辂车，是天子或者诸侯才有资格乘坐的车子。乘（shèng）黄：指四匹黄色的马。琼瑰：美玉。

这首诗的大意是：我送别舅舅，到了渭水边，送他什么呢？送他辂车和宝马。我送别舅舅，心中挂念放不下。送他什么呢？送他精美的玉佩吧。

因为这首诗，"渭阳"成为表示舅甥关系和睦的典故，还成了舅舅的雅称，后代诗词歌赋中往往用"渭阳"来借指舅舅。今天陕西关中一带的人称呼自己舅舅家为"渭家"，恐怕就是由"渭阳"演变而来的。

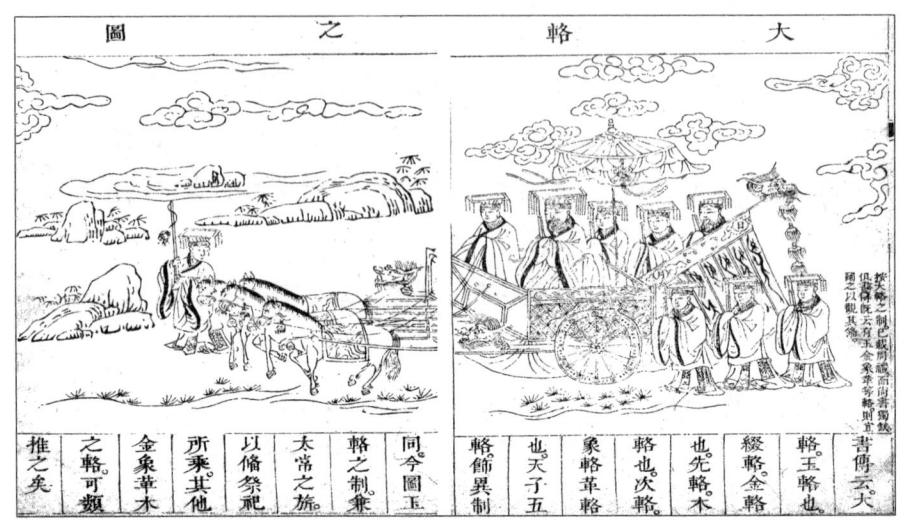

路车（出自：《六经图·周礼图》）

5. 崤之战

重耳回国做了晋国国君，就是晋文公。虽然晋文公确实如秦穆公所料，重信义，勤政爱民，但他领导下的晋国更加强大，反倒处处压秦国一头。城濮之战后，晋文公很快就成为春秋时期继齐桓公之后的第二位霸主，秦穆公随他一起打了好几仗，无意中变成了晋国的跟班和帮手。

这样对秦国没有太大好处，秦穆公还想往中原发展，称霸群雄呢。于是，秦穆公便琢磨着怎样才能给秦国争取更多利益。

公元前630年，晋文公为报郑文公轻慢之仇，发兵攻打郑国，秦穆公派兵辅助晋文公。郑国被围了好几天，眼看就要大难临头了，一位叫烛之武的大臣，半夜悄悄用绳子从城墙上滑下来，跑到秦国大营，对秦穆公说了一番话，大意是：打下了郑国，只会对晋国有利。秦国远在西北，能有什么好处？还不是白忙乎一阵，成了晋国的小兄弟！秦国辛苦得很，现在却好像成了晋国的附庸，处处给晋文公做先锋啊！这番说辞，精准地拿捏了秦穆公的利益、痛处，秦穆公听后恍然大悟，便决定退兵。这就是历史上著名的"烛之武退秦师"，《左传》《国语》《战国策》《史记》等史书中都有记载。

从此秦国和晋国便貌合神离了——表面上不断联姻、和平共处，实际上双方的嫌隙非常大。

晋文公活着，秦穆公有所忌惮。待公元前629年晋文公去世，秦穆公称霸中原的心又死灰复燃了。

碰巧，郑国国都北门的钥匙由几个秦国人看管，这几个秦人就给秦穆公通风报信，希望秦国派兵偷袭郑国，他们来做内应。秦穆公专门问了蹇叔的意见，想得到蹇叔的支持。没想到蹇叔却说，哪里有千里发兵去偷袭一个国家的？军队浩浩荡荡，很容易被人发现，机密泄露，还有取胜的把握吗？但秦穆公一心想要称霸诸侯，根本听不进蹇叔的劝阻，一定要发兵远征郑国。百里奚的儿子孟明视是这次出征队伍的将领，蹇叔就在队伍出征那天跑出来大哭："孟明视啊！你们这一次一定会失败，我恐怕要在崤关给你收尸了！"这就是"蹇叔哭师"的典故。

出征打仗的人都想讨个彩头，连出发的路、出发的城门名字都是有讲究的，蹇叔却号啕大哭，真是不吉利。所以秦穆公狠狠地骂了蹇叔一句："尔何知？中寿，尔墓之木拱矣！"（《左传》）

《庄子·盗跖》说："人上寿百岁，中寿八十，下寿六十。"《吕氏春秋·安死》说："人之寿久之不过百，中寿不过六十。"《淮南子·原道训》则说："凡人中寿七十。"可见，到底多少岁算中寿，各处说法也不一样。所以秦穆公说的"中寿"应该是泛指——蹇叔的具体年龄史书上没有明确记载，不过这时候应该是过了"中寿"，有六七十岁了。所以秦穆公这句话的意思是：老东西，你知道什么？你要是只活个中寿的年纪，你现在坟墓上的树都有两手合握那么粗了。言下之意就是：你活得太久，现在已经昏聩无知了！

蹇叔哭师，其实是哭给秦穆公看的，用意还是劝阻秦穆公出兵。后来，不出蹇叔所料，秦国军队被一个名叫弦高的郑国商人发现了。弦高一面假意犒劳秦军，一面派人通知郑国赶紧做准备。秦军偷袭不成，又不甘心空手而回,就在折返的路上顺手把晋国的一个边邑滑邑给抢劫了一番。

这惹恼了晋国的新国君晋襄公:秦穆公竟然趁着我父亲尸骨未寒派兵偷袭?不回击你们,我怎么向我的臣民交代?

晋襄公身穿黑色孝服,率领晋军伏兵在秦军回国的必经之路崤关,双方在崤关大战。这一战,秦军几乎全军覆没,只有孟明视、西乞术和白乙丙三个将军被放了回来。

6. 称霸西戎

秦穆公深刻地认识到,晋国是他进军中原、称霸诸侯的拦路虎。于是他调整战略目标,决定集中力量,跟西戎抢地盘。

西戎是古代西北戎族的总称。根据《史记·匈奴列传》的说法,西戎包括了绵诸、绲戎、翟貌、义渠、大荔、乌氏、朐衍等,主要活动在黄河上游和甘肃西北部。西戎人居无定所,别说攻打,想找他们都未必找得到。这也是此前历代秦君始终不能真正打败西戎的主要原因。

恰好此时,西戎派人出使秦国。使者叫由余,祖上是山西人,后来逃到了西戎。西戎首领见由余很有才干,就重用了他。后来,西戎王听说秦穆公很贤明,国家富足,还建造了一座漂亮的都城,于是就派由余来考察、学习。

由余到了秦国,秦穆公就向他炫耀道:你看我的宫室精美,都城坚固,国库充盈。由余却说:"我看秦国的这些地方精美得很啊,就是让鬼神来建造,他们都会感到为难。你居然让人民去建造这么精美的东西,秦国人民真是太辛苦了!"

秦穆公听了非常羞愧,放下架子认真和由余交谈了一番,发现由余还真是个人才。秦穆公非常郁闷:称霸中原吧,被晋国挡住了;攻打西戎吧,人家还有这么贤能的人才,自己称霸的愿望恐怕要落空。秦国有大臣出主意说:这好办,咱们把由余留在秦国不就得了?

于是，秦国故意拖延由余回国的时间，同时又送了西戎王许多美女和乐工。西戎王沉迷在美色、声乐之中不能自拔，朝政逐渐荒废。一年后，由余回到西戎，见西戎王耽迷酒色，就劝谏了几句。西戎王十分不高兴，并且猜忌道：你去秦国这么久才回来，一回来就忤逆我，你的祖先本就是中原人，我看你多半是有异心啊！

由余被逼无奈，又逃回秦国。秦穆公大喜过望，厚待他，又向他咨询征伐西戎的方法。由余就凭着多年在西戎的经验，为秦穆公制定了平西戎的策略。

公元前623年，秦穆公出征西戎，彻底把西戎赶到了大西北荒漠。秦国拓展了一千多里的土地，增加了十二个附属国，疆域东到黄河，西至河西走廊，西南到了四川盆地，成为西边最大的国家。远在洛阳的周天子派人送来金鼓十二面，对秦穆公的战功予以表彰。这样一来，秦穆公就成了名副其实的西戎霸主，成为春秋时期继齐桓公小白、晋文公重耳之后的第三位霸主！

7. 惨无人道的殉葬

秦穆公仁心爱民，又扩大了秦国的土地，使秦国一跃成为一流大国。他在秦国的发展史上，是极其重要的人物。

公元前621年，秦穆公在成为西戎霸主之后的第三年寿终正寝，葬于雍地（今陕西凤翔南指挥村）。秦国有以活人殉葬的风俗。"秦伯任好卒，以子车氏之三子奄息、仲行、鍼虎为殉，皆秦之良也。国人哀之，为之赋《黄鸟》。"（《左传》）子车奄息、子车仲行和子车鍼虎兄弟三人都是秦国著名的将军，作战勇敢，平易近人，秦国人没有想到这兄弟三人要为秦穆公殉葬，对此感到非常惋惜、哀悯，于是专门写了一首《黄鸟》做兄弟三人的挽歌。

交交黄鸟，止于棘。谁从穆公？子车奄息。维此奄息，百夫之特。临其穴，惴惴其栗。彼苍者天，歼我良人！如可赎兮，人百其身！

交交黄鸟，止于桑。谁从穆公？子车仲行。维此仲行，百夫之防。临其穴，惴惴其栗。彼苍者天，歼我良人！如可赎兮，人百其身！

交交黄鸟，止于楚。谁从穆公？子车鍼虎。维此鍼虎，百夫之御。临其穴，惴惴其栗。彼苍者天，歼我良人！如可赎兮，人百其身！

【注释】特：匹配。穴：墓穴。惴（zhuì）惴：害怕的样子。防：相当。御：当。

这首诗第一段的大意是说：叽叽喳喳的黄鸟在荆棘上停息，谁跟着秦穆公一起去了啊？是子车家的奄息。这位奄息啊，勇猛无比，有百夫不当之勇！可是这么厉害的人，面对秦穆公坟墓的时候，也忍不住浑身哆嗦。苍天啊苍天！你让我们的好人一个也不留！如果准我们赎他们的命，拿我们中的一百人换他一个吧！第二、三段意思类似，只是换了黄鸟落脚的地方（"止于桑""止于楚"）和人名。

与《诗经》中收录的诗整齐划一的四字一句不同，这首诗每句字数长短不一，三字、四字交替使用，形成明显的断句，表达了人们在哀唱时的情感。"交交"是拟声词，指黄鸟的叫声。诗歌用黄鸟的叫声起兴，和"彼苍者天"——对苍天的诘问，形成照应。"临其穴，惴惴其栗。彼苍者天，歼我良人！如可赎兮，人百其身！"在整首诗中反复出现，凸显了人们心中的恐惧和悲哀。

需要说明的是，人殉虽然令人恐惧，但秦人还是可以接受的。只是秦穆公选了三位国家栋梁、忠良之臣殉葬，令人大为叹息。因此，《黄鸟》更多的是对三位忠臣的惋惜。

知识拓展　秦国的人殉

商、周、春秋、战国、秦，都有人殉制度。当时的人们有"事死如事生"的观念，贵族希望在死亡后的世界里，依然享有特权，有人服侍，所以人殉在当时是常事。《墨子·节葬》篇就说："天子杀殉，多者数百，寡者数十。"

根据文献的记载，秦国的人殉始于秦武公。《史记·秦本纪》载："武公卒，葬雍平阳。初以人从死，从死者六十六人。"但是从甘肃省礼县大堡子山秦公墓的发掘结果来看，秦国在秦文公甚至他之前的秦襄公时就已经采用人殉了。由于当时很多国家都流行殉葬，而且秦人远居西北，受中原礼仪文化影响较小，所以秦武公、秦穆公采用人殉，秦国人也是默认的。

不过在礼乐盛行的中原地带，对殉葬就有不同的看法。儒家非常反对殉葬，孔子就说："始作俑者，其无后乎？"在孔子看来，以活人殉葬当然是不可以接受的；用人形石俑殉葬，也一样是对人的不尊重，一样是很不人道的做法。

自秦武公之后，秦国人殉成为制度，一直延续到公元前384年秦献公时才被废除。然而，秦献公虽然从制度上废除了人殉，但现实中还是不断有人使用这种方式，秦始皇去世时人殉数量之多，令人咋舌。

无奈的秦康公

1. 秦晋反目

公元前621年，秦穆公去世，写了《渭阳》的嬴䓨即位，是为秦康公。同一年，晋国国君晋襄公——晋文公重耳的儿子也去世了。

当时，晋国的公子雍——晋文公重耳的庶子、晋襄公的弟弟还在秦国。秦康公就打算效仿老爹，扶持一个和自己关系比较好的晋国公子做国君，进而让秦国获利，所以他派使者和晋国大臣们通信，告诉他们他打算扶持公子雍为晋国国君。

在《唐风》一章中，我们提到，晋献公屠杀自己的亲族大宗，所以晋国的王室基本上没有什么人了，国政都把持在外姓大族手里。其中，赵氏家族在晋国就是重要的政治力量之一，这时把持晋国朝政的就是赵氏家族的首领赵盾。

作为晋国的相国，赵盾也是非常赞同公子雍回来当国君的，因为当时晋襄公的儿子夷皋还很小，没法管理国家。于是秦康公就派兵护送公子雍回晋国，准备当国君。可是晋国的王后、夷皋的母亲拿出晋襄公的遗嘱，说必须立夷皋为国君。赵盾无奈，就只好立夷皋为新君，这就是晋灵公。

那秦康公和公子雍怎么办呢？赵盾该如何面对他们呢？

赵盾说：既然我们已经立了新君，那么秦康公送来的公子雍就是我们的敌人！于是，公元前620年，也就是秦康公登基的第一年，赵盾在山西令狐攻打公子雍和秦国军队，史称"令狐之役"。赵盾背信弃义在先，蛮横无理在后，秦国和晋国多年来的交情彻底断绝了。

秦康公吃了大亏，怀恨在心，所以不断发兵攻打晋国，几乎每年都打一次。可是晋国在赵盾的治理之下，兵强马壮，战斗力极强，秦国每次都吃败仗。

公元前615年，秦康公重整旗鼓，再一次发兵攻打晋国。这次秦国军队鼓足了劲儿，一定要打赢晋国。出征的路上，秦国的士兵唱着嘹亮的军歌前行，军歌的歌词，就是非常著名的《无衣》。

> 岂曰无衣？与子同袍。王于兴师，修我戈矛。与子同仇！
> 岂曰无衣？与子同泽。王于兴师，修我矛戟。与子偕作！
> 岂曰无衣？与子同裳。王于兴师，修我甲兵。与子偕行！
> 【注释】袍：长衣，就是斗篷，白天当衣，夜里当被。兴师：起兵。泽：同"襗"，贴身内衣。作：起。裳：下衣，战裙。

《无衣》有两首，一篇在《唐风》中，前文已经讲过。另一篇，就是这首。

《无衣》一诗，直白简明，语气铿锵，很生动地展现了秦国士兵慷慨激昂的战斗情绪。

这首诗假设两个人在对话，但提问者的问题并没有直接写出来，而回答者的话就是本诗的内容。第一段，一个人问："你有战袍铠甲吗？"另一个人回答："怎么能没有呢？我的盔甲战袍和你的一样！"接下来，诗人又用短促而有力的句子说：国家征战，我把我的兵器收拾好，和你一起奔赴战场。后面两段的意思基本相同——这是《诗经》作品的特色，反复咏叹，加强语气。

这首《无衣》大家耳熟能详，但是它的主旨，也有不同说法，比如《毛诗序》说它是"讽刺秦国国君的作品"——秦康公连年征战，秦国人民苦不堪言，唱这首歌讽刺秦康公。也有学者认为这首诗表现了秦国人民英勇无畏的尚武精神，是一首慷慨战歌。

这一次攻打晋国，秦国做的准备比较充足，秦国的士气也很高涨，一开始就打下了羁马（今山西永济西南）。但是晋国很快反扑过来，又在河曲（今山西芮城西）一带把秦国打败了，秦国元气大伤。此后，秦康公再也没有大规模发动军队攻打晋国的实力了。

知识拓展　历史上的赵盾与赵氏孤儿

《赵氏孤儿》最早是一出元杂剧，广为流传，至今许多剧种里都还有这段戏，许多电影也以此为素材进行拍摄。《赵氏孤儿》里的孤儿赵武，就是赵盾的孙子。在戏曲、电影里，赵氏满门被杀，包括赵盾，也被屠岸贾给杀了。但是历史上，赵氏被灭门的时候，赵盾已经去世好多年了。

但历史上的赵盾，说来也令人十分唏嘘。

赵盾在晋襄公的时候执掌国政，成为正卿。晋襄公死后，他便扶持晋襄公的儿子即位，是为晋灵公。

晋灵公不是一个合格的君主。他为了装饰宫中的墙壁而加重赋税。他从高台上用弹弓射人，以观看人们躲避弹丸时的窘态来取乐。有一次，厨子给他炖的熊掌没有炖熟，晋灵公就杀了他，又把尸体装在草筐里，命宫女用车拉走。赵盾和大夫士季发现了厨子的尸体，就追问厨子被杀的原因。知道情况后，两人非常担忧，纷纷进谏。

晋灵公屡教不改，赵盾就不停地劝谏。时间久了，晋灵公便非常厌恶赵盾，派了刺客鉏麑暗杀赵盾。鉏麑一大早赶去赵盾家，看到赵盾卧室的门大开，赵盾已经穿戴整齐准备上朝了，只是时间还没到，他正坐在那里打瞌睡。鉏麑看到这一幕，大为感动："身居高位而不失恭敬，真是国家的栋梁啊。杀害国家的栋梁，就是不忠。可我要是不服从国君的命令，就是失信。我要么不忠，要么不信，无论是不忠还是不信，都不如一死。"说完，便撞死在了槐树上。

这年秋天，晋灵公又埋伏武士，准备暗杀赵盾。晋灵公以要赏赐赵盾喝酒为由，将赵盾骗到宫中。赵盾的车右提弥明发现端倪，快步走上堂说："臣子侍奉国君饮酒，超过三杯就不合乎礼仪了。"说完便扶护着赵盾下堂。晋灵公一看，立刻唤出猛犬向赵盾扑去。赵盾说："不用人而使唤狗，即使凶猛，又顶得了什么？"提弥明徒手搏击猛犬，一面搏斗，一面护着赵盾退出宫门。最终，提弥明殉难。

埋伏好的武士纷纷围过来，赵盾只好奋力突围。突然，一个武士调转矛头，抵御其他武士，赵盾得以逃脱。这名武士，名叫灵辄，是晋灵公的贴身甲士。他早年在首阳山翳桑，曾经饿昏在地，恰巧被路过的赵盾救下。赵盾问明情况，便给了灵辄食物。灵辄只吃了一半，就停下了。赵盾问其原因，灵辄答道："我在外当奴仆已经多年了，不知道母亲还在不在。现在我离家近了，请让我把这些东西送给她。"赵盾听了很感动，就劝灵辄吃光东西，又给他预备了一筐饭和肉，放在袋子里送给他。此后不久，灵辄就做了晋灵公的甲士。这次赵盾有难，灵辄救了赵盾一命。赵盾脱险后，就问灵辄为什么这么做。灵辄回答："我就是您在翳桑所救的饿汉呀。"赵盾问他名字和住处，他没有告诉赵盾就辞别了。

眼看晋国是待不下去了，赵盾便连夜逃亡。晋灵公如此残害大臣，也引起了大家的不满。九月二十六日，赵盾的堂弟赵穿在桃园杀死了晋灵公。赵盾此时还没有逃出赵国国境，听到消息，就折返了回来。结果太史董狐在史书上记载道："赵盾弑其君。"董狐把这条记录拿到朝廷上公布，赵盾说："不是这样的。"太史董狐回答说："您是正卿，逃亡时没有越过国境，回来后又不声讨叛贼，弑君的不是您又是谁？"赵盾道："唉！《诗》说'我之怀矣，自诒伊戚'（由于怀念祖国而招来了祸患），这说的大概就是我吧！"在董狐看来，赵穿是赵盾的堂弟，赵穿弑君，便和赵盾有关，因此他把弑君的罪名安在了赵盾头上。从此，"董狐笔"成为一个典故，形容不为利害所动、公正不偏的人。

但我们仔细分析就会发现：赵盾虽有讨贼之责，但董狐把弑君之名安在赵盾头上，也确实过于呆板。所以孔子一方面赞叹董狐的秉笔直书，另一方面也替赵盾蒙受恶名而叫屈。孔子说："董狐，古之良史也，书法不隐。赵盾，古之良大夫也，为法受恶。惜也，越竟乃免。"

赵盾死后，赵氏势力被打压，只留下了一个活口，差点被灭门——这就是元杂剧《赵氏孤儿》的素材来源。不过赵盾的后人又很快兴盛起来了：公元前548年，赵盾的孙子赵武（就是那个孤儿）重回政坛，赵氏家族逐渐恢复元气；公元前492年，赵盾的重孙子赵鞅成为晋国相国；公元前453年，赵盾的五世孙联合韩氏、魏氏打败了晋国其他贵族；公元前403年，周天子正式册封赵盾的八世孙为诸侯，赵国建国。这就是战国七雄之一的赵国的发家史。

赵盾把持晋国朝政二十多年，对内推动改革，对外强势外交，代晋灵公出面会盟诸侯、发号施令，西拒强秦、南遏蛮楚，延续了晋国当霸主的时间，是一位不折不扣的大政治家。赵国能成为一个强大的诸侯国，很大程度上，就得益于赵盾执政时候所做的努力。

2. 虎父犬子

秦康公在晋国这里连吃了几次败仗，就再也没有征伐的雄心了。之后，他便大肆享乐、挥霍。

据《韩非子》记载，秦康公为了观赏风景而修建了一个高台："秦康公筑台三年。荆人起兵，将欲以兵攻齐。任妄曰：'饥召兵，疾召兵，劳召兵，乱召兵。君筑台三年，今荆人起兵，将攻齐。臣恐其攻齐为声，而以袭秦为实也。不如备之。'戍东边，荆人辍行。"

这段话大意是说，秦康公筑这个高台，居然花费了三年的时间。楚国人看到秦国百姓疲惫、国力衰退，觉得有利可图，就打算攻打秦国。可是楚国人放出假消息，说他们准备攻打齐国。这个假消息被秦国大臣任妄给识破了。任妄说："饥荒瘟疫、人民疲惫、国家内乱，都会招来兵灾。现在咱们国家老百姓为了修筑高台，疲惫不堪，正是危险的时候。楚国人说是要攻打齐国，我看他们真正的目标怕是咱们秦国啊！不如早做防备！"秦国于是在东边靠近楚国的边境加强了防卫力量。楚国果然就停止出兵了。

韩非子讲道理的时候喜欢用比喻、讲故事，所以《韩非子》一书中史实、故事混杂，真假难以辨别。秦康公筑台三年的事，不见于其他史书记载，很有可能是韩非子杜撰的故事。

但是，秦国百姓的确在秦康公的统治下疲惫不堪——大家都被调去打仗、修建筑了，因而田地荒芜，耕种不继，连许多原本殷实的小贵族，生活都艰难起来。有位贵族因此作了一首诗，引起了共鸣，这首诗便在秦国传唱流行开来。这首诗就是《权舆》，收录在《秦风》之中。

於，我乎！夏屋渠渠。今也每食无余。於嗟乎！不承权舆！
於，我乎！每食四簋。今也每食不饱。於嗟乎！不承权舆！

【注释】於（wū）：叹词，相当于"唉"之类，一般放在句首。夏屋：意为大的食器。夏：大。屋：通"握"，是一种器皿，《尔雅》解释为"握，具也"。渠，通"巨"，大的意思。权舆：指的是刚开始、旧时的意思。簋（guǐ）：古代的食器。

这个贵族很有趣，他没有直接指天骂地，也没有直接咒骂国君，只是很简单地对比了一下自己以前和现在的生活状态，那股幽怨、不满的情绪就立刻传递给读者了。诗人在第一段沉重地叹息说：唉，当年我吃饭啊，那是一大碗一大碗地吃。现在呢，连吃都吃不饱！唉，比不得当年了啊！第二段的意思同第一段类似。

秦康公统治秦国十二年，这期间秦国基本没有什么进步，反倒因为秦康公不断打败仗，大肆挥霍，导致国力衰退，百姓怨声载道。

公元前609年，秦康公去世。他留给后人最大的遗产，或许就是一个有关舅舅的典故——"渭阳"了。秦康公的父亲秦穆公是位长寿的国君，在位将近四十年。因此秦康公一生当太子就当了三十多年。为了当一个合格的太子，他从小压抑隐忍。秦穆公一死，秦康公顺利当上国君，几十年压抑的欲望就被释放了出来，最直接的表现，就是喜好享受，比如为自己修筑豪华的宫殿楼阁。秦康公一生中经常打败仗，但没有做什么特别离谱的坏事，所以算不上昏君，只是被掩盖在父亲的光环之下了。

知识拓展　当太子是个技术活

首先，太子如果太暴力、好色，道德不过关，不仅会令国君不满，就连大臣们也不会支持他。其次，太子不能抢了君父的风头。再次，即使老国君有各种道德缺陷，也会一面希望太子宽厚仁慈，一面又希望太子不要太软弱、平庸，免得未来难成大事，让自己不敢把江山交给他。所以，太子既不能太蔫，也不能太盛，既不能有妇人之仁，也不能过于刚猛，这个度实在不好拿捏。因此，储君往往需要隐忍和掩藏。可是，装样子毕竟很累，有的太子压抑憋屈太久，一旦当了国君，权力集中、无人能管，就会报复性疯狂地享受。历史上很多皇帝在身为太子的时候品性端庄，可是一旦当了皇帝，就荒淫无度、暴力残忍，可能就是因为此原因。

第九章

冽彼下泉，浸彼苞稂

《曹风》

"十五国风"之《曹风》，收录的是曹国地区的诗歌作品。曹国，是周王室的同姓宗族国——西周建国时，周武王封自己的弟弟姬振铎（史称"曹叔振铎"）于曹邑，建曹国，建都陶丘（今山东菏泽定陶区西北）。曹国弱小，后世记载的曹国事迹不多。西周时代，曹国唯一记入《史记》的大事，是曹国内乱，弟弟曹戴伯杀了哥哥。春秋时期，曹国成为晋楚争夺的国家之一。后来楚国失利，曹国就依附于晋国。公元前487年，宋景公擒杀曹伯阳，曹国灭亡。曹国的后裔后来以国名为姓氏，是为曹姓的起源之一。

《诗经·曹风》共录有四首诗：《蜉蝣》《候人》《鸤鸠》《下泉》。

悲催小国覆灭记

1.窥人洗澡的国君

春秋以来，随着春秋霸主的纷纷出现，曹国夹在中间，和临近几个大国的关系都不好。后来，曹国得罪了晋国、楚国，和宋国的关系也很僵。曹国末代君王曹伯阳十五年（前487），宋景公出兵进攻曹国，晋国坐视不救，曹伯阳被杀，曹国灭亡。曹国从公元前1122年建国，至公元前487年灭国，立国六百三十六年，历二十六君（经今人考证，历二十九君）。

当初，晋文公重耳还是公子的时候，流亡到曹国，曹国当时的国君是曹共公。重耳的大名，曹共公早就知道，但是曹共公不关心重耳是否有贤人辅佐，是否能成为晋国未来的国君，他关心的是重耳的"八卦"到底是怎么回事。

据说，重耳天生异相：他生来重瞳。重瞳，就是眼睛有两个瞳仁，这十分少见——历史上记载的有重瞳的人包括仓颉、舜帝、项羽、李后主等——当然，在今天看来，这是一种眼科疾病，即瞳孔发生了粘连畸变，是早期白内障的表现。

《史记》没有记载重耳是重瞳，但是记载了重耳的另一个异相：骈胁。

唐代孔颖达对骈胁的解释为："胁是腋下之名，其骨谓之肋。……骈训比也，骨相比迫若一骨然。"（《五经正义·左传》）按照今天的医学观点解释，这也属于生理畸形："骈胁"也叫作"骈肋"，就是肋骨紧密相连如一整体——正常人的肋骨是一条一条的,左右各十二根,但是骈肋者的肋骨就是左右两块骨头板。

曹共公就特别想知道,这骈胁到底是什么样子。

好奇心人人都有,曹共公身为一国之君,对待晋国公子的生理缺陷,态度应该是尊重的吧?但曹共公居然趁重耳洗澡的时候,笑嘻嘻地跑去偷窥!对此荒唐事,史书上是这样记载的:"(重耳)及曹,曹共公闻其骈胁,欲观其裸。浴,薄而观之。"(《左传·僖公二十三年》)五十多岁的重耳正在那里洗澡,一抬头,看到曹共公正笑嘻嘻地盯着自己看,又吃惊,又尴尬,进而明白对方是来偷窥自己的生理缺陷的——《左传》用的"薄"字,非常贴切。曹共公的这种行为,不是轻薄,又是什么呢?

2. 妻子才是高人

曹国有位大夫,叫僖负羁(一作釐负羁),老成持重,有政治家一贯的特性——眼光长远。他看出重耳贤能,未来可能有大作为,最好不要得罪,便劝曹共公说:"晋公子贤,又同姓,穷来过我,奈何不礼?"(《史记·晋世家》)意思是说,重耳贤能,还是咱们的同姓亲戚,现在暂时困顿,路过曹国,为什么不能给他以礼遇呢?可是曹共公压根没有听进去,他看到了重耳的骈胁,就心满意足了,至于其他,他完全不在乎。

僖负羁的妻子也非同一般,她劝自己的丈夫早做打算,趁早结交重耳。"吾观晋公子之从者,皆足以相国。若以相,夫子必反其国。反其国,必得志于诸侯。得志于诸侯,而诛无礼,曹其首也。子盍蚤自贰焉。"(《左传》)——她看出重耳身边的人都是将相之才,重耳以后必然要成为晋国国君,到时候肯定要报早年受辱之仇,曹国逃不了这一劫。

连个不参与朝政的女子都能看出来的事,曹共公却毫不关心。僖负羁只好私下和重耳搞好关系:他给重耳送去了食物,在食物最底层藏了一对玉璧。

玉璧是很贵重的礼器，重耳看到玉璧，明白了僖负羁的尊重、结交之意，又担心惹来不必要的麻烦，就留下食物，退回玉璧，匆忙离开了曹国。

曹共公依旧混混沌沌地过活。有这样的国君在位，曹国的朝政又如何能好呢？《曹风》中的《候人》，就是当时曹国社会严重不公平的真实写照：贪官污吏身居高位，尸位素餐，而真正做事的人却穷途末路、有志难伸，国家陷入严重的两极对立之中。

> 彼候人兮，何戈与祋。彼其之子，三百赤芾。
> 维鹈在梁，不濡其翼。彼其之子，不称其服。
> 维鹈在梁，不濡其咮。彼其之子，不遂其媾。
> 荟兮蔚兮，南山朝隮。婉兮娈兮，季女斯饥。

【注释】候人：国境和道路上迎送宾客的小官，类似现在的仪仗队的官员，是下层小吏。何：通"荷"，扛着。戈、祋（duì）：都是长柄兵器，主要用于军队仪仗。赤芾（fú）：皮革做的红色蔽膝，是朝服的一部分，大夫以上的官员才有资格穿。芾：指代这种朝服。维鹈（tí）：即鹈鹕，以鱼为食。古人认为鹈鹕站在河堤上，不需要打湿翅膀和嘴就能吃上鱼。梁：水中鱼坝。咮：鸟嘴。遂：遂意，称心。媾（gòu）：宠爱。荟（huì）、蔚：云雾弥漫的样子。朝隮（jì）：早上的彩虹。隮：虹。季女：少女。

这首诗大约是一个仪仗队的军官作的。前三段都在抱怨曹国严重不公平的现象。第一段的大意是：自己在这里辛辛苦苦地站岗工作，整天扛着沉重的仪仗武器迎来送往，忙个不停，朝廷上那些贵族却尸位素餐，且多得不计其数。"三百"就是形容其人数之多的。第二、第三段则用鹈鹕比喻那些贵族什么都不干，却能轻易获得优待，这多么不公平啊！那些朝廷的贵族，他们的言行能力，都配不上他们的职位。最后一段，诗人在抱怨之余，难过地仰望天空，眺望远处的南山，想到自己的小女儿还在家里忍饥挨饿，他悲伤不已。

这首诗用对比的手法描写底层小吏和上层贵族的生活，通过描写其待遇的不同，展现曹国混乱、衰落的政局，最后落脚于小女儿的贫苦状况，十分有艺术感染力。诗的章法比较完备，有明显的起承转合，艺术表现手法相当成熟。

维鹈（出自：《毛诗品物图考》）

3.偷窥的后果

公元前634年，重耳当上国君的第三年，楚国北上伐宋。

晋文公流亡之时，宋国很好地款待了他，还赠给他很多马匹，现在宋国有难，晋文公岂能不救？再说，他想称霸诸侯，受各国尊重，就一定得帮助宋国解围，调停战事。但是直接赶去救宋国，时间已经来不及了，而且楚国曾经在晋文公流亡的时候厚待过他，这么去和楚国正面交锋，显得忘恩负义。

晋国大臣、晋文公重耳的舅舅狐偃给他出了个主意："卫国、曹国和楚国关系都很好，曹国刚与楚国结盟，卫国和楚国通婚，咱们如果直接攻打这两个国家，楚国一定会派兵来救。这样宋国不就解围了吗？"

重耳一听，这主意不错！卫国、曹国都曾对他无礼，尤其是曹国，更可恶！现在刚好借机报仇——僖负羁的妻子所料不差，重耳当上国君之后，必然会攻打曹国。这一天，终于来了。

曹共公肠子都悔青了，早知如此，何必当初——早知今天晋文公会来攻打自己，当初何必忍不住好奇心去偷窥人家洗澡呢？但是现在说什么都晚了，晋文公率领大军，浩浩荡荡地杀到了曹国的都城陶丘之下。

不过，晋文公这次有些轻敌。他急于报受辱之仇，所以战争的准备工作没有做足。陶丘城高水阔，一时之间，晋文公也攻不下陶丘，还死伤了不少军士。曹共公打了小胜仗，他的短视、浅薄立刻暴露出来，他命人把晋国战死的士兵用绳子吊起来，像晒鱼干一样一排排挂在城墙上，想以此打击晋国士气。

这不仅让晋文公大怒，也让晋国所有士兵都怒不可遏：既然曹国这么残忍、没底线，那我晋国也就不必再顾忌什么了！

中国人历来崇拜祖先，对祖先的祭祀从不间断。一个国家的疆土可以更换，但是祖宗祭祀不能断。只要祖宗祭祀还在延续，这个国家就算还存在，所以祖先安寝的坟地不能随便打扰。因此，中国人极其重视坟地，不仅要选风水宝地，更要保证坟地的安宁。在古代，挖掘他人祖坟是最不可饶恕的罪行之一，而打击报复他人，最狠辣的手段，就是"刨他们家祖坟"！这个观念，直到今天依旧深深根植在我们的文化之中。

曹国贵族的祖坟，就在陶丘城外。曹国这么对待晋国死去的军士，晋国人气昏了头，也就不择手段、没有底线地对待曹国人了。他们扬言要挖曹国人的祖坟，以解心头之恨！这个消息传到曹共公耳中，他忙派来使者求饶，说愿意把晋国士兵的尸体还回去，请晋国别挖他们的祖坟了！毕竟大家都是同姓国啊。

晋文公答应了。于是，曹国赶紧解下那些士兵的尸体，打开城门，准备把尸体送还给晋国军队。晋军便趁此机会，一鼓作气攻入了曹国首都陶丘。

楚国见晋国攻打曹国，果然就从宋国撤兵，掉转矛头要对付晋国。

晋文公当年流亡在楚国的时候，楚成王厚待他，开玩笑时问他："万一以后两国在战场上相遇，你打算怎么报答我呢？"重耳说："楚国男女奴隶、玉帛众多，地大物博，盛产珍宝，那些流传到晋国的都是您剩下来的，我能给您什么呢？要不，我承诺，以后万一咱们在战场上相遇，我退避三舍来报答您？"

没想到还真应了当年的戏言，这次晋文公和楚国军队正面交锋。于是他"遵守"诺言，避开楚军锋芒，后退了三舍——一舍是三十里，三舍就是九十里。这就是成语"退避三舍"的由来。楚军见状，乘胜追击。哪里知道，晋文公以退为进，以"避让三舍"的名义实施诱敌深入的计谋，最后大败楚军，这就是著名的"城濮之战"。

晋文公抓住曹共公，狠狠地训斥了他一顿，总算报了当年受辱之仇。但是出于政治考虑，晋文公没有杀曹共公，而是放他回国，并归还了曹国的土地，条件是曹国从此与楚国断交，听命于晋国。曹共公还能有什么选择？能活命就万幸了，他只能答应这个条件。

至于僖负羁，他当年结交重耳，给重耳送饭食和玉璧，重耳知恩图报，在破陶丘城的时候，就下令保护僖负羁一家，不许兵士伤害他们。但是大军所到之处，战火连天、生灵涂炭，军士们杀红了眼，忘记了晋文公的命令。最终，僖负羁家被晋军一把大火烧了个干净，僖负羁本人也在救火的时候死于乱中。

此前，曹国的贤能大臣，恐怕只有僖负羁了。

曹共公好色贪玩，出行的时候，让许多美女一起陪他坐在车上，史称"用美女乘轩者三百人也"（《史记·晋世家》）。满朝大臣没人敢劝阻，只有僖负羁站出来进谏。不过，他的谏言没有起到作用，曹共公依旧我行我素。

这样的国君怎么能治理好国家呢？曹国百姓生活动荡，曹国人咒恨曹共公，希望有位明君来管理国家，希望周天子可以出面搭救曹国百姓于水深火热之中。由此，《下泉》就诞生了。

> 冽彼下泉，浸彼苞稂。忾我寤叹，念彼周京。
> 冽彼下泉，浸彼苞萧。忾我寤叹，念彼京周。
> 冽彼下泉，浸彼苞蓍。忾我寤叹，念彼京师。
> 芃芃黍苗，阴雨膏之。四国有王，郇伯劳之。

【注释】冽（liè）：寒冷。下泉：地下泉水。苞稂（láng）、苞萧、苞蓍（shī）：都是不结果实的杂草。稂：狗尾草。萧：艾蒿。蓍：多年生草本植物，即"蓍草"。忾（kài）：叹息。膏：滋润。郇（xún）伯：指晋大夫荀跞，他曾护卫周敬王返回成周。

诗前三段的大意是说：那寒冷的地下泉水啊，浸湿了庄稼，滋养了野草，妨碍了庄稼的生长。唉，长叹一口气，怀念强盛的周王朝！这里是用寒冷的地下泉水比喻昏君，用庄稼比喻老百姓，用杂草比喻贪官污吏，说明昏君对百姓有害无益。最后一段表达了曹国百姓们内心的期待：有好雨滋润，禾苗就会长得茂盛，真希望周天子力量强大一点，能派人管管我们曹国的事儿啊！

《毛诗序》说这首诗是曹共公侵害老百姓，百姓们难过担忧，"思明王贤伯也"。可周天子这时候也是朝不保夕，举步维艰，哪里有能力派人来管理曹国的内政呢？

在历代曹国昏庸无能的君主统治之下,曹国的外交一塌糊涂,军事实力越来越差,国力也越来越弱。公元前487年,曹国被宋国灭国,成为宋国的一个城邑。这个小国家就这样消失在了历史舞台之上。

第十章
胡为乎株林

《陈风》

"十五国风"之《陈风》，收录的是陈国地区的诗歌作品。

陈国在西周是地位非常尊崇的一个国家，也是周朝诸侯国之中最早建国的国家。据《礼记·乐记》记载，"武王克殷及商，未及下车，封帝舜之后于陈"，就是说周武王伐纣胜利之后，还没来得及下车呢，就封了舜帝的后人建立陈国。而姜太公被封齐国，周公旦被封鲁国，等等，都是后来的事。由此可见，陈国在当时诸侯中的地位是很高的。

陈国的开国君主名妫满，是舜帝的后代，周武王还把女儿嫁给了他。陈国建都宛丘（今河南周口淮阳一带），延续了舜帝的祭祀。

陈国虽然受封很早，但是一直是个中等实力的国家。东周初年，陈国还一度活跃在政治舞台上，但是到了春秋中晚期，其国力就逐渐衰退了。陈国地处中原腹地，夹在南方的楚国和北方的晋国，以及后来崛起的吴国之间，到春秋末年，即被楚国灭国，延祚五百余年。

在春秋年间，陈国最多时辖地十四邑，大致为现在的河南东部和安徽一部分，《陈风》收录的就是这一带的诗歌。

《诗经·陈风》共收录十首诗：《宛丘》《东门之枌》《衡门》《东门之池》《东门之杨》《墓门》《防有鹊巢》《月出》《株林》《泽陂》。

"杀三夫一君一子，亡一国两卿"的传奇女性

1. 郑国公主夏姬

历史学家童书业在其《春秋史》中说，晋楚争霸是春秋史的"中坚"。春秋年间虽说还有其他的诸侯霸主，但是齐国在东，秦国偏西，真正长时间逐鹿中原的就主要是晋、楚两国，因而两国的争斗成了春秋时代的主要事件。

两霸相争，小国遭罪，夹在晋国、楚国之间的中原诸国，就成了老鼠钻风箱——两头受气。比如郑国、蔡国、卫国、陈国，都面临站队的问题。陈灵公在位期间，正是南楚强大，徐徐北上的时候。一开始，陈灵公选择抵御楚国——毕竟在当时的中原诸国看来，楚国还是南方荆蛮。陈国和楚国打了几仗，楚国实在太强大了，为生存计，陈灵公最终还是选择了与楚国和睦相处。

这些政治、军事、外交上的事，在几千年王朝更迭中显得太过平凡，根本不足以让人们记住陈灵公。陈灵公在历史上有着响亮的名字，和一位"传奇"的女性有关。

这里又不得不说一段复杂的人物关系了。

陈灵公是陈国第十九代国君。陈灵公的太爷爷——陈国第十六代国君陈宣公有个庶子，名叫子西，字子夏（不是孔子的徒弟子夏），担任着陈国的大司马之职。

子夏的儿子夏御叔在父亲死后，成为陈国的大司马，并且有了自己的食邑株林（在今河南西华西南夏亭镇北）。夏御叔身居陈国要职，身份还是贵族，且长得高大威猛，非常英武，所以按照惯例，他结婚的对象也得是诸侯公主、世家闺秀，才算门当户对。

　　春秋公室的婚姻多是为了政治考虑。陈国地处河南，和郑国距离非常近，两个国家刚好也有联姻的惯例，因此两国交好，互相帮助，常共同抵御外敌。于是，郑穆公就把自己的小女儿嫁给了夏御叔，之后，这个女儿就被称为夏姬。

　　夏姬长得非常漂亮，漂亮到不可思议！她传奇的一生，太像小说虚构的了，简直让人不能相信。为什么呢？大家往下读就知道了。

　　夏姬生活的时代，已经是春秋中叶，周礼制度早就乱套了。夏姬虽然贵为公主，可她生在"多淫声"的郑国，还未出阁，她就已经和自己的庶兄公子蛮私通了。后来，公子蛮莫名其妙地死了，碰巧夏御叔来提亲，夏姬就嫁给了英武帅气的夏御叔。没多久，他们就生了个孩子，叫夏徵舒。①

　　夏徵舒长到十二三岁的时候，父亲夏御叔暴病身亡。算起来，这时候的夏御叔正值壮年，也就三十来岁的样子。

　　《东周列国志》的作者冯梦龙说夏姬得异人传授，懂得以"采阳补阴"之术驻颜。但凡和她交往的男子，都会被吸干元阳而死，公子蛮、夏御叔都是这么死的。这个说法当然是小说家之言。

　　夏徵舒继承了父亲的职位，株林依旧是他们家的食邑。于是，夏姬就隐居在株林，孤单地过着日子。但她的美貌世人皆知，许多人就打起了她的主意。

　　陈国有两个大夫，一个叫孔宁，一个叫仪行父，这两个人都是夏御叔生前的好友，他们三人经常来往，孔宁、仪行父都亲眼见过夏姬的美貌，早

---

① 据清华简《系年》记载，夏姬为夏徵舒妻子，本文从传统说法。参见陈瑶：《清华简〈系年〉与夏姬身份考证》，《北方论丛》2019年第6期，第67—73页。

就心动了，只是慑于夏御叔位高权重，不敢有什么非分的想法。

现在夏御叔去世了，孔宁年少轻狂，主动去株林引诱夏姬。而夏姬呢？正嫌寂寞。于是双方一拍即合。孔宁尝到了甜头，扬扬得意，还给自己的好朋友仪行父炫耀了一番。仪行父一看，也溜去了株林。仪行父身材伟岸，夏姬十分欢喜，还把自己贴身的内衣赠给了仪行父。

时间久了，孔宁就发现了夏姬和仪行父的"奸情"，感觉自己受到了冷落，心中莫名嫉妒。于是他使了个坏招，告诉陈灵公，株林有位绝色女子，你大可前去私会！

陈灵公激动得不得了，恨不得立刻见到这传说中的美女。按辈分说，夏御叔是他的叔叔，夏姬是他的婶母。可是春秋之际，礼制废弛，陈灵公也根本不在乎这些，他借机跑去株林，和夏姬厮混在了一起。

君臣三个同时成了夏姬的情夫，彼此心照不宣。陈灵公十分"大度"，从不计较这些，更不吃醋，还常带着孔宁、仪行父一起跑去株林和夏姬鬼混，甚至在朝堂上公开讨论夏姬。

既然陈灵公都丝毫不避讳了，那么老百姓还有什么好遮掩的呢？没多久，一首嘲讽陈灵公的诗作《株林》就诞生了。

胡为乎株林？从夏南兮；匪适株林，从夏南兮！

驾我乘马，说于株野；乘我乘驹，朝食于株。

【注释】从：训为"因"。夏南：夏微舒字子南，称为"夏南"。匪：非，不是。适：往。说：同"悦"。乘：驾。乘驹：当作"乘骄"，马高六尺曰骄。朝食：一说吃早饭。

这首诗很直接，没有什么起兴之类的，起笔就讽刺陈灵公的偷情。诗第一段的大意为：（陈灵公）为什么总往株林跑呢？是找夏南去了吗？他哪里是去株林啊？他是找"夏南"去了！这是用设问的形式描写了陈灵公不断往株林跑的事。表面看起来，这是国君去臣子家的封地，实际上，陈灵公是去与夏南的母亲夏姬幽会。第二段则更加直接地说陈灵公骑着骏马良驹，心急火燎地要赶去株林吃早饭。

《株林》一诗收录在《陈风》中，是目前《诗经》可考的诸篇之中创作时代最晚的作品。

陈灵公和孔宁、仪行父的荒唐行为，必然招致大臣的不满。陈国有个大臣，叫泄冶，他劝谏陈灵公："君臣淫乱，民何效焉？"（《史记·陈杞世家》）意思是说：不要再这么荒唐下去了，要好好执政，正身正行，为老百姓做表率。

结果陈灵公不但没有听泄冶的话，还把泄冶的话告诉了孔宁、仪行父，二人一听，嚷嚷着要杀了泄冶。于是，陈灵公就真的把泄冶杀了。

> **知识拓展** 泄冶劝谏陈灵公的事件，为什么《春秋》只写了一句"陈杀其大夫泄冶"？

按说，一位大忠臣劝谏荒淫无道的陈灵公，孔子应该褒奖才是，可是《春秋》里并没有褒奖泄冶，反倒是汉代刘向的《说苑》中对此有特别详细的记载。

按照后世儒生的观念，《春秋》每一个字都微言大义，"春秋笔法"也"笔则笔，削则削"，可孔圣人为何这么做呢？这就成了一桩公案，汉代以后的儒家学者，为此争得面红耳赤。

西晋的大儒杜预说："泄冶直谏于淫乱之朝以取死，故不为《春秋》所贵而书名。"（《春秋左氏经传集解》）意思是泄冶这人太正直，在淫秽的朝廷中还直言进谏，这是取死，孔子不崇尚这种做法，所以《春秋》不去记载此事。孔子一再提倡要有"正直"品德，为什么在这里让步给了权变的政治手段？杜预的解释很牵强。可这个说法有很多人支持，唐代大儒孔颖达也持相同的观点。

三国时期的大儒王肃在《孔子家语》卷五《子路初见》篇引孔子的

话说："泄冶之于灵公，位在大夫，无骨肉之亲，怀宠不去，仕于乱朝。以区区之一身欲正一国之淫昏，死而无益，可谓狷矣。"大意是说，泄冶职位低，又不是陈灵公的亲戚，还想匡正一个国家？这样太不自量力了。死得不值当，死也没用！

总的来说，这些解释都是为了发挥微言大义而牵强附会罢了。

2. 开玩笑的场合问题

陈灵公、孔宁、仪行父的恶行很快就有了报应。

公元前599年，陈灵公、孔宁和仪行父又跑去株林和夏姬厮混。他们赖在夏徵舒家里大吃大喝，吃喝得高兴了，就更加肆无忌惮地开玩笑。

陈灵公说："我看夏徵舒长得像你们！"孔宁和仪行父哈哈笑着说："我们看他长得更像国君您！"这样的话，谁听了不恼火呢？夏徵舒这时候早已经长大了，听到这些话，当然也气得不得了。这六七年，他忍受着母亲的胡作非为，忍受着这些人对他的欺侮，只因年纪还小，没有能力，才没有报复。现在他已经长大，正想找机会出这口恶气！

夏徵舒年少气盛，也不管后果，他埋伏在马厩门口，等陈灵公喝完酒出来，就射杀了陈灵公。陈灵公就这样结束了自己荒唐而淫乱的一生。而孔宁和仪行父吓得从狗洞逃出了夏家，一路南下，逃到了楚国，寻求庇护。

陈灵公荒淫无度、胡作非为，陈国上行下效。据《毛诗序》的说法，《陈风》中的《泽陂》反映的就是此时陈国举国荒淫、男女不顾礼义廉耻的情况。

彼泽之陂，有蒲与荷。有美一人，伤如之何？寤寐无为，涕泗滂沱。

彼泽之陂，有蒲与蕑。有美一人，硕大且卷。寤寐无为，中心悁悁。

　　彼泽之陂，有蒲菡萏。有美一人，硕大且俨。寤寐无为，辗转伏枕。

　　【注释】泽：池塘。陂（bēi）：堤岸。有美一人："美人"在先秦时多指代俊美的男子。伤：又作"阳"，通"卬"，意思是"我"。伤如之何：叫我怎么办。涕泗滂沱（páng tuó）：大哭。蕑（jiān）：《鲁诗》作"莲"，指莲蓬。卷：头发卷曲而美的样子。悁（yuān）悁：忧郁的样子。菡萏（hàn dàn）：荷花。俨：端庄矜持的样子。

　　这首诗第一段用池塘边长满了蒲草和荷花来起兴，说明该女子心中的男子俊美可爱。可惜，日日夜夜思念这个男子，却无法得到他，所以该女子日夜忧郁、眼泪鼻涕俱下地痛哭不已。诗的其余两段含义类似。

　　夏徵舒毕竟太年轻，没有政治经验。他杀了陈灵公后就自立为陈侯，把自己变成众矢之的，正义行为也成了篡位谋逆。于是，孔宁、仪行父就在楚庄王熊吕那里添油加醋，告了夏徵舒一状。

　　此刻的楚庄王雄心勃勃，正想找机会向中原发展呢。于是，楚庄王以此为由，出兵北上，攻入陈国，杀了夏徵舒，又把陈灵公的儿子找回来，立为国君，这就是陈成公。

知识拓展　一鸣惊人的楚庄王

　　楚庄王是春秋五霸之一楚国的君主。他初即位时楚国很乱，于是他就佯装无能，耽迷酒色。后来，他摸清楚了朝中大臣的立场和实际能力，立刻雷厉风行地改革朝政。"不鸣则已，一鸣惊人"说的就是他。后来楚国国力强盛，一路北上，打败了中原诸国，一直打到东周都城洛邑附近，还进行了军事演习，向周天子示威。周天子派王孙满前去慰劳楚军，楚庄王趁机询问象征国家权力的"周鼎"的大小轻重，王孙满义正词严地说:"周王朝定鼎中原,权力天赐,鼎的轻重不当询问。"这就是"问鼎中原"这个典故的由来。

3. 美人"倾国"

至于绝色美人夏姬,楚庄王没舍得杀,他和弟弟公子子反都想娶夏姬。

楚国有个大夫,叫屈巫,因为曾封于申,所以又称申公巫臣。他精于算计、心思缜密,也垂涎夏姬的美色。所以当他知道楚庄王、公子子反对夏姬的心思时,极力对说二人不要打夏姬的主意。劝说楚庄王时,申公巫臣义正词严地引用了《康诰》"明德慎罚"的说法。楚庄王一听,歇了娶夏姬的心思。劝说子反时,申公巫臣又做出一副语重心长的样子:"不祥之人呀!您看凡是跟夏姬有关系的——夏姬的哥哥公子蛮、丈夫夏御叔、陈灵公、孔宁、仪行父,没有一个有好下场。陈国还差点被灭了!夏姬有多不祥,不用我说了吧?人活着已经很难了,有谁免得了一死呢?天下美女多的是,何必非要夏姬不可呢?"公子子反心里有点犯怵。虽然美色要紧,但是性命更加要紧啊,于是也不再想娶夏姬。但申公巫臣没想到,最后,夏姬竟然让连尹襄老(连尹是官职,指的是"连邑"的长官,襄老是名字)娶走了。连尹襄老已丧偶,高高兴兴地把美人迎娶到了自己家中。可就在迎娶夏姬之后的第二年,连尹襄老就战死沙场了。夏姬又和连尹襄老的儿子黑要厮混,没多久,黑要也在政治斗争中被下毒毒死了。

一连出了这么多事,楚国不敢再收留这个女人了。夏姬就借着出丧的名义,回到了母国郑国。然而,事情还没有结束。

夏姬孤身一人回到郑国,申公巫臣又看到了希望,便等待机会准备接近夏姬。谁知这一等,就等了十年——楚庄王去世,楚庄王的儿子楚共王即位,准备发动阳桥之役,与晋国一争高下,申公巫臣被派去出使齐国。

楚国在南,齐国在北,去齐国刚好要路过郑国。申公巫臣便借出使之便,拜访郑国的国君、夏姬的弟弟郑襄公,并且备下重礼,要迎娶夏姬做自己的妻子——注意,是妻子,可不是妾。郑襄公一看,姐姐都五十多岁了,还有人愿意迎娶,当然开心。夏姬也非常乐意嫁给申公巫臣。

处心积虑十多年,申公巫臣终于实现了自己的心愿。可他是出使齐国的外交大臣啊,却跑到郑国娶了夏姬,这算怎么回事?楚国是不能再回去了,郑国太弱小,不能待,齐国刚打了败仗,也没法去。申公巫臣就带着夏姬逃到了晋国。他安顿好一切之后,不忘给楚王写了一封信,大意是说自己娶了夏姬,不打算再回楚国了。

楚国此刻是公子子反辅政,他气极了:当初你劝我们不要娶夏姬,原来是你自己有所图!现在还为了这个女人叛逃出国!这口恶气不能咽下!于是,公子子反联合楚国另一位跟申公巫臣有矛盾的大臣公子子重,把申公巫臣的家人和族人都给杀了。

这深深激怒了申公巫臣。他给公子子反和公子子重写了一封信,信中咬牙切齿道:"尔以谗慝贪惏事君,而多杀不辜,余必使尔罢于奔命以死。"(《左传》)大意是,你们多行不义、滥杀无辜,我必要报仇,让你们受命奔走、疲竭而死!

在晋景公的支持下,申公巫臣实施了借刀杀人的报复计划。他将战车和军士送给临近楚国的吴国,使当时还是楚国的附庸国的吴国国力大大提升。此后,吴国就不断骚扰楚国的大后方。而中原各国,则不断在晋国的带领下攻打楚国。楚国前后受敌,首尾不能相顾,便逐渐衰弱下去,没有了再次争霸中原的能力。

而公子子反、公子子重忙着平定前线战乱和后方吴国的骚扰,《左传》称:"子重、子反于是乎一岁七奔命。"(《左传》)意思是,这两人一年之间来回奔跑七次——也真的应了申公巫臣让这两人"疲于奔命"的誓言。

想不到吧?吴国的崛起、楚国的衰落,甚至春秋晚期的历史发展态势,居然都和申公巫臣的设计有关。而这一切的起因,竟是一个年过半百的女人夏姬。《左传》称夏姬"杀三夫一君一子,亡一国两卿"。"三夫",

是指夏姬"克死"公子蛮、夏御叔和连尹襄老;"一君"指陈灵公;"一子"指夏徵舒;"一国"是指陈国;"两卿"则指楚国的孔宁、仪行父。同时,和她有瓜葛的大夫们,还有楚国的黑要、公子子反和公子子重,等等,他们都没有好下场。

4. 历史的真相

说来也是巧合,本书《风》这一篇章以褒姒开头,以夏姬结尾。按照一些人的观点,前者灭了西周,后者灭了一个诸侯国,乱了春秋的格局。

后世的书总把那硝烟弥漫的战场、计谋绝妙的宫斗,写得像纪录片特写镜头,让一帧一帧的画面展现在人们眼前,让人感觉那真的是大时代、大事件啊!

其实,真相并非如此。

我们读到的大事件,在当时可能也只是发生在小圈子内,没有多少人知道,影响范围极其有限。

但其实历史就是由这一点一点的小事构成的。我们以为的那些格局宏大的历史事件,其起因,也许就是一件莫名其妙的小事,比如申公巫臣设计的一连串计谋,影响了春秋晚期的政治格局,起因只是他喜欢夏姬。所以,我们读历史何不从那些细小的地方入手,从吃喝拉撒、洗脸刷牙、恩怨情仇切入,揭开历史上所谓大事件的面纱呢。

最后,我想用东晋大书法家王羲之《兰亭集序》中的一段话,作为本章的结语。

> 每览昔人兴感之由,若合一契,未尝不临文嗟悼,不能喻之于怀。固知一死生为虚诞,齐彭殇为妄作。后之视今,亦犹今之视昔,悲夫!故列叙时人,录其所述。虽世殊事异,所以兴怀,其致一也。后之览者,亦将有感于斯文。

从"诗言志"说开去(代后记)

一、诗的作用

《尚书·尧典》中有一段话:"诗言志,歌永言,声依永,律和声。"其大致意思是:诗歌是用来表达志向、情感的,是吟咏唱诵的语言,其声调长短高低是根据吟诵需要确定的,而律则是为了符合声音的要求制定的。这段话被认为是中国最早的诗歌文学理论,比如朱自清先生就认为这是中国历代诗论"开山的纲领"(《诗言志辨·序》),对后来的文学理论有着深远的影响。

特别是"诗言志"这一观点,成为后人理解诗歌的钥匙,经常被引用,因而大家似乎就认为,在我们的传统观念中,诗歌就是表达志向、志趣、怀抱的文学载体。但是,不知道大家有没有注意到一个小细节:《尚书·尧典》这段话中的"诗"和"歌"是分开说的,而我们却习惯将"诗""歌"连用。那么,"诗"和"歌"有没有区别?"诗言志"说的到底是什么?

在这里,我们有必要对"歌""诗"和"志"以及相关问题进行一个简单的辨析。

二、"诗""歌"到底有什么不同?

关于"诗"和"歌"的关系,早在"五四"时期,就已经有人注意到并有了深入的研究。闻一多先生是这方面的大家，他对"诗""歌"起源问题做了详细透彻的分析，并在《歌与诗》一文中详细解释了"歌"和"诗"的区别，有理有据，极为透彻。

由于"歌"不是本书主要的讨论对象，故不做过多分析，仅将闻一多先生的观点介绍于此。闻一多先生认为：原始人因情感激荡而发出的声音，如"啊""噢""呜呼"等，是音乐的萌芽，也是语言的起源，而介乎音乐和语言之间的"啊……"就是"歌"的起源。

这类语气助词也会写作"兮""我""猗"等。比如《诗经》中，"河水清且涟猗！"（《伐檀》）以及"候人兮猗"（《伐木》）中的"猗"（同"兮"）就是语气助词，类似今天的感叹词"啊"。所以，严格来说，"只有带这类感叹虚词的句子，及由同样句子组成的篇章，才合乎最原始的歌的性质"。

后来，由于情感表达的需要，一句"歌"中，有具体含义的实词越来越多，虚词逐渐居于次要的位置，有的时候甚至被省略了。不过，虚词以及虚词的特征依旧存在，无论是省略还是写出来，虚词总在音节口，成为"咏叹"的节奏。所以，在上古时期，带有咏叹性质的"歌"，才是用来抒发情感的。

三、"诗""志"同源

"诗"和"志"的关系，是本书主要探讨的内容，所以这里要详细说明。对"诗"字加以追本溯源的探索和分析，可能会颠覆我们传统的对"诗"的认识。

从字义看，在汉代，学者们常常训"诗"为"志"，比如：

> 诗之言志也。（《洪范·五行传》郑玄注）
> 诗，志也。（《吕氏春秋·慎大览》高诱注，《楚辞·悲回风》王逸注）

> 诗,志也。从言,寺声。(《说文》三篇上《言部》)

就"诗"的古文而言,杨树达先生在《释诗》一文里说道:"志字从心屮声,寺字亦从屮声。屮志寺古音无二……其以屮为志,或以寺为志,音假借耳。"另外,据《左传》昭公十六年韩宣子"赋不出郑志"的话,有人认为"郑志"即"郑诗",古"诗""志"二字文同。所以,朱自清说许慎是径以"志"释"诗"。

闻一多先生在《歌与诗》一文中又进一步明确道:"志与诗原来是一个字。"

可见"诗"字最早就是"志"字,可为确论,其本义就是记录。那我们是不是可以认为,最早的"诗",其实就是记录历史的文字,有着记录历史的功能呢?

在文字出现之前,记录、传承历史的方式,是口耳相传。这种传承的方式,决定了其内容、形式要便于记诵,朗朗上口。于是,句式相对整齐又押韵的记录载体——先民所谓的"诗"应运而生,比如我们中国的"诗三百"、《格萨尔王传》,希腊的《荷马史诗》,印度的《摩诃婆罗多》《罗摩衍那》,等等,莫不如是。

为了记诵、传承方便,"诗"不仅要句式整齐、文字押韵,最好还能配上一定的音乐和表演,所以"诗"又和音乐有密不可分的关系。传承史诗的人需要听觉敏锐、能专心记诵,盲人在这一方面特别有优势。他们虽然视力不好,听觉却比一般人敏锐,记忆力也比较好,因而传诵历史并唱说先民事迹便成为他们当中一些人的职业。比如,中国古代先秦掌管音乐的"师官",就大多是盲人。他们传诵历史,从先民的经验中获得智慧,所以往往知识渊博,这也解释了一个有趣的现象:先秦时期,盲人乐官能出现在庙堂之上,参与重大决策。比如,晋国的大夫师服(师指"师官"这个官职,服是名字)就不仅通过晋国两位公子的名字,预言了晋国未来几十年的兴衰,还提出了著名的"本末论":

> 吾闻国家之立也，本大而末小，是以能固。故天子建国，诸侯立家，卿置侧室，大夫有二宗，士有隶子弟，庶人、工、商，各有分亲，皆有等衰。(《左传·桓公二年》)

再比如师旷，他是天生的盲人，担任晋国的太师，精通诗乐，博闻强识，参与了晋国的内政、外交、军事等事务。晋悼公、晋平公常常向师旷请教治国之道，而师旷提出的著名的"天下五墨墨"，以及"论人君之道"，无一不饱含深刻的政治智慧。所以韩垧说师旷"迹虽隐于乐官，而实参国议"。

由于"史诗"是通过唱诵来传播的，所以和音乐关系密切，提及"诗"就等于提及音乐，所以音乐也就成为教化百姓的重要手段——通过唱诵历史故事、先民的价值观和道德观来教育百姓。

这有点类似我们的民间歌谣和乡土童谣，它们曲调简单，但内容丰富，包含大量历史、寓言故事，以及道德、价值规劝，影响和教育着下一代。在信息不够发达的时代和地区，这种方式一直有效地维系着智慧和文明的传承。

《汉书·艺文志》在描述古代史学情形的时候说："（黄帝之时）左史记言，右史记事。"但是假如文字不发达、书写材料不容易取得，文字必须刻在甲骨上或者铸于青铜上的话，那么史官想要随时随地记录君王的言行，几乎是不可能的。

伴随着文字发展的成熟，竹简丝帛也成为更便捷的书写载体，记录大段的文字成为可能。这时候，原本用于记录历史的"韵文诗"逐渐暴露了其局限性——韵文便于传诵和记忆，但是其整齐的形式、韵脚，与人们日常的语言差异很大，很难记录复杂的细节、思想。于是，散文记录起而代之，韵文则逐步退守，除既有的内容外，更多的和音乐进一步融合，为抒情抒怀所用。

这也就解释了为什么《诗》所记录的大多都是春秋早期及以前的作

品——重要原因之一,就是那时候文字不发达、书写媒介不方便,人们只能以韵文诗的形式来记录历史吧。

春秋之后,这种古老的方式就逐渐没落了。所以,在春秋后的历史记录中,我们就较少见到师官、乐官参与朝廷重大决策的事。因为这时候,文字的成熟、书写材料的便捷、散文记录的盛行,使得记录君王言行、国家大事的专职人员"史"出现,也使知识普及的范围变大,读书受教育的人越来越多,原来的师官、乐官等所具有的传承历史、掌握知识、成为智者的特权,逐步消失了。

所以,我们可以得出一个结论:

"诗"和"志"最初含义都为"记录"。最早的历史记载的任务由"诗"(说唱韵文)来承担;后来文字成熟,书写载体发生变化,记录历史的重任落在散文上,"诗"和"志"从此分离。"志"强调散文记录,而"诗"除了强调韵文外,开始和"歌"越靠越近。

四、"志"字的语义、字形流变

我们再来分析一下"志"字。

通常,我们把"志"理解为志向、怀抱,很少想到"记录"这层意思。这也是阻碍我们理解"诗言志"的主要原因。

文字的产生、发展、成熟经历了一个过程。在甲骨文、金文等早期文字中,很多字的字形并不规范,一个字可能会有多种写法,这给人们的交流带来了极大不便。后来,文字逐渐规范、定型。而人们随着生活空间的扩大,许多新的内容出现,原来的文字不够用了,于是,假借字、通假字、古今字就产生了。

郑权中先生在遗作《通借字萃编》中提到古今字的由来:"古今字以省形通借字为最多。因为上古字少,一字通常借为数字,后人为便利辨识计,就增加形旁以示区别。"

所谓古今字,简单点说,就是在历史上,一个字具有多种字义,在发展过程中,其中某个字义逐渐独立,增加形旁,成为另一个字,这样,一开始的那个字就是"古字",后来的这个字就是"今字"。

比如"泥"和"埿"就是一对古今字。最早的"泥"字,既是河流的名字,又表示泥土。后来"泥土"这个字义逐步独立,人们遂给"泥"字加"土"旁,造了一个"埿"字。因此"泥"就是古字,"埿"就是今字。

"志""誌"二字也是古今字。"志"字出现得较早,有"志向"和"记录"两个字义。大约是在秦汉以后,人们给"志"字加了一个"言"字旁,造出了"誌",专门表示"记录"。比如《周礼·春官·保章氏》有"掌天星,以誌星辰日月之变动";再如《文中子·述史》篇云"制誌诏册,则几乎典诰矣";还有《正字通》云"凡史传记事之文曰誌";再比如《三国誌》《东周列国誌》等的"誌",都表示"记录"。而"志",则更多地表示"情怀""志向",又因为简化字中,"誌"亦写作"志",所以今天我们看到"志",更多想到的是这个含义,而不是它"记录"的本义。

五、诗言志?诗言誌?

通过上面的讲解,我们可以得出以下几个结论,这是我们重新理解"诗言志"以及《诗经》的前提。

1."诗""歌"的本义不同。"诗"是用来记录的,而"歌"是用来抒发情感的。

2."诗""志"都有记录的意思,"诗"为韵文记录,"志"为散文记录。

3."志"字出现得很早,含义为记录和情怀、志向,一字兼二义。后来出现的"誌"字,特指记录。

4.汉字简化,"志""誌"合为"志"字,现在人们更多强调它的"志向"义。

有了这四个前提,我们再回头看看《尚书》中说的"诗言志,歌永言",就可能会有新的认识了:

由于"志"字同时有情怀和记录两个含义,所以我们并不能简单地认

317

为《尚书》所提到的"诗言志"意思就是"诗是表达志向、情感的",而要意识到这句话有另一层含义:"诗是用来记录的。"

既然如此,那么作为"中国第一部诗歌总集"的《诗》(《诗经》),其主旨到底是什么呢?

最晚在春秋时期,《诗》就已经经过编订,并且成为传承知识的重要教材,被广泛使用,甚至是外交、社交的必备语言了,这一点在《左传》和诸子文章中都有印证。不过那个时候,人们更多地称之为《诗三百》《诗》,或者和《尚书》一起称为"诗、书"。

《诗经》这个名称是在汉代尊儒以后形成的。

由于《诗经》地位很高,所以自其诞生日起,就不乏对其主旨的评价和分析,而先秦诸子关于其的说法,又对后代的理解产生了深远影响。

《庄子·天下》说:"《诗》以道志。"《荀子·儒效》云:"《诗》言是其志也。"这些说法,都把"诗"和"志"联系在了一起。前文说过,"志"在早期有情怀、记录两个含义,所以这些说法起码有两层含义:其一,《诗》是抒发情感、志向的作品;其二,《诗》是记录历史的作品。

显然,更多的人选用了第一种理解,司马迁就是代表之一。司马迁在《报任安书》一文中就说道:"诗三百篇,大抵圣贤发愤之所为作也。"周作人在《中国新文学的源流》一书中也说,中国文学传统上存在"诗言志"的"言志派",他认为"言志"就是抒发情感的意思。朱自清也把"志"字解释为情感、怀抱。这些都是目前的主流观点。以此来理解《诗经》,尤其是《国风》部分,其自然就是讽咏之作了。

但是,我们也不能因此否定《诗经》的"记录"功能。从古至今,也有大量学者论述过《诗》记录历史的作用。例如,孟子说:"王者之迹熄而《诗》亡,《诗》亡然后《春秋》作。晋之《乘》,楚之《梼杌》,鲁之《春秋》,一也。其事则齐桓、晋文,其文则史。"孟子把《诗》和《春秋》《乘》《梼杌》等史书并列,可见,他是把《诗》当作史书看的。

又如，蒙文通在《周代学术发展论略》中提道："《诗经》包含了一些历史内容，有的篇章甚至还可称之为史诗，可当作史料使用，事实上也是重要的史料。"

认为《诗经》有记录功用，而且详细考究，找出《诗经》每一篇章所对应的具体历史事件，并写在每一篇篇目前面的，则是《毛诗序》。

这里稍微穿插介绍一点《毛诗序》相关的历史背景。

西汉初年重修文治，朝廷把有学问的老先生都请出来，以官方的名义传授学术。于是老先生们就把所学的儒家典籍背诵出来，由弟子誊写——用的文字，是汉朝通用的隶书。这一批典籍，就叫今文经。

同时，汉天子也悬以重金，鼓励民间献书。献上来的典籍都是用战国时期六国的古老文字写成的，统称为古文经。

但是，因为记忆总有偏差，所以今文经学家之间的矛盾和分歧也较大；而古文经则真伪莫辨。因此，即使是同一本书，古文和今文的内容也往往有差异。至于经学家对重要问题的解释，就更不同了——今文经学家的视角偏政治，古文经学家的立场则偏史学。两派互相指责对方为"伪经"，争论从西汉末年一直持续到清末乃至今天，这就是著名的"今古文之争"。

作为儒家经典的《诗经》，其学术传承也同样有这种情况。

汉代研究宣讲《诗经》的流派主要有三家，称为"三家诗"，分别为《鲁诗》（申培公传）、《韩诗》（韩婴传）和《齐诗》（辕固生传），"三家诗"都是今文诗学。但是"三家诗"中穿凿附会、说教太多，还捏造故事、断章取义以阐述其政治主张，比如《韩诗外传》里面有些内容，读来就十分可笑。

随后异军突起的是《毛诗》。据《汉书·艺文志》、东汉郑玄的《诗谱》等记载：《毛诗》由西汉河间（在今河北献县东南）毛亨所传。毛亨把学问传给了自己的侄子毛苌，叔侄俩并称"大毛小毛"。《毛诗》和"三家诗"相比，特点是训诂简明，以史证经，尽管也摆脱不了政治宣教，但是少了很多迷信的内容，也少了微言大义的过度发挥。

《毛诗》最初只在民间授受，到了东汉年间，才被立为官学，流传开来，到了唐代，则成为官方钦定文本，受到推崇。今天我们看到的《诗经》就是依据《毛诗》编订的。而最初的"三家诗"，则逐渐没落，到魏晋时几乎已经失传。

介绍完这些背景，再来看《毛诗序》。《毛诗序》，指的就是《毛诗》的序言，分为两部分，一部叫《诗大序》，是统领《诗经》的总序。我们现在经常提到的"诗经六艺"：风、雅、颂、赋、比、兴，就是由《诗大序》提出来的。另一部分叫《诗小序》，是写在每一首诗前面，类似于题解的序言。《诗小序》介绍了该篇诗作的作者、主题、写作背景，甚至考订了该诗写的是具体哪一个历史事件，颇有"史证"的味道。比如《式微》序云："黎侯寓于卫，其臣劝以归也。"《新台》序云："刺卫宣公也。纳之妻，做新台于河上而要之。国人恶之，而作是诗也。"

《诗小序》做了许多考证，将一首诗具体对应到某一历史事件，凸显了"诗"的"记录"这一古老含义。

但是，《毛诗序》也有非常明显的问题：很多考证牵强附会，甚至捕风捉影，经不起推敲。比如《关雎》序："后妃之德也。"《螽斯》序："后妃子孙众多也。"《芄兰》序："刺惠公也。骄而无礼，大夫刺之。"这样的附会说辞、道德说教，在《毛诗序》中不少见——毕竟《毛诗序》是集权时代儒学体系下的产物，必然会有深刻的时代烙印。

六、不能忘却的"记录"

那么《诗经》的主旨到底是抒发情感志向呢，还是记录历史事件？

前面说过，"诗"是用来做记录的，"歌"是用来抒发情感的。《诗经》既收录了"诗"，也收录了"歌"，所以《诗经》中的篇目，有的是记录历史的作品，有的则是抒发情感的唱词。《诗经》的主旨，并不是单纯的、唯一的。

同时，我们还需要理解古人，理解文明肇始时期，人们的认识相对粗浅，逻辑也不发达，条理不够明晰，目的不够明确，所以一个事物往往承载着诸多功能。

这个混合、模糊的特点，在同时代很多艺术形式中都可以得到印证。比如那时候的音乐，不但有表达情感的作用，也承载着教化功能；那时候的甲骨文、金文，不但象征着世俗权利，也是祭祀的产物。

可能更接近历史真实的是，《诗》的作者在记录某个历史事件时，顺带嘲讽、抒情了一番，或者在嘲讽、抒情时提到了某人某事，也有可能就是单纯地对某人某事进行赞美、讽刺……而历代的编纂者们，将这些创作目的不同的作品编订在一起，就形成了我们今天看到的旨趣多样的《诗经》。

所以，《诗经》中的作品，不仅表达了愤懑的情感，还展现赞美的言辞；不仅反映了风俗民情，还记录了历史事件；不仅是文学作品，还承担着史书的功能。这样来认识《诗经》，或许更加客观。

本书则以《毛诗序》为基础，综合历代学者的考证，将《诗经》中和历史事实有对应的诗作找出来，通过这些诗作讲述藏在《风》《雅》《颂》中的历史，希望给广大读者朋友提供一个重新"发现"、理解《诗经》的视角。